Wilhelm Friedrich von Meyern

**Die Regentschaft - ein Trauerspiel in fünf Aufzügen**

Wilhelm Friedrich von Meyern

**Die Regentschaft - ein Trauerspiel in fünf Aufzügen**

ISBN/EAN: 9783744676649

Hergestellt in Europa, USA, Kanada, Australien, Japan

Cover: Foto ©Andreas Hilbeck / pixelio.de

Weitere Bücher finden Sie auf **www.hansebooks.com**

# Die

# Regentschaft.

Ein Trauerspiel

in fünf Aufzügen.

Nach dem Englischen

vom

Verfasser des Dyá - Na - Sore.

Züllichau, 1795.

bei Friedrich Frommann.

# PERSONEN.

## MÄNNER.

HERZOG VON GLOSTER, nachmals König Richard. Heuchler und ehrsüchtig.

LORD HÄSTINGS. Unbedachtsam leidenschaftlich.

RADKLIF, Rath. Gemeiner Bösewicht.

KATESBY, Rath. Feiner und unternehmender.

DÜMONT. Angenommener Name des Mannes der Jane Shore. Nicht mehr jung.

BELMOUR, sein Freund.

Drei redende Bürger. Der eine davon ein mehr als gewöhnlicher Mann.

## WEIBER.

JANE SHORE. Gutmüthig edel.

ERWINE. Mißgeleitete Kraft und verdorbene Sitten.

---

Einige Bediente.

Volk. Wache.

Ein Mann aus dem Volk im letzten Akt.

# ERSTER AUFZUG.

## ERSTE SCENE.

Zimmer; hinter demselben ein zweites.

### DREI BÜRGER.

ERSTER BÜRGER. (grob, hämisch, stets im entscheidenden Ton)

Das ist leer hier, hm hm. (sich umsehend)

ZWEITER BÜRGER.

Für dasmal.

ERSTER B.

Es geht Berg ab. Heh! — längst gesagt.

ZWEITER B. (Sein Ton überhaupt etwas altklug, gutmüthig
schwach, politisirend)

Hm! — Wer weiß — Sie ist noch schön.

DRITTER B.

Um zu gefallen? (überhaupt ironisch, forschend, entschlossen ehrlich)

ERSTER B.

Meinst du?

ZWEITER B.

Was ist nicht möglich?

ERSTER B.

Dem Herzog gefallen?! — Ja —

ZWEITER B.

Der will tiefe oder rasche Menschen, Geheimnisse zu verbergen oder auszuführen. Frohe Stunden? — er arbeitet lieber, und der Pläne hat er zu viel, als daß er Schäfergespräche mit Weibern brauchte. Sie sind doch zu nichts gut als zum Tändeln.

ZWEITER B.

Und zum Aushohlen.

ERSTER B.

Zum Aushohlen, sie? (Ironic) Sie!

ZWEITER B.

Und zu mancherlei, dis und das.

ERSTER B.

Wozu? zu was? Das hat ja gar keinen politischen Sinn. Ist ein bloßes Weib.

ZWEITER B.

War aber — Edwards Geliebte! und als solche — Wird nicht jeder, der verstohlen noch um Edward weint, jeder, der vergangene Tage zurückseufzt, seine stillen Klagen in ihr Herz ergießen? War sie nicht Edwards Vertraute? — War sie nicht seines Herzens nächste Freundinn? Mit jedem seiner Wünsche, mit jeder seiner Absichten, auch ohne daß sie's suchte, bekannt?

**ERSTER B.**

Was für Geheimnisse kann sie wissen, die nicht alle wissen!

**ZWEITER B.**

Es ist nicht die Rede von Geheimnissen und Wissen; sondern davon, daß, wie am hinterlassenen Hausrath eines geliebten Menschen, um so viel mehr an den einst ihm theuern Personen, der Sinn aller derer hängt, in deren Andenken er mit Stärke lebt. Edwards Freunde sind in ihr gewonnen und der Herzog — braucht Freunde.

**ERSTER B.**

Die er hat, sind ihm genug. Aber ihr möchtet gern den Herzog zum politischen Rattenfänger machen und seyd's von jeher gewohnt, daß Weiber die Falle waren.

**ZWEITER B.**

Was sprechen w i r hier! Kennt *er* oder *wir* seine Verhältnisse besser? (vertraut) Er *hat Freunde* . . . Aber wo *sein* Weg hingeht . . . ist *ein* Beobachter zu viel, *ein* argwöhnisches Auge, das seinen Tritt belauschet, zu viel.

**ERSTER B.**

Sey still! Weiberohren sind überall — . . . Mir wird die Zeit lang. (Pause. Er wirft sich in einen Stuhl.)

**ZWEITER B.** (durchläuft Papiere)

**DRITTER B.** (Geht beobachtend und horchend, ob nicht jemand komme, auf und nieder. Man erkennet etwas Ungeduld in ihm.) (Ein Bedienter kommt.)

ERSTER B.

Nun? werden wir sie sprechen!? (unhöflich gebie-
terisch.)

BEDIENTER.

Gleich! — sie hat eine schlaflose Nacht gehabt —

ERSTER B.

Vermuthlich aus allzustarker Erinnerung: die
Zeiten sind vorbei, jaja! —

DRITTER B. (führt den Bedienten bei Seite,) (halb für
sich, halb zum Bedienten mit Verachtung)

Das sind Menschen!! — (laut) Freund, kommt
seine Frau bald?

BEDIENTER.

Bald, sie ist schon angekleidet.

DRITTER B.

Gut. Ich warte — Sei er ehrlich gegen Sie:
Sie verdient's: Gott wird ihn lohnen.

BEDIENTER.

Es ist eine gute Frau!
(lauter mit Bedeutung gegen Ersten B.)

DRITTER B.

Und sehr unglücklich.

BEDIENTER.

Wir fühlen's alle.

DRITTER B.

Viele Tausende danken ihr Friede und Erhal-
tung —

BEDIENTER.

Ach Gott ja! Aber geschehen ist vergessen:
wir sehen's täglich.

ERSTER B. (kommt näher, reißt den Bedienten an sich)

Müssen wir noch lange warten? (zu den andern Beiden, pöbelhaft hämisch) des verstorbnen Königs Geliebte, (hustet) Ich dächte ihr Stolz hätte abgenommen.

DRITTER B.

Habt ihr die Fabel vom todten Löwen nie gelesen?

ERSTER B.

Ja. (ohne die Frage zu errathen.)

DRITTER B.

Es ist eine gute Moral am Ende, wenn der Wind aus Westen bläst. Ich hörte euch einst anders sprechen. (halb für sich) Aber — solchen Menschen gilt nur Zeitklugheit und kein Gefühl.

BEDIENTER. (führt den ersten und zweiten Bürger gegen den Grund)

Hier meine Herren, setzen sie sich. Ich bitte — Sie wird gleich kommen.

ERSTER B. (giebt durch Bewegung seinen Unwillen zu erkennen.)

DRITTER B. (betrachtet ihn mit Verachtung. Der Bediente geht in den Vorgrund des Zimmers zurück, aufzuräumen.)

ERSTER B. (springt auf.)

Ich will nicht warten! (läuft unmuthig an die Thüre, sie zu öffnen, der Bediente hält ihn zurück.)

DRITTER B.

Nicht von der Stelle! (sich vorstellend) (Indem kommen Dümont und Belmour.)

## ZWEITE SCENE.
### DÜMONT, BELMOUR und die Vorigen.

———

ERSTER B. (sieht betroffen auf beide.)

BELMOUR legt Hand an den Degen, steht einen Augenblick forschend still.)

ERSTER B. (Setzt sich wieder)

DRITTER B. (geht erhitzt auf und nieder)

BEDIENTER. (niedergeschlagen)

Nur einen Augenblick! (zu beiden Bürgern, bittend)

BELMOUR.

Was giebt's? (langsam vortretend)

BEDIENTER.

Grobheiten. (auf den Ersten Bürger zeigend.)

BELMOUR. (Sein Charakter fest, decidirt, einfach, ohne Deklamazion)

Damit endigt jeder kriechende Schmeichler. (unwillig zurückblickend.)

BEDIENTER. (zu Belm.)

Sie kommt gleich.

BELMOUR.

Gut. (Sein Blick fällt scharf, aber nicht anhaltend auf alle.) (Ernstes Nachdenken, innere Theilnehmung an allem was vorgeht, etwas innere Unruhe. Ein etwas gezwungenes Ansichhalten.)

DÜMONT. (wirft sich in einen Stuhl)

O Gott, hilf mir vollenden! (Sein Blick fällt erschüttert auf Belmour.)

BELMOUR (sagt leise)

Fassung! (Er sieht umher, ob niemand sie beobachte, sein Auge heftet sich auf den Dritten B.)

DRITTER B. (zu Belmour; erstaunt ihn erkennend)

Belmour!

BELMOUR.

Kriegskamerad! (reichen sich die Hände), (zurückweichend).

DÜMONT. (bricht zuweilen in dumpfe Worte aus,
während folgende Zwei sprechen.)

DRITTER B. (ihn an sich ziehend, gut und
vertraulich froh)

Zehen Jahre nicht gesehen!

BELMOUR.

Manche Veränderung! (zieht seine Hand etwas zurück,
will auf Dümont zu, dessen Blick, auf ihn geheftet, ihn zu verlangen scheint. Dümont winkt zu bleiben.)

DRITTER B.

Du hast Eile! (tritt zurück)

BELMOUR.

Ich dachte nur. (Er faßt seine beiden Schultern vertraulich. Pause.)

DRITTER B.

Ein gut Gesicht!

BELMOUR.

Aechter Schrot und Korn. (sie nahen sich Dümont:
Belmour ergreift ihn aufrichtend bei der Hand, den Bürger an der
andern haltend.)

DRITTER B. (während einer tiefen Stille. Mit immer
trüberem Blick auf beiden verweilend, aus einem düstern
Schweigen erwachend.)

Wo ist der Frohsinn jener Zeiten! —

BELMOUR.

Wir sind älter. — —

DRITTER B.

Und außer uns —

BELMOUR.

Ich bitte dich, erinnere mich nicht — Am wenigsten hier — hier!

#### DRITTER B.

Wo das Unglück der Zeiten sich so schreckbar sichtlich zeigt. Wenn unsere Gedanken sich begegneten, wenn die Bewohnerin dieses Hauses — —

#### BELMOUR.

Shore — Ich habe keine Thränen mehr für ihr Unglück. Aber die Menschheit fängt an, mir verhaßt zu werden.

#### DRITTER B.

Du scheinst bekannt mit Allem.

#### BELMOUR.

Mehr als bekannt . . . . Ein alter vertrauter Freund vom Hause — täglich hier. Diesem Schauspiel der Entehrung so nahe! Wie der niedrige Haufe sie verläßt! eine scheinheilige Rotte den Undank zum Gottesverdienst macht! und — was dem Manne, der seine Nazion liebt, mehr als alles schmerzlich seyn muß — ein Volk, von einem Laster, das man gewöhnlich nur bei Hofe sucht, von jenem niederträchtigen Schmeichlergeiste ergriffen, der der geheimen Bosheit seines Gebieters mit bereitwilliger Verdammung gegen den Unschuldigen entgegen kommt.

O Ainskote! Ainskote! Die Tugend eines Volks stirbt unter den Händen eines Bösewichts! und die gekränkte Menschheit . . . hat nur Klagen —

#### DRITTER B. (faßt Belmours Hand mit einem Schrei des Schmerzens, wie bei einer plötzlichen Erinnerung)

Belmour! (Pause) wo sind unsre Hoffnungen! —

BELMOUR.

Trümmer im Strome des Verderbens.

DRITTER B.

Wo sind die Männer, die wir einst kannten!

BELMOUR.

Blüthen der Zeit, die der Frost verzehrte. —
Hätt' ich mein Gedächtniſs verloren!! —

DRITTER B.

Würdest du glücklicher seyn?! O auch die
Erinnerung, das Gute einst gesehen und über das
Verderben seiner Zeit sich gerettet zu haben, giebt,
wenn gleich nicht Glück, doch jenes stolze Bewuſstseyn, einzeln unter so Vielen das heilige Feuer
der Wahrheit für künftige Zeiten zu bewahren.

BELMOUR.

Laſs uns die Unglücklichen trösten und die
Rotte verachten. (Stille. Er betrachtet Dümont lange in tiefer
Ueberlegung mit sich selbst)

DÜMONT. (ist trüb in sich verloren.)

DRITTER B.

— Was ich *hier* bestellen wollte — machte
mich schon verlegen. Aber die Erinnerungen, die
du jetzt in mir geweckt hast, machen mich vollends unfähig es vorzutragen, wie es sanfter für
ein Weiberohr wäre. — Dazu bin ich unbekannt

BELMOUR.

Und was wäre das? (zieht ihn etwas mehr bei Seite,
doch daſs wahrscheinlich Dümont es hören kann.)

DRITTER B.

Eine Warnung — aus gutem Herzen — aber
unbekannt schreckt. — In deinem Munde wird es

Wahrheit. Des Herzogs Handlanger — Ratkliff ist
ihr Feind. Warum? mag sie wissen. Ich glaube,
solche Leute sind allem feind, was gut ist —. Der
Herzog braucht Geld — Beide vermuthen noch
Schätze bei ihr. — Hästings vertritt sie. Aber
Hästings — was ist die Freundschaft eines Liebes-
helden, der im funfzigsten Jahre noch den Schäfer
spielt — Eine Freundschaft, die sie verdächtig
macht! Ein Mann, auf den man nur lauert, um
ihn selbst und durch ihn alles, was *sonst* kein
Schein Rechtens ergriffe, zu stürzen! — Treib sie
weg von hier! *Ich bitte dich.* Nur verborgen ist
Sicherheit —. Meine Pflicht ist erfüllt. Mein Geschäft ist gethan. In Glamorgan lebt mein Bruder.
Vergifs die Gebirge von Glamorgan *nicht.* Leb wohl!

BELMOUR.

Edler Mann!

DRITTER B.

Ich bitte dich, lobe nicht! Sie rettete mich
einst, und ich rette sie wieder — will es wenigstens — blofser Tausch! Vergifs nicht, morgen
um neune an der Ecke von Druryläne.  (ab)

DŪMONT. (Staunend freudig, plötzlich von dumpfem
Kummmer zur thätigen Kraft erwacht.)

Noch hat Tugend nicht alle Rechte verloren.

BELMOUR. (freudig)

Des bist du Beweis.

DŪMONT.

Ein Fremder nimmt sich ihrer an, und ich sie
verlassen! O Dank dir Unbekannter! Freunde —
*Freunde* — selbst gegen die Schrecknisse eines Ty-

rannen, kann nur Tugend erwerben. Hätte mein
Entschlufs Bestätigung gebraucht — ich hätte sie
gefunden. Er wäre bestätigt.

BELMOUR.

Wohl dir wenn er unerschütterlich ist!

DÜMONT.

Er ists. O ich fühl's, die Leiden bedrückter
Schwäche, verfolgter Unschuld, sind eine Sprache,
der mein Herz nicht widersteht.

BELMOUR.

Amen!

DÜMONT.

So — So — (sich selbst übersehend) Einem Fremden, — einem gutmüthig besorgten Hausgenossen
ähnlich — in diesem Gewande — So wird Sie
mich nicht kennen. — Helfen! — Helfen wollt'
ich Ihr, nicht Sie quälen.

BELMOUR.

Sie bedarf Schonung.

DÜMONT.

O es ist genug, dafs Sie unglücklich ist, meine
Kränkungen bei ihrem Leiden zu vergessen.

BELMOUR.

Und doch! — deine Rolle ist schwer. (warnend)

DÜMONT.

Mein Herz ist mir Bürge, meine Verkleidung
wird mich sichern. — O was für Hoffnungen!
Allmählig sie zurückzuführen zur Ueberzeugung,
dafs noch Ruhe für sie ist — stufenweise sie vorzubereiten, für Aussichten der Zukunft — — wenn
einst näher an wiederkehrender Freude ihr Herz

stiller, ihr Sinn gefaſster ist — *dann* — *dann* in
einer jener glücklichen Stunden, wenn die Seele
sich aufschlieſst für die Natur, wenn bei ruhige-
ren Gefühlen Zweifel und Miſstrauen sich entfernen, dann ihr sagen: der dich *noch* liebt, der dich
rettete, *Ich bins!* — dein Mann! —

BELMOUR.

Eine edle Aussicht, groſs gefaſst! Aber bist
du deiner so gewiſs?

DÜMONT.

*Was* sollt ich fürchten! —

BELMOUR.

Den Teufel Erinnerung, der aus einem gekränkten Herzen *nie ganz* entweicht.

DÜMONT.

Weiſs ich nicht alles?

BELMOUR.

Gegenwart ist mehr als Abwesenheit. Frage
dein Herz, sey streng gegen dich! Du *warst* ihr
Gemahl, warst es — um einem *Andern* geopfert
zu werden . . . . Kannst du den Namen zurücknehmen? — kannst du's, ohne die Wunden voriger Beleidigung zu reitzen?

DÜMONT.

Es ist eine Kluft in unserm Leben, etwas das
der Erinnerung entsagt. — Laſs uns nicht ver-
jährte Leiden erwecken!

BELMOUR.

Ist das dein Muth? Ha! Wen der Griff des
Arztes noch schreckt — Was ist ein Entschluſs,
der die Prüfung fürchtet?

DÜM.

### Dümont.

O des Anblicks! mein Gedächtnifs, mein Herz,
was müfstet ihr seyn, wenn ich *des* Tages ver-
gäfse! Sie! — Sie zu verlieren, o so etwas gräbt
sich mit ewigen Zügen ein. Neben dem Könige
im Wagen — — da ich ihnen begegnete, Ihr Blick,
Ihr Schrei, — Himmel und Erde! als ob der Blitz
sie und mich rührte! — Erblafst, lautschreiend —
Thränen über ihre Wangen! Ihr Entführer, der
König selbst wurde weich: hätt' ich damals gesprochen wie ein *Mann!* ich fühl' es jetzt, es
war der Augenblick! Der Mann hätte den Mann
auch in einem irrenden Könige erweckt, und die
entflohene Gerechtigkeit Edwards wäre wiederge-
kehrt. *Meine* Muthlosigkeit ist ihr Fall, ihre Schuld
ruht auf *mir* — *solch* ein Andenken — *solch* ein Bewufstseyn; — Du verkennst mich: — nicht meine
verletzten Rechte — nein! die Erinnerung eigner
Muthlosigkeit und eines *schuldlos* verführten Weibes
kehrt mir zurück. Sie war schön — schön!! eine Seele,
wie's nur wenige giebt — — Edward — — ein Mann,
wie es nur wenige giebt — ein *grofser* Mann! dessen Verdienste ni cht zu fühlen ein leeres, stumpfes
Herz, das so fälschlich oft den Namen Tugend trägt,
verrathen hätte. Sie konnte hingerissen werden, sie
*mufste* es werden, bei dem romantischen Schwunge
ihrer Einbildungskraft für alles, was gewöhnliche
Gröfse übersteigt! — Aber um desto schöner mufs
ihre Rückkehr seyn! — Der Stolz — edel aus
Liebe, *nicht* ihren Besitz, ihre *Ruhe* nur zum Ziele
zu haben, allen Gram, alle Leiden der Reue, alle

B

Qualen der Erinnerung aus ihrer Seele zu löschen,
und unglückliche Schwäche, zum Triumph der
Menschheit, aus den Händen ihrer schändlichen
Verfolger gerettet — sie einst so froh, so glücklich, so jugendlich wieder in meine Arme zu
schliefsen, als ausgesöhnte Tugend werden läfst!
— O dies — dies! Belmour — Ich bin ein glücklicher Mann, wenn ich's erreiche.

BELMOUR.

Du bist's durch das was du zu thun wagst.

DÜMONT.

Und dann — ist denn das Weib an Tugenden
so arm, dafs mit dem Verlust einer einzelnen —
was sag' ich Verlust? — mit der Entfernung von
einer einzelnen sich Alles verlöhre? —

*So* mag der Haufe denken, der so gern lästert:
der [vielleicht eben durch dieses Vorurtheil jede
Ausbildung andrer Tugend so sehr im Weibe
schwächt. *Mir* kommt es zu, mit tieferer Prüfung
den Werth des Menschen zu scheiden: *Mir* ist es
*Pflicht;* als Mann, als Freund und als Mensch
liegt mir ihre Rettung ob — und nur ein Geist
voll niedrer — Rache könnte sie verlassen.

BELMOUR.

Gott sey Dank! die Wahrheit siegt. — Wenn
ich sie sah, unter langsamen Qualen, das Opfer
ihres eigenen Herzens — nun wieder sie ahne,
einst ruhig, froh und heiter! — O Dümont,
warum ist wiederkehrende Tugend nicht Allen so
heilig!

**DÜMONT.**

Weil nur dem Unglücklichen Unglück heilig
ist. Weil man der Tugend hold seyn muſs, um
auch in ihrer Verirrung sie zu ehren.

------

### DRITTE SCENE.

DÜMONT, BELMOUR, die ZWEI BÜRGER,
(die sich während der vorigen Scene in die anstoſsende
Gallerie begeben, wo man sie nur von Zeit zu Zeit einzeln
hin und her gehen sah.)

JANE SHORE.
(Sie kommt aus der hinten liegenden Gallerie hervor.)

------

**BELMOUR.**

Dort kommt sie!

(die beiden Bürger fallen sie ungestüm an, und lassen dem Bedienten kaum Zeit zu reden. Sie ist betroffen, sucht sie durch
Güte zu besänftigen, man hört einzelne Laute von Worten;
indeſs spricht Belmour das folgende langsam)

Sieh hin! — ihr Gang — (Jane Shore kommt näher) Ihr
Blick — wie bescheiden, wie edel! — Und diese
Menschen — die ich kenne, die ihr Glück Ihr
danken, — wie viel tiefer mit jedem Tage der
Kummer sich ihrer Gestalt einprägt!

Ich muſs sie diesen Schlangen entreiſsen, die
sie quälen. (Er geht auf Jane Shore zu) Guten Morgen,
Lady! (Sie bewillkommt ihn: traurig froh, aus einer peinlichen
Lage schnell auf Rettung hoffend) Und *ihr*, meine Herren,
was für Forderungen, die euch so ungestüm machen?

ERSTER B.

Pferde sind angekommen, die bestellt wurden.

BELMOUR.

Geänderte Umstände, —

ERSTER B.

Was gehn mich die Umstände an?

BELMOUR.

Sie sind unnöthig: wer sie bestellte, ist nicht
mehr.

ERSTER B.

Das weiſs ich, darum fordere ich mein Recht
hier. Was sollen mir die Fresser im Stall?

BELMOUR.

Sie zu verkaufen.

ERSTER B.

Sie sind einmal bestellt. Des Herzogs Schatz-
meister schickt mich her.

BELMOUR.

Daran erkenn' ich ihn. (mit einem verweisenden Blick)

ERSTER B.

Und ich muſs mein Geld haben, Zahlung und
Wart-Geld.

BELMOUR.

Beides auf meine Rechnung! Die Pferde sind
mein.

ERSTER B. (ergreift seine Hand und schlägt ein,
erstaunt, pöbelhaft höflich, sich kaum glaubend)

Ich wuſste nicht —

BELMOUR.

Was *ihr Leute* wiſst, oder nicht wiſst, ist mir
gleichgültig. Aber *vergessen* solltet ihr nie, daſs

in einem freien Lande auch der Unterdrückte seine Freunde findet. Adieu.

ERSTER B. (im Abgehen)

Wer kann alles wissen! (murrend ab.)

BELMOUR. (zum zweiten B.)

Und euer Begehren? —

ZWEITER B.

Man hat mir von Juwelen gesagt.

BELMOUR.

Hat man? — Sagt denen, die euch schicken, daſs man euch verkenne, wenn man *euch* zum Boten braucht. Ich halte euch für einen ehrlichen Mann. — ·

Und nun noch einmal einen ruhigen guten Morgen Lädy! Möcht' Eure Seele so heiter seyn wie der heutige Himmel!

JANE SHORE.

Wären *alle* wie du, Belmour, *dann* — Du bist besser als ich verdiene.

ZWEITER B.

Es ist mir herzlich leid, wenn man mich *gebraucht* hat —

BELMOUR.

So thut, was euer Herz euch sagt. Gott befohlen! Es sind keine da.

ZWEITER B. (beschämt ab.)

JANE SHORE.

Du bist besser, als ich verdiene.

BELMOUR.

Nicht besser, als ich muſs oder meine Achtung für Euch fordert.

JANE SHORE.

Zu viel — zu viel! —

BELMOUR.

Nie zu viel! Ich kenne Eure Lage, gegen Aus-
gesandte des Herzogs, gegen Kreaturen der Hinter-
list, die man ersah, um Euch in Streitigkeiten zu
verwickeln, bei denen Eure Person oder Euer Vermögen sich verfänglich machen soll.

JANE SHORE.

Gott! was that ich diesen Menschen?

BELMOUR.

Nichts! das Lamm für die Wölfe! zu gut seyd
Ihr ihnen.

JANE SHORE.

O Belmour! So haben mich alle verlassen,
alle mich hingegeben, und meinem Herzen fehlt
die Beruhigung, es *nicht verdient* zu haben. Edward war ihr Wohlthäter: wie wenig ehren sie
auch nur sein Andenken in mir!

DÜMONT.

Gott ist gerechter als Menschen.

JANE SHORE.

Dann wird ein Tag kommen, dann werd' ich
mich freuen geduldet zu haben. O Hoffnung der
Ewigkeit! (Dümont nimmt Belmour bei der Hand und drückt
sie mit Bewegung. Belmour sieht ihn an, als ob er sagen wollte:
„Siehst du, wie gut sie ist?" Dümont tritt rasch einige Schritte bei
Seite, um sich die Thränen zu trocknen.)

JANE SHORE. (die ihn jetzt erst genauer bemerkt.)

Etwa der Mann, von dem Du sprachst?

BELMOUR.

Derselbe, ja.

JANE SHORE.

Ein ehrwürdiges Gesicht! Wahrhaftig, der
Blick einer Seele — die mit hoher Kraft Vertrauen
einflößt! .alt, und Entscheidung im Auge! — O
wär' er, was ich suche, die unterstützende Hand
eines wohlwollenden Wesens, das die Leiden meiner Seele mit Theilnehmung behandelt; Stärke,
Muth und Erfahrung leiht, wo eigne Kräfte mich
verlassen! — *das*, o Gott! — dies einzige noch
zu finden!

BELMOUR.

*Er* wird es seyn.   Mitleid — der aufrichtige,
tiefgefaßte Wille zu helfen — und Wahl für
Euch, nicht Lohn, bringt ihn in Eure Dienste.
Er hat andre ausgeschlagen.

JANE SHORE. (mit einigem Dank und etwas
Erstaunen zu Belmour)

Hülfe von Oben. (zu Dümont)   Ihr wollt es also
wagen, in ein Haus zu treten, das jedermann verläßt?

DÜMONT.

Wagen! — ich erfülle meine Bestimmung —

JANE SHORE.

Wenn ihr mit Unglücklichen Euch verbindet? —

DÜMONT.

Ja.

JANE SHORE.

Sehr edel!

24

DÜMONT.

Ich habe Erfahrungen gesammelt — Erfahrungen des Trostes und der Beruhigung, unter Leiden erworben. Sie mittheilen, heißt, sie genießen. Ich will meines Reichthums froh werden, und nur auf diesem Wege kann es mir gelingen.

JANE SHORE.

Wenn eigne Tugend Euch nur *so* belohnen kann, willkommen in meinem Hause! sonst aber — das Glück hätte nicht treu an Euch gehandelt, wenn es Verdienste, wie die Eurigen, nur durch *das* belohnen wollte, *was ich* zu geben vermag. Kann aber aufrichtige Schätzung Eures Werthes, inniges Anerkennen dessen, was Ihr für mich thut, Ersatz für höhere Vortheile seyn; so erwartet Euch der freudige Empfang einer Unglücklichen, die aus der Größe des Opfers, das Ihr bringet, Muth, Trost und Stärke für ihre eigne Lage schöpft. Der unbeschränkte Gebrauch des kleinen Vermögens, das man mir ließ, ist in Euren Händen. Ihr werdet es besser verwalten als ich, da ich von jetzt an nur (auf den Himmel deutend) *dorthin* denken — Fremdling für alles übrige dieser Erde seyn möchte.

DÜMONT.

Mehr, mehr als zu viel! — (küßt ihre Hand) Antworten kann ich nicht, meine Dienste sollen sprechen, (seitwärts zu Belmour) sie verdient's, was ich für sie thue. (sucht sich etwas vor ihr zu verbergen.)

JANE SHORE. (Ihn mit Wohlgefallen betrachtend, nach einer Pause)

Seyd Ihr aus England?

DÜMONT.

Nein gnädige Frau, Flandern ist mein Vaterland, Antwerpen —

JANE SHORE.

Antwerpen? (betroffen)

DÜMONT.

die Stadt meines bisherigen Aufenthalts.

JANE SHORE.

Antwerpen?

DÜMONT.

Es war eine Zeit, da ich minder hülflos in meinem Alter zu leben dachte.

JANE SHORE.

Haltet mir diese Thräne zu gut! — ich that, was ich nicht sollte, und bis sich meine Schuld weglöscht — vielleicht — aber (zu Belmour; dieser winkt ihr Vertrauen zu haben: hierauf fortfahrend zu Dümont) kanntet ihr nicht einen gewissen — gewissen Harry Shore?

DÜMONT.

Sehr wohl.

JANE SHORE.

Wie lebte er? (furchtsam)

DÜMONT.

Wie der Mann, dessen Heiterkeit an einem ewig drückenden Verluste scheiterte.

JANE SHORE.

Ach Gott! (weint)

DÜMONT. (sie mit Bewegung betrachtend, nimmt Belmours Hand aus innrer Entzückung, sie so zu finden,)

(zu ihr)

Er geht Euch vielleicht an? stillt Euren Kummer (Belmour drückt ihm die Hand, und winkt, seine Maske nicht zu verrathen)

JANE SHORE.

Er —

DÜMONT.

Ist todt. — —

JANE SHORE. (Schrei)

Todt? — —

DÜMONT.

Drei Jahre sind vorbei —

JANE SHORE.

Todt? — Todt durch mich! Da steh' ich nun, des Elends und des Gewissens endlose Martern — Er dahin — zerrissen das Band zwischen Hoffnung und mir. Hinweg nun alle für dieses Leben erwarteten Augenblicke der Vergebung! O Ruhe! — Ruhe des Grabes, an seiner Seite — wie hätt' ich einst geschlummert! und wo wird sie nun schlafen die Verlassene! — wenn sein ehrlicher Staub des meinigen sich schämt! — O daß ich nur *ihn* gekannt hätte!

EIN BEDIENTER.

Erwine — —

JANE SHORE. (sich besinnend)

Sie kennt ja meine Thränen! — Sie komme! (Belmour scheint ihr Kommen nicht für gut zu halten.) (Bedienter ab) (zu Dümont und Belmour:) beseht indessen das Haus! Bald sprechen wir uns, damit Ihr den Umfang der Geschäfte kennen lernt, die Eures Rathes warten. (Belmour und Dümont ab.)

ERWINE. (eintretend zu Belmour im Begegnen)

Muſs man immer hieher kommen, um Euch zu sehen? (zuvorkommend)

BELMOUR. (entfernt und kalt)

Nicht das, gnädige Frau! Ich würde Sie noch weit lieber in Ihrem eignen Hause sehen. (Sein Auge folgt ihr mit Widerwillen.)

---

## VIERTE SCENE.

### ERWINE und JANE SHORE.

---

ERWINE. (etwas pikirt)

So viele Freunde! und *doch* nie heiter.

JANE SHORE.

Weil der wahre Freund, der mit uns leidet, wahrhaftig nicht der heiterste Gefährte ist.

ERWINE.

(Ihr Charakter, Weltton —— feiner Spott —— sonst wenig Delikatesse nicht ganz reine Grundsätze —— und eben darum schon etwas über die zarte Grenzlinie der Weiblichkeit ausschweifend —— viel Argwohn, wenig wirkliches Gefühl —— mehr Rausch als Leidenschaft —— angenommene, nicht wahrhafte Gutmüthigkeit.)

Aber warum auch *immer* in Thränen, meine Liebe? warum immer noch? als ob vergangene Zeiten sich zurück weinten, als ob verlorne Tage von Seufzern zurückgerufen würden.

JANE SHORE.

Zurück? — Erwine, Erwine solltest Du mich
so wenig verstehn? — die Stunden des Vergangenen zurückrufen? Daſs sie zurückkehren ist die
Qual meiner Erinnerung — *aus* meinem Gedächtniſs möcht' ich sie wünschen, nicht in mein Herz
zurück. Der Himmel sey Zeuge!

ERWINE.

Und doch so goldene — goldene Tage. Da
Du triumphirtest in der Blüthe der Schönheit —

JANE SHORE.

So schien's —. Schien auch mir eine Zeitlang
Triumph, da das getäuschte Auge nur sah, was der
Stolz des Besitzes ihm zeigte. Aber der Traum
hat geendet: Wahrheit hat am Rande des Irrthums
mich ergriffen, in ihrem schrecklichen Spiegel sehe
ich nun wieder, was ich seyn sollte, und was ich
nicht war. — Was ich hatte ist verloren! Was
ich jetzt noch empfinde — o wahrlich die Freuden jener Tage sind theuer erkauft für die Leiden
dieser Zeit.

ERWINE.

Ungenügsame! — Mit einem Geist wie der
Deinige — was konnte ein weibliches Herz denn
*mehr* wünschen, als Du hattest. In der Fülle jener
Erinnerungen *ich* — *Ich* könnte auf alle Zukunft
hinaus glücklich seyn, wenn gleich minder vertraut mit den Schätzen der Phantasie, und für das,
was die Seele in ihrer eignen Fülle genieſst, minder
reich in mir selbst, als Du, die Du von jeher so gern
in der Dämmerung des Vergangenen schwelgtest.

### JANE SHORE.

Und eben in diesem Vergangnen, in jenem
Zauber früherer Jugend, in jenem Erstlingsbilde
der reinen Phantasie, fand ich den Spiegel, der
meine Gestalt mit Entsetzen zurückwarf. O was
ich war, was ich hätte werden können! — die
Blüthe eines schuldlosen Herzens — — in meinem
Thale so ruhig: ruhig! — keines Wesens Feind;
von keinem Wesen gehaſst; froh in allem was
mich umgab; — für alles, was sich mir nahte,
wie ein stiller Sonnenblick, — Frieden ergieſsend
in jedes selige, in jedes gefolterte Herz. — —

O Erwine was war ich! — Und als ich nun
auftrat . . . die Priesterin der guten alten Zeit im
Bunde meiner Gespielinnen! als das Verderben des
Tages tief unter uns wegrollte, und die Knospe
der Hoffnung sich aufthat, daſs es ewig so bleiben
sollte, — welcher König konnte mir ersetzen, was
ich damals fühlte! der Engel des Friedens für
Bekannte und Unbekannte — mein Geist nur zum
Herold der Tugend gebildet — mein Auge nur belebt, um in seinem Strale jedes Gute reizender zu
machen —

### ERWINE.

Und da kam denn der König; das Zauberbild
ward gelöst; das Mährchen endete wie alle; der
Heilige ward ein Liebhaber.

### JANE SHORE.

Er kam: und bald so innig an das stille Ideal
meiner Wünsche geknüpft, in meine Seele verloren, im Bilde meiner Hoffnung . . . . das Wesen,

das, was ich nur im Kleinen vermogte, im Grofsen vollenden würde; das hohe Ideal menschlicher Würde in einem Könige verwirklichet, um
ein ganzes Volk in seinen Thaten zum höchsten
Enthusiasmus der Tugend zu führen — Es war
ein schöner, grofser entzückender Augenblick, ein
Morgen — rein, wie der Frühling nur wenige
giebt, da ich mich ihm erklärte, da im Tempel
überrascht, in hoher Begeisterung, sein Flammenauge in das meinige,

E R W I N E (lächelt, was die Engländer ,,a fneer"
nennen, mitleidig spöttisch bei allem was Jane sagte, beson-
ders hier)

JANE SHORE

— mein Wunsch in seine Seele ergossen, er sich
aufgerufen fand: ,,als Freund seines Volkes den ver-
,,derblichen Trotz des Purpurs zu verbannen, und
,,Mensch mit Menschen nur für die Wahrheit zu
,,leben."

ERWINE.

Und dieses Flammenauge, dieser schöne grofse
entzückende Augenblick, der noch jetzt so warm
jugendlich in deinem Geiste lebt — Liebe Shore,
ich bitte, täusche dich nicht! Ein Mädchen, das
den Zaubergrund der edlern Schwärmerei mit allem selbst gegebenen Schimmer eines überreichen
Geistes betritt, ist ein Schauspiel, das auch Könige zu Menschen macht. Aber es giebt denn doch
eine Zeit zurück zu kommen — wo die entschei-
dende Vernunft sich über Träume hebt, und das,
was wir hatten oder haben, als Wahrheit zeigt.

### JANE SHORE.

Wahrheit erkannt' ich einst: Wahrheit erkenn'
ich wieder: der Zwischentraum hat geendet.

### ERWINE.

Besitz ist Wahrheit. *Das* fühlt Dein Herz:
wenn gleich Dein Geist, es zu läugnen, jeden
Kummer des Verlusts und jede entstandene Leere
unter den Schmerz verlassener und zurückgerufe-
ner Träume verstecken möchte. Glaube mir, Du
bist dem, wo ich längst Dich wünschte, näher als
Du denkst . . . . minder entrückt in idealische
Welten, empfindlicher für den Genuſs und Verlust
der wirklichen zu seyn.

### JANE SHORE.

Nie waren wir in diesem Punkte einig.

### ERWINE.

Das weiſs ich. Aber ich verzeihe leicht jedem,
der *einmal* mit höhern Empfindungen Prunk getrieben hat, wenn er ungern gesteht, was ihm mit
andern gemein ist. Ich kenne die Liebe. Auch
ich würde klagen; doch ohne die Farbe eines gekränkten Gewissens zum Gewande meiner Klage
zu machen. Auch ich würde klagen; aber das, was
Du besaſsest, und die Art wie Du es verlorst, würde
Stärke in meine Seele legen, im Stolze dessen,
was über Andre mich erhob, Beruhigung zu finden.
Einen Held, Jüngling und Halbgott, den Schönsten
der Männer, einen König, in unsern Banden gelei-
tet zu haben! — Was kann uns, — *uns*, deren
erste Seeligkeit die Herrschaft der Liebe ist, uns,
dem Weibe, zum stolzen Bewuſstseyn unserer Reize

zur ewigsüfsen Erinnerung noch fehlen, als den
kühnen Gebieter des Volkes, der zu unsern Füfsen
einst seufzete, den fesselfreien Herrn der Gesetze,
der uns zum Gehorsam sich hingab, von keiner
Nebenbuhlerin uns geraubt, uns nur im Tode aus
seinem Arm gerissen zu sehn!

### JANE SHORE.

Schone meiner! Edward — Edward — o warum *Er*, die Krone unserer Jugend! — Engel vom
Himmel — sie hätten ihn geliebt — — König
und Held, Mann und Halbgott! — Mein Loos bestimmte mich seeliger Stille in den Armen meines
Gemahls — o! dafs Er der erste der Menschen,
der schönste, beste, edelste war! *Seine* Tugenden
wurden *mir* zum Fluch.

### ERWINE.

Und doch! *er* unter den Männern der erste,
*Du* unter den Weibern — wo ward ein gleiche-
res Band geknüpft! Glaubst du, dafs die Natur in
zwei Gestalten sich erschöpfte, um jedes einzeln
auf seinem Wege zu lassen! — einzeln — ohne
einen Gefährten, in dem sein ganzer Werth sich
erwiedert fände! Was sich ähnlich war, mufste
sich finden. Was kann der Buchstabe Gesetz, gegen ewige Harmonie?

### JANE SHORE.

Nenn' ihn nicht weiter! O! er war schön,
gut! er war Alles! (mit erwachendem Entzücken.)

### ERWINE.

Ihr mufstet Euch begegnen. Mufstet, um jedes
durch das andere befriedigt, auf dieser sonst öden

Lauf-

Laufbahn euch die Zweifel zu benehmen, als ob
die ganze Menschheit zu arm und Gottes Welt zu
leer für eure Herzen wäre.

JANE SHORE.

Ich darf nicht an ihn denken —

ERWINE.

Darfst nicht, und thust's doch! Unglückliche
Selbstquälerinn!

JANE SHORE.

O dafs dies Herz sich seinem Bilde nie ganz
entreifst, dafs dieser zurückkehrende Schauer des
Andenkens, dieses Wohlgefallen, das nur allzuoft
mich überrascht, mich verliefse — der Tod meines
Friedens auf Erden! Seiner Liebe Erbtheil —
diese Thränen, die nie versiegen; diese Klagen, die
nie verstummen! O Pflicht! Pflicht wie schrecklich rächst du dich —

ERWINE.

An einem Herzen, das an seinen eigenen Ein-
bildungen krank ist. So oft hab' ich Dir gesagt:
Es giebt Gesetze für den Haufen, Gesetze für
edlere Seelen: das Herz, das höher empfindet, hat
höhere Rechte. Oder sein Loos in dieser Welt, sein
Anspruch auf Glück und auf Freude, ginge verloren in
seiner eigenen Gröfse, der Adler wäre das Spielwerk,
und das Gewürm der Liebling der Schöpfung.

JANE SHORE.

Nein Erwine, nein! was ich Dir längst sagte,
ich fühle es immer mehr. Es giebt ein höheres
Gesetz als die Ansprüche unseres Herzens.

C

Für höheres Bedürfen giebt nur höhere Entsa-
gung den Preis der Größe. Betäuben kann Dein
Trost; aber beruhigen kann nur die Hoffnung, daß
das Gefühl anerkannter Fehltritte Bestätigung jenes
Gesetzes für wankende Tugend seyn werde.

### ERWINE.

Und was hast Du denn gethan? Einen Mann
verlassen, der Dich nicht zu behaupten wußte!
Ein edlerer Geist hätte Dich einem König entrissen, um an seinem Herzen den Tod, oder mehr als
einen König — den Mann alles überwindender
Liebe zu finden. Er hat Dich Deinem Schicksale
hingegeben: ein Mann verdient nicht, was er nicht
zu erhalten vermag. Und wie kann Schwäche Ver-
bindungen fassen oder verdienen, die nur die Rechte
des Edelmuths knüpfen! Seine Feigheit gab Dich
Dir selbst zurück. Dein Herz zeigte sich in seiner
Wahl der Freiheit werth, die es erhielt. Aber
alte Phantome rauben ihm die Stärke, die es einst
zeigte, und, unter sich selbst erniedrigt, verwech-
selt es, wie ich schon sagte, die Schmerzen des
Verlusts, die ich nicht tadeln würde, mit der
Aengstlichkeit eines begangenen Unrechts. Sey
stolz auf das, was du warst, um Beruhigung in
vergangener Größe zu finden: und Du wirst glücklich seyn.

### JANE SHORE.

Glücklich? Ich? — —

### ERWINE.

Glücklich, ja, oder unglücklich, wenn Du in
dieser thörichten Schwäche Dich selbst verkennst

übter erträumte Pflichten, Dich immer tiefer unter die Last Deiner ewigen Gesetze begräbst.

JANE SHORE.

Ja tiefer noch, — tiefer — muſs ich, glaube mir, ich fühl's, ich ahne es, hier — im zerriſsenen Herzen! Nur wenige Tage noch — auch äuſseres Elend wächst täglich — so bin ich hinab gestoſsen, wo keine Rettung, keine helfende Hand mich mehr erreicht, Freundschaft selbst vielleicht ihr Auge mit Unwillen zurückzieht.

ERWINE.

Wie Du schwärmst!

JANE SHORE.

Wollte Gott ich schwärmte! aber hab' ich nicht Beweise, hat man mir nicht meine Güter genommen? hat nicht die Hand der Macht schon an sich gerissen, was Edward mir zur Nothdurft bestimmte? — — Du wirst mich sehen, Du wirst mich arm und um Almosen kniend sehen an Deiner Thür. — O Erwine! Erwine!

ERWINE.

Solche Vorstellungen —

JANE SHORE.

Sind Wahrheiten eines schuldig-leidenden Herzens.

ERWINE.

Du bist unheilbar. Der Kummer macht Dich falschsichtig — Wär' ich Du — ich wüſste Mittel (Jane Shore sieht sie fragend an) solche Augen; — über Thränen aufgehellet wie der Strahl der Sonne über Nebel, solch eine Gestalt, solch ein Gesicht!! —

C 2

Mach Deine Reize geltend, fühle was das vermag
— *Schönheit in der Trauer.* Und wenn des Protektors unbeugsam störrisches Herz nicht weich wird
wie Wachs, und jeder Bitte nachgiebt; so sprich:
ich kenne die Männer nicht.

JANE SHORE.

So wie *ich* bin? — Ich bin stolz darauf, dafs
Spuren des Leidens mich unfähig machen, zu gefallen.

ERWINE.

Sehr bescheiden!

JANE SHORE.

Ich habe nur e i n e Hoffnung.

ERWINE.

Den Protektor, und keinen andern (hastig einfallend)

JANE SHORE.

Hästings und sein Vorwort.

ERWINE.

Was! (Schrei der ausbrechenden Vermuthung) Hästings!
(sich benehmend) O warum nicht! Augen hat ja der
gute Lord, empfindsamen Herzens, weich und ge-
fühlvoll; Schönheit ist seiner gewifs.

Ich glaub' es, dafs er spricht. Er *mufs.*

JANE SHORE.

Mufs? — Was ist Dir? Was ist Hästings
für mich, was soll e r m i r seyn? . . . Ein Mann
der mir hilft, der mich bemitleidet, einer jener
seltnen Männer, die . . . *Menschen* sind: leihe seinen edlen Absichten nicht einen Beweggrund der
Schwachheit, die seiner grofsen Seele und seiner

Tugenden unwerth wäre. L i e b e — — m i r noch?
— Aus zweien eine zu viel..

ERWINE. (bittersüfs)
Das Herz will Befriedigung.

· JANE SHORE.
O Erwine, warum denn stets mich verkennen!
Zwischen Gram und Reue sind meine Stunden ge-
theilt. Bittre Erfahrung hält mich in ihren Armen
umschlungen.

Es giebt Augenblicke der Ruhe, und mein leeres Herz fühlt sich nach der einzigen aller Empfindungen, vor der der Mensch nie zittern darf,
nach Freundschaft gedrungen. Erwine — Auch
wenn alles nichts wäre, *Dich* sollte ich kränken
können? — Dich? — Hängt nicht mein Herz an
Dir, Dir, der einzigen, die ich von Jugend an
kenne? der einzigen, die mein Unglück nicht ver-
scheucht? — o bist Du — Du nicht das einzige
Wesen, das noch aus dieser Welt mir näher tritt?
O lafs in Deinem Herzen mich Liebe um Liebe,
selige Ruhe, Theilnehmung des Daseyns finden;
gern will ich den übrigen Menschen entsagen! Hinweg Alles, was Argwohn zwischen Dir und mir
erwecken könnte!

ERWINE.
Komm! Komm. Du (umarmt sie, zwischen verbifs-
ner, verstellter Eifersucht und einiger zufälligen Theilnehmung wankend, ängstig, ihrer selbst nicht gewifs) sollst finden, was
Du suchst. Hier ein Herz für Dich, einzig für
Dich, Dir will ich leben. Und ihr, ihr Engel
dieser Stunde, seyd Zeugen der Erinnerung über

uns, und unsere Freundschaft, die wir in heiligem
Schauer hier geloben.

JANE SHORE.

*Einer* ist — dort — der uns sieht. (sie ernst betrachtend)

ERWINE. (erschreckt, hingerissen zu künstlichem Enthusiasmus — ohne Theilnehmung stockend ausgesprochen)
Wenn ich nicht halte, so sey freudenleeres,
nimmer rastendes Leben mein Loos! Fluch der
Zukunft, alle Qualen über meinen Geist! (verwirrt)

JANE SHORE.

Du bist's! gefunden, o sie ist gefunden! von
nun an die Vertraute des gröfsten wie des kleinsten meiner Geheimnisse (eilt ab)

ERWINE. (Ihr nach)

Ja? (bleibt zurück. Pause) — Wo bin ich? — Ich
ihre Freundin, und Hästings! Lafs sie um Edward weinen — Aber Hästings — (in tiefem Nachsinnen)
Ach ich schwur wie eine Träumende! — wenn
sie's ist! wenn — — — ach —.

JANE SHORE. (mit einem Kästchen)

Hier diese Juwelen — einst in Stunden zärtlicher Liebe ein Geschenk Edwards (giebt ihr betrachtend
das Kästchen) — nimm's! — Es ist das letzte was ich
habe — wenn sie mir nun alles rauben, ich aus-
gestofsen ohne Dach und ohne Schirm, jedem Elend
hingegeben irre — und die arme Pilgerinn hülflos
unter'm traurenden Himmel ihr Daseyn nicht mehr
zu finden weifs, o so sey *dies* noch die letzte Zuflucht meiner Noth! Unbekannt und unbewufst
sey es indefs bey Dir . . . Heiligthum der Rettung

und Pfand des Unglücks in der Hand der Freundinn.

ERWINE. (unruhig)

Was ich habe ist Dein, glücklich oder unglücklich, ich bin's mit Dir! — doch tröste Dich!
sollte der Himmel der Guten vergessen? Um der
Armen und Leidenden willen, die Du täglich mit
milder Hand stärktest — er kann's nicht. — Männer
*selbst*, die unbarmherzigen, die beym Fall unsers
Geschlechtes hohnlächeln und, mit schadenfrohem
Stolze, Schwachheiten an uns nie, n i e verzeihen,
sie, sie selbst werden Dich bemitleiden, werden
schweigend bey Deinen Tugenden die Irrungen
voriger Jahre vergessen.

JANE SHORE.

O nein! Warum sollt' ich wähnen, daß Männer gegen *mich* thun würden, was sie *nie* thun!
Ich bin keine von den schlimmsten, aber so wahr
Gott lebt, mir genug bewußt, um dem unversöhn-
lichsten Gerichte der Männer gegen mich Recht zu
geben. — Es ist ein bitteres Schicksal unseres Geschlechtes, ein Fluch, der immer schwerer auf uns
ruht, daß der Mann, der ungebundene Lüstling,
schwelgen darf, frey und ungetadelt, im wilden
Genuß entarteten Vergnügens, indeß das Weib,
der Sinne und der Natur beugsames Kind, das
schwache, reizbare Weib, wenn's aus dem Wege
der Tugend gleitet, wenn's bey der Macht allmächtiger Lockung den dornigen Pfad übertritt, und
die sanftere Bahn des Vergnügens geht, unter Vor-
würfen und Tadel erliegt.

Der Ruhm jahrelanger Tugend stürzt mit Einem Schritt hinab, und Verderben bricht seinen Stab auf ewig. Dann weint sie unbedauert und blickt zurück, auf das was sie einst war. Sie sank wie fallende Sterne, um nicht mehr aufzugehen. (ab)

## ZWEITER AUFTRITT.

Zimmer im Pallast.

HERZOG GLOSTER, dann RATKLIF und KATESBY.

(Viel Papiere auf dem Tisch, noch mehrere unterm Tisch. Der Herzog blättert während des gröfsten Theils dieser Scene Papiere durch, wirft mehrere weg, mit hämischem Behagen.)

So weit — — gut! — — man kann unmöglich von mir verlangen — — (läutet).

Niemand da! (blättert weiter)

BEDIENTER.

Die beiden Räthe —

HERZOG.

Kommen! —

BED. (ab) (Die Räthe treten ein)

HERZOG. (in voriger Beschäftigung)

Da ist wieder ein Stofs Arbeit für Sechs. (verächtlich gleichgültig gegen den Inhalt)

**RATKLIF.**

Kleinigkeit für solch einen Geist!

**HERZOG.**

Seit zwei Uhr gelesen.

**KATESBY.** (mit einem Blick unter den Tisch)

Man sieht's.

**HERZOG.** (der seinem Blick begegnet, kalt, und
verächtlicher Geschäftston)

Wust! — Was die Leute nicht alles verlangen! Wahrhaftig die Welt wäre nur für *sie*.

**KATESBY.**

Aber das Vergnügen zu bewilligen —

**HERZOG.**

Ist nicht gröfser als das Vergnügen abzuschla-
gen. (liest und wirft weg) Da fordert einer Zulage um
seiner Kinder willen.

**RATKLIF.**

Sollte vorher rechnen! Was gehn uns seine
Kinder an?

**HERZOG.**

Hier — einer Ersatz, für seinen durch Beste-
chung verlornen Prozefs. — Ersatz von mir (lacht
höhnisch)

**RATKLIF.**

Warum war er nicht so klug wie sein Geg-
ner?

**HERZOG.**

Hört nur! (liest) *Der*, der einen Theil seiner
Gewalt in andre Hände vertraut, ist verpflichtet
für Brauch oder Mifsbrauch zu haften.

RATKLIF.

Was will der Mann! dem höchsten Ermessen Gesetze vorschreiben?

HERZOG.

Mückenstich! Laſs ihn plaudern, wenn Plaudern sein Trost ist! Ich acht's nicht.

RATKLIF.

Viel Gnade! zu viel Nachsicht! Was wird man sich nicht gegen die Räthe erlauben, wenn man Euer Hoheit schon mit solcher Sprache zu behelligen sich unterfängt.

HERZOG.

Macht's wie ich! Wer sich einläſst hat verlohren. — Schweigende Verachtung ist die kräftigste Antwort. Das deutet jeder wie er will.

KATESBY.

Schreien mögen sie! reden können sie *so* nicht.

HERZOG.

Summa Summarum, da sind die Papiere: macht was ihr wollt! Dem Haufen ein gutes Gesicht um des Namens willen! Uebrigens, die Rechte des Staats ausgenommen, was kümmern sie mich? Sie dienen um's Geld, und so braucht man einen gegen den andern, wie sie selbst es nicht anders suchen. Wollen sie sich an Versprechungen halten? Gut. Es ist die Münze vom gangbarsten Lauf. Welcher Fürst ist reich für jeden Thoren der begehrt? Hätte ich einen einzigen — ehrlichen Mann gefunden, so würde ich die Ausnahme machen, *einmahl* in meinem Leben nicht mehr zuzusagen, als ich thun will.

RATKLIF.

Euer Hoheit erzeugen uns nicht viel Ehre.

HERZOG.

Ehre genug, wenn ich Euch für so klug halte,
Euern Vortheil in dem meinigen zu finden! Doch
wir verplaudern die Zeit. Was giebt's neues?

RATKLIF.

Nichts.

HERZOG.

Was spricht man?

RATKLIF.

Gar nichts.

HERZOG.

Gar nichts? Gut! Euern politischen Scharf-
sinn auf die Spitze gestellt — was glaubt ihr von
bewußten Geschäften? (sich argwöhnisch umsehend)

RATKLIF.

In allem nach Wunsch, —

HERZOG.

Errathen! — — Zug für Zug —

RATKLIF.

Die Königin also? —

HERZOG.

Mit ihrer Familie, wo sie nicht mehr schadet.

RATKLIF.

Und Dorset? —

HERZOG. (lächelnd)

Geht außer Landes! Rivers — der Mann hat
lange gelebt. —

RATKLIF.

Und geht (zum Richtplatz, sagt die Pantomime) zur Ruhe.
Und —

HERZOG.

Ich Protektor meiner Bruderkinder York und
Edward — zur bessern Erziehung im Tower —

KATESBY.

Die beste Schule für Prinzen! Wie wird das
erstaunte Volk die Sorgfalt preisen, die für ihre
frühe Lebensweisheit so väterlich zu wählen wußte!
(Sieht ihn bedeutend an.)

HERZOG. (entschlossen stolz)

Mögen sie sich in die Ohren blasen! Was
kümmern mich ihre läppischen Meinungen, und
das Gerede des schwankenden Haufens, den nur ein
alberner Narr zu seinem Richter macht! Die Sache
ist für mich, die Umstände günstig.

KATESBY.

Um Krone und Zepter, wie so Manchen dünken wird, kaum einer Spanne weit zu —

RATKLIF.

So nahe, daß es nur eines Griffes brauchte

HERZOG.

Meinst Du, und den zu thun?

RATKLIF.

Den zu thun, Gnädigster Herr? — Berechti-
gen denn das einstimmige Vertrauen, die Erwartung der Nazion, die ihre ganze Glückseligkeit von
Euern Händen fodert, die Unordnungen der alten
Regierung, die eine geübte Hand, eine Meisterhand

und die Kräfte eines entscheidenden Genies verlangen, zu nichts!? —

### HERZOG.

Danke für gute Meinung! Aber zum Dank auch die Regel: lieber Andern das Schöne zu sagen, was Du mir sagen willst. Dort wird's lebendiges Kapital, bey mir ist's nur todte Münze. Ich bin zu alt neben dem Thron geworden, um Alles zu glauben, was man sagt.

### KATESBY.

Aber wozu wäre denn noch Uebermacht des Geistes und des Ranges, was der Rang eines Prinzen, wenn er nicht auf der Wage der Gerechtigkeit den Ausschlag zu geben diente? —. Wer nimmt auf Edwards Söhne, auf unmündige Knaben Bedacht, die nichts gegen die Gewalt der Zeiten vermögen!

### RATKLIF.

Wer nicht—wie *Ihr* vergessen hat, daß der Staatsrath *Morgen* sich versammelt, um Edwards Krönungstag — anzuberaumen. Oder wißt Ihr eine andere Erklärung für das Räthsel?

### HERZOG.

Räthsel — freilich Räthsel für Dich und für andre — lieber Mann! — doch ich bin zufrieden: wenn *Dich* die Verhältnisse täuschen, was müssen sie nicht andere? Ich muß lachen. Die Lords — Katesby — die Lords (sie lächeln) sind meine *zu* guten Freunde — o eine treffliche Menschenart — Vertraute — Bewahrer meines Herzens — So geschäftig sie auch scheinen mögen, so heiß und

lodernd für's gemeine Beste — ihr Eifer ist —
mein Werk.  Ein paar Lehngüter mehr aus der
Beute eines Verbannten, ein Titel am Hofe, die
Herren sind geschmeidig.  Sie wissen Dienste zu
schätzen.

KATESBY. (lächelt wie einer der nichts
neues hört.)

Ja! Ja!

HERZOG.

Ein Wink von *mir* und der Schauplatz verändert! sie sind *was* ich will. —

KATESBY.

Bis auf *Einen,* dessen ich Euer Hoheit bey seinem Einflusse gern versichert wissen möchte; aber
sey's nun Mangel an Glauben, oder Einsicht — ich
kann mich nie überzeugen, *dafs er es wirklich sey.*

HERZOG.

Ich weifs ihn:  Hästings.

KATESBY.

Ja.

HERZOG.

O! (ein Lächeln der Ueberzeugung)

KATESBY.

*Ja!* macht freilich dem Lord Protektor und
Herzog Gloster sehr demüthig seine Verbeugung.
Ob auch Richard dem Könige? — Ich möcht' ihm
nicht ins Gesicht schauen, wenn er einmal: lange
lebe der König! rufen müfste.  *Den* Mann kenn'
ich, glaubet mir.  Ich sah ihm bis in's Innerste.
Edwards Name ist ein Heiligthum in seinem Herzen, und wohin *das* leitet, ist leicht zu errathen.

Er liebt ihn, bey gleicher Erziehung erwachsen,
als den ersten Gefährten seiner Jugend, mit jener
romantischen Schwärmerey, die alle Selbstbetrach-
tung mechanisch übertäubt: Er hängt an ihm als
Mann jener widerartigen Gattung, in deren Köpfen
noch Leere oder Raum zur Ritterüberspannung von
Ehre, zum Ideale von Ergebenheit, liegt.

RATKLIF.

Der Blick des lebenden Königs macht Todte
vergessen.

KATESBY.

Macht? — — in Tausenden macht er's, nur in
dem nicht, der, durch vorgefasste Begriffe mehr
als durch Vortheil beherrscht, mit unbändigem Herzen nur seinen eignen Gesetzen gehorcht.

RATKLIF.
Und wenn der Regent gebietet?

KATESBY.

So erwacht der *Lord*, der bey Schild und
Wappen sich fühlt, dass der Wille zu gehorchen
auf der Spitze seiner Lanze ruht. Solche Köpfe,
für etwas einmal erklärt, macht Widerstand nur
noch entbrannter: *Sie* sind, wie mich dünkt, der
gordische Knoten der Staatskunst, den Macht zer-
stören, aber Klugheit nicht lösen kann.

HERZOG.
Bist Du fertig?

KATESBY.

Ja.

HERZOG.

So setze Dich und schreib . . . den nicht jeder
Grad von·Klugheit lösen kann.

RATKLIF. (lächelt und verbeugt sich bejahend)

HERZOG.

Oder meinst Du, des Menschen Herz sey eine
so gleichverschlossene Veste, dafs auch der schärf-
ste Blick keinen Zugang erkennt?

KATESBY.

Das nicht! (seiner selbst im Innern gewifs, nur höfisch
nachgebend.)

HERZOG.

Fandest Du weiser Menschenkenner, der Du
so tief in sein Innerstes blicktest, in diesem Eisen-
herzen denn nichts, woran seine Willkühr hängt?
Nichts von einer Macht, die seinen Karakter in
seine eignen Gewebe verflicht? nicht den Wink
eines Weibes, der ihn allmächtig beherrscht? O!
der scharfsehenden Räthe! wenn ich Eure Hülfe
nicht so zur kleinen Händereichung, zum Detail
der Ausführung tauglicher fände, als beym Entwerfen und Errathen; —

RATKLIF. (neigt sich ganz resignirt in den
Ausspruch seines Herrn)

KATESBY. (setzt Süffisance gegen Süffisance in
einem Achselzucken.)

HERZOG.

So möcht' ich mich wohl beruhigen, in *dem*,
was ich bin, und nicht hoffen auf *das*, *was* ich
seyn soll. (er lacht spöttisch.) Ihr seyd sehr gelehrte
Leute, und mögt in Euern Büchern schrecklich
viel

viel wissen: aber wenn Eure gewöhnliche Weisheit Euch ja nicht erlauben sollte, selbst verliebt zu werden; so solltet Ihr doch, des Hausgebrauchs wegen, so viel gelernt haben, daſs die trotzigste Seele in der Liebe ihre Schwächen hat, und daſs kein Herkules ohne Spindel auf Erden lebt, so bald es ein Mädchen der Mühe werth achtet, ihre Künste zu versuchen. Ich bitt' Euch, Ihr Herrn, wenn Ihr einem Könige nutzbar werden wollt, sey's als ehrliche Leute oder als nicht ehrliche, den Menschen mehr noch kennen zu lernen als Eure Kanzleyformeln, die gut sind wie Oel, Räder im Gange zu *erhalten*, aber nicht Uhrwerke zu *bauen*: gut, allerunterthänigste Klienten und Bettler in Athem zu halten, aber nicht Herzen zu lenken. Da laſst den Menschen auf den Menschen wirken, und die Sinne sich in ihre eignen Phantome verwickeln.

### KATESBY.

O ich weiſs wohl, eine gewisse Erwine —

### RATKLIF. (ganz bekannt)

Nicht übel.

### HERZOG. (hämisch)

Alte Sachen! (er lacht) Madam haben vermuthlich die Kunst nicht verstanden, — es ist ihr gegangen wie allen — ihre Faveurs gehörig zu menagiren. Bessere Nachrichten bitt' ich, meine Herren, *die* sind überjährt. Es giebt andere.

### KATESBY.

Andere? — Shore doch nicht? (leise zum Herzog)

D

HERZOG. (lächelt)

— Erwacht der Blick? Aber still! (man kommt)

BEDIENTER.

Lord Hästings.

HERZOG.

Kommen.

KATESBY. (beyseite tretend)

Hästings und Shore! Erwine und Hästings! Hm, hm! (Gesicht und Ton zeigt, daß er mancher Sache auf der Spur zu seyn glaube) Ich werde sehen. (mit Bedeutung) (Der Herzog spricht etwas leise zu ihm, und dann auch etwas leise zu Ratklif. Ratklif lächelt und wiegt sich auf gegen Katesby, dessen rückkehrender Blick ihn persiflirt.)

HÄSTINGS.

Euer Hoheit — —

HERZOG.

Willkommen Lord — — (reicht ihm die Hand scheinbar offen, der hämische Ton versteckt)

HÄSTINGS.

Auch wenn ich käme um zu bitten?

HERZOG.

Desto besser! Die Bitte eines Mannes ist das beste Geschenk an seine Freunde. Was beliebt?

HÄSTINGS.

Mitleid für die arme Shore, ein leidendes unglückliches —

HERZOG.

Shore, sagt Ihr? — (mit einem Blick auf die andern)

KATESBY. (spöttische Freude.)

RATKLIF. (höfischer Beyfall und Entgegenlächeln)

HÄSTINGS.

Ja, Milord, eine Unglückliche, die das Mitleid jedes fühlenden Herzens verdient.

Was sie war, was sie jetzt ist, o Milord, es
ist viel bey einem Herzen wie das ihrige — Jahre-
lang mit einem Manne, mit einem Helden wie
Edward, an die innigste Freundschaft, an alle Schätze
einer solchen Gemeinschaft gewöhnt — edel genug
in einem Könige nur ihren Geliebten, nur seine
große Seele zu lieben: wohlthätig genug, um in
ihrer Macht die Quelle des Segens für ihr Land zu
finden: keines Mißbrauchs beschuldigt: keiner Ge-
fährde überwiesen — nun durch einen Schlag einsam, verlassen, des Gegenstandes ihrer Liebe auf
ewig beraubt, vom Throne des Glücks in einen
Abgrund geworfen, wo nur Undank und Bosheit,
die Menschheit in ihrer schändlichsten Entartung,
sie umgiebt, wo der, den sie einst rettete, mit
schamloser Stirne sie angrinzt, wo der, den sie
glücklich machte, mit hämischer Verachtung ihr
alles, selbst ihre Tugend ableugnet . . . O Milord,
es ist schrecklich, die Menschen *so* sich entlarven
zu sehen. — *Sehen zu müssen!* Es ist Hölle, so
wie sie, vom Traume des Wohlwollens überzu-
gehen zum schrecklichen Erwachen *der* Wahrheit:
„daß unser Wohlwollen nur Nahrung des Lasters,
unsere Thaten nur eine Hülfsquelle mehr waren,
Bosheit im Verborgnen zu stärken.“ Nur durch
Thränen sieht sie die Sonne, verwacht Nächte in
rastlosem Aechzen. —

HERZOO.

Ihr seyd ein guter Dichter.

HÄSTINGS.

Wenn Theilnehmung ihn macht — Ich wünsche ihr zu helfen. Hätte sie gewöhnliche Künste
besessen, sie hätte sich Freunde erkauft. Hätte sie
die Klugheit des Lasters gehabt, sie würde triumphirend im Bunde ihrer Gefährten sich Schätze gesichert, sich Einfluſs errungen, im Stolz ihrer Verbrechen sich über ohnmächtigen Tadel befestiget
haben.

Aber so ist arglose Gutmüthigkeit ihr Fehler,
und das offne Vertrauen auf menschliche Güte ihre
Schuld. O Milord, ich wünsche ihr zu helfen,
und wünsche es um so viel mehr, als ich in dieser Hülfe Euer Hoheit die glänzendste Veranlassung
darbieten kann, Eure Gerechtigkeit vor den Augen
des Volkes zu zeigen, und die beleidigte Ehre der
Menschheit in den wiederhergestellten Rechten der
leidenden Tugend zu retten. Es ist der Ruhm Euer
Hoheit und die über alle Zweifel erhöhte Wahrheit Eures Karakters, was ich suche.

HERZOG.

Ich danke Euch für die feine Wendung, daſs
Ihr Euer Bitten mehr noch auf die mir theure Pflicht
und Willen . . . . Unglückliche zu retten, als auf
meine Freundschaft für Euch bauen wollt (lächelnd
gegen die Räthe) Freilich es sind sehr geänderte Zeiten. Eine trübe Folge auf so schimmernde Tage,
wo im Zirkel des Genusses Macht und Liebe, Hoheit und Freude, der Glanz des Thrones und die

Ruhe Arkadiens auf eine so seltene Art sich ver-
schlangen. Damals freilich war ich nur ein ver-
gessener Höfling.

HÄSTINGS.

Wie kann sich der vergessen nennen, der sich
entzieht?

HERZOG.

Mein Bruder, Gott geb' ihm selige Ruhe, ist
heimgegangen vor den Richter — Und was die
zurückgelassene Taube empfinden mag, ist nun
freilich nicht mehr der Liebeszauber jener Blü-
thentage, wo jedermann ihrem Lächeln entgegen
trat, und die Natur nur um ihretwillen schön zu
seyn schien, wo alle Dichter für sie sangen und
alle Staatsmänner zu ihren Füßen milde Weisheit
lernten. Doch Ihr habt für sie gesprochen: Was
*sie* nicht erreichte, geb' ich *Euch*. (leise zu Hästings,
muthwillig vertraut,) und verschaff' Euch damit ein
freundlich Gesicht, was selbst an leidender Tugend doch noch ein Reiz mehr für einen so feinen
Kenner bleibt.

Immer Thränen bey Leuten, die man oft
sieht — —

HÄSTINGS. (etwas verlegen)

HERZOG. (weidet sich an seiner Verlegenheit. Pause.)

Thränen ermüden. Ihr seyd mein Freund, und
wenn ich's kann, warum nicht das Vergnügen
(lächelnd) Eurer einsamen Stunden erhöhen?

HÄSTINGS.

— Der Beweggrund den Ihr gebt — Ich sehe
sie — so oft freundschaftliche Theilnehmung und

Mitleid es fodern — Aber fast sollt' ich anstehen,
ferner für sie zu reden, wenn —

HERZOG.

St — Es war ja meine Meinung gar nicht —
als ob über so etwas — ich scheel sehen könnte?
— eine Traurige trösten ist Pflicht, Zeugniss mehr
für den Adel des Mannes, der mir durch Freundschaft so theuer ist — sprecht! fordert! Ein Herz
wie das meinige ist Alles für seine Freunde. Hat
sie Ursach zu klagen? Ist ihr Unrecht geschehen?

HÄSTINGS.

Nicht muthig genug, um über Unrecht zu klagen, macht ihr Bewusstseyn sie ungerecht gegen
sich selbst, und entfernt sie von jeder Forderung.
Aber dass einige Eurer Räthe, Diener Euer Hoheit,
Vollmachten missbrauchen, und im Uebermass eines gesetzlosen Ungestüms, alle aus Edwards be-
sonderer Gnade zu ihrem Unterhalt angewiesene
Ländereyen ihr wegnahmen, hat tief — tief in der
Seele hat es mich empört, sie von allen Schrecken
des Mangels und der Zukunft ergriffen, als den
Raub Eurer unwürdigen Knechte zu sehen. Es ist
nicht Ueberfluss, es sind nur die Rechte des Lebens die sie bittet. Ihr alles zu entreissen — ist
Habsucht, die sich gegen sie verschwört.

HERZOG.

So! — ich habe gehört. Aber konnte ich Richter ohne Kläger seyn. Wie es nun geht! — Es
gab Räthe von besonderem Eifer, — kluge Leute
mit langen Bärten und taktfester Heiligkeit, die mit
lauter Stimme das Rachschwert der Gerechtigkeit

über ihr Haupt aufriefen; was ich dann freilich
aus billiger Nachsicht für die Schwäche des schönen Geschlechts, und schuldiger Achtung für das
Andenken Edwards zu gestatten nie vermochte —
Und so wäre dann ihre hülflose Schönheit gegen
die Strenge und Härte des Buchstabens gesichert,
wird auch für die Zukunft wenigstens mit meinem
Willen *nie*, so wenig als von nun an ihr Eigenthum gekränkt. Was geschehen ist, kann ich
nicht mehr ändern. Was geschehen *soll*, sprecht
selbst.

HÄSTINGS.

Alles was ich bitte ist erfüllt, wenn sie in
Ruhe behauptet, was sie hat.

HERZOG.

Gewährt!

HÄSTINGS.

Euer Hoheit verdienen die Bewunderung jedes
fühlenden Menschen. Mag nun gesetzliche Gewalt-
thätigkeit ihr Schlangenhaupt noch erheben! Mit
Euerm Worte, mit Eurer Gerechtigkeit will ich
sie zu Boden werfen. O wie viel Großes kann
ein guter Mann auf Eurer Stelle thun! warum sind's
nicht Alle.

HERZOG.

Macht das Vergnügen zu gewähren mir nicht
zum Verdienst!

HÄSTINGS.

Edward! Dein Bruder ist deiner werth! Vaterland, deine Hoffnungen sind nicht getäuscht! —
Fordert von mir! sprecht! Nie fehlte meinem

Herzen der Stolz Euch zu dienen, nie fühlt' ich
ihn höher als itzt.

### HERZOG.

Was ich that, verdient keinen Dank, that ich
aus Mitleid, aus Freundschaft, es war die Frucht
Eurer Beredsamkeit. Ich bin's ja meines Bruders
Andenken, Euch, Euch aber mehr, zehnmahl mehr
als solch eine freiwillige Gabe schuldig. Eure
Bitten sind mein Gesetz. Laſst sie kommen, laſst
sie selbst ihre Beschwerden vortragen! Sie soll
Gehör finden — Gehör, und vollen Ersatz für jedes
Unrecht, das ihr geschah. So viel hievon — und
nun Freund — (zieht ihn beyseite) (Ratklif und Katesby nä-
hern sich indessen einander. Ratklif, vom Verlangen verzehrt, seine
scharfsinnigen Beobachtungen mitzutheilen)

### HERZOG. (zu Hästings)

giebt es noch auſserdem Dinge, die uns beide an-
gehen, uns beide sag' ich; denn Eure und meine
Angelegenheiten gehen doch wohl Hand in Hand.
— Triumph über unsere gemeinschaftlichen Feinde!
Kommt, wir müssen allein seyn.      (beyde ab)
(Ratklif und Katesby beide lange nachsehend.)

### RATKLIF. (sich ankündigend)

Habt Ihr gehört? (Ratklif ist ein ernsthafter Schurke)

### KATESBY. (ohne Wichtigkeit)

Trau' einer dem Herzog! (Katesby ist ein launiger
Schurke.)

### RATKLIF.

Wenn's nur glückt: auf welchem Wege —
gleichviel! Ob's diesem oder jenem nicht nach
Konvenienz ist — warum sucht er sie nicht!

KATESBY. (halb für sich)

Gieb dem Teufel einen Finger. (zu R. nachdenkend)
Wir sind zu tief verwickelt, um anders zu können.

RATKLIF.

Je nun lieber Freund — sonach frischen Muth
gefafst! Klugheit in der Zeit und Reue nach der
That, haben manchem ehrlichen Bösewicht auf Erden und im Himmel eine bessere Stelle verschafft,
als die Tagwerksmoral ihm versprach.

(ab.)

# ZWEITER AUFZUG.

## ERSTER AUFTRITT.

Jane Shore's Wohnung. Saal.

ERWINE, hernach HÄSTINGS.
(Nacht. Ein Licht im Zimmer.)

ERWINE. (zurückredend im Hereintreten.)

Nicht weiter, liebe Freundinn, dort ist mein Zimmer. Geh zur Ruhe, es ist schon tiefe Nacht, — (indem sie zum Fenster vorwärts kommt). Eine Stille auf der Strafse so dumpf und ernst, so schauerhaft, fast möcht' ich sagen fürchterlich ernst — meine Phantasie glüht. In wilder Ahnung — ein Herz voll Furcht — ohne Ruhe — Hästings — — meinen Frieden hast . . . (Stille des bangen Nachdenkens. Man hört klopfen) Was ist das! O meine ahnende Seele! (läutet einem Bedienten) — Wer stöhrt uns um Mitternacht? (Bedienter ab. Sie geht unruhig umher.)

BEDIENTER. (kömmt zurück)

Jemand von Hofe, Lord Hastings dünkt mich.
(gegen das Zimmer der Jane Shore.)

ERWINE. (ausbrechende Gährung)

Hab' ich erreicht was ich suchte? — ruhig
mein Herz! Ich will ihn fangen, hier, hier!
durch seine oignen Künste gefangen — kommt er
schon —

HÄSTINGS. (im Eintreten zu einem Bedienten)

Meine Leute zurück, einer soll warten — —
Erwine! — das ist mehr als ich wollte, (betroffen)
doch —

ERWINE.

(Zwang. Nicht wohl versteckte Ironie und Bitterkeit. Nach einigem
Schweigen von beiden Seiten.)

Wenn Grofse in die Wohnungen des Betrüb-
ten sich herablassen, eigene Ruhe vergessend, den
nächtlich Klagenden zum Troste herbeieilen — O
Milord, wer wird dann nicht rufen: mir ist ge-
holfen! Es ist ein Lichtstrahl auf dem Pfade des
Verirrten, der mit Hoffnung überströmt.

HÄSTINGS. (unmuthig rauh)

(Hästings hat überhaupt in diesem Auftritt den leisen Anstrich eines
von Wein erhitzten Blutes. Anfangs schwankend zwischen
determinirter Verstellung und zurückkommender Verlegenheit.
Endlich ohne Mafs leidenschaftlich.)

Gut gesagt — Eben das, Madam — eine Ge-
fälligkeit die man alt werden läfst — der Verzug
ist wie ein Nachtfrost — man ist denn doch froh,
sich mitzutheilen. In der Freude einer gelungenen
Sache — Hoffnungen zu erfüllen, Bekümmernisse
zu entfernen —

ERWINE. (bitter nachsprechend)

Hoffnungen zu erfüllen, Bekümmernisse zu entfernen.

HÄSTINGS. (Er stockt. Verlegenheit; dann keck)

Ich lieb' es in jeder Sache, sie gleich von der
ersten Quelle zu haben, und darum wollt' ich lieber zu dieser freilich nicht gewöhnlichen Stunde
kommen, um Eure schöne Freundinn mit meinem
Erfolg beim Protektor bekannt zu machen — als —

ERWINE.

Meine Freundinn, sagt Ihr?

HÄSTINGS.

Eure — ja — oder glaubt Ihr, es hätte etwas
anderes, als die Verbindung mit Euch, ihr ein
Recht auf meine Verwendung geben können —

ERWINE.

Ich habe keine Worte, um eine so verbindliche
Wendung zu erwiedern; aber ich habe ein Herz,
um zu wachen, dafs sie der Vergeltung nicht ent-
gehe.

HÄSTINGS.

Defs bin ich überzeugt — Ja! aber Eure Freundinn möcht' ich sprechen, itzt, gleich itzt. Es
wird immer später.

ERWINE.

Das weifs ich: sie ist meine Freundinn, und
eben deswegen werde ich nicht zögern, ihr alles,
was Ihr zu sagen habt, so eilig als möglich zu
hinterbringen.

HÄSTINGS.

Warum, wo ich selbst sprechen kann?

ERWINE.

Sprechen mögte — werdet Ihr sagen wollen.

HÄSTINGS.

Ja! ja! das ist's. Ich mögte, mögte sie sprechen, will sie sprechen, in ihrem Auge zu lesen, dafs ich Recht that. Das überraschende erste Aufflammen der Freude — soll ich den schönsten Augenblick meiner Belohnung an Andre übertragen? Madam, es ist schon spät. Ich erstaune, Euch noch hier zu finden.

ERWINE.

Ich noch mehr —

HÄSTINGS.

Ihr wifst meine Gründe (geht unmuthig überdrüssig auf und nieder)

ERWINE.

Kenn' ich Dich nun? Höre ich Dich nun? — Ich dachte Meisterin meines Herzens zu bleiben, von Dir wollte ich lernen, mein Gesicht in lächelnde Verstellung hüllen. Aber ich kann's nicht. Bei solchem Uebermafs von Mifshandlungen reifst meine Empfindung sich los, müde zu dulden — Ich kann nicht mehr schweigen.

HÄSTINGS.

Bist Du weise? träumst Du? was hab' ich gethan?

ERWINE.

O höhnender, lächelnder Bösewicht, Du siehst die Leiden meines Hertens, den Kampf der Liebe und Wuth, und fragst noch? fragst so kalt — kalt, was das bedeute! — bist Du nicht treulos? bist

ich nicht verlassen, verachtet, verworfen, der
Schande und Schmach hingegeben? Spott jeder
Verläumdung, Mährchen jedes Müssiggängers, weil
meine Seele an Dir hing?

HÄSTINGS.

Sind das Deine Beweise — Zank und ewiger
Mißmuth? Ausbrüche ohne Grund, Wuth ohne
Ursach? Stürme aus Thorheit, und Vorwürfe aus
Wahnsinn, mit jedem Augenblick bereit zu rasen?

ERWINE.

Beweise! — wo ist ein Beweis, den ich Dir
nicht gab über Liebe und Zärtlichkeit? Was that
ich, um Dein zu seyn? — Gut und unbescholten,
mein Name ohne Tadel, edel meine Abkunft, Stand
Namen, Freundschaft, Alles gab ich hin, Frieden
der Unschuld und Stolz der Tugend, Alles, Alles!
Und nun, da ich nichts mehr habe, da Du alles
nahmst, itzt verläfst Du mich?

HÄSTINGS.

Hier entgegen, und überall entgegen! Muß ich
denn immer verfolgt, und immer durchkreuzt, das
Auge des Argwohns auf jedem Tritte antreffen. Hie
und dort, und allenthalben — — Reifs' ich mich
los, und denke sicher zu seyn, so steht sie vor
mir und quält mich, tödtet mich. Ewige Vorwürfe! — Ist denn kein Ort mich zu bergen auf
Erden???

ERWINE.

Hier ist er — hier findest Du Ruhe. (Sie öffnet
die Arme nach ihm — Nach einigem Schweigen) Ha, sinkt
Dein Blick? O, ich sehe scharf — durch Künste

und Schein, (nimmt ihn bey der Hand) sag' mir, warum
bist Du hier?

HÄSTINGS. (überdrüssig)

Nicht um Dich aufzusuchen.

ERWINE.

Das weiß ich — denkst Du, die frommen
Mitternachtbesuche ließen sich anders erklären, —

HÄSTINGS.

Ums Himmels willen! wenn Du weise seyn
kannst, wenn Du den Frieden Deiner Seele schätz-
zest, so nimm den Rath meiner Liebe an! Glaube
mir, ich bin treu! Höre Deine Eifersucht nicht!
Laß nicht den Teufel Neugierde, der Dein Geschlecht so oft verdarb, Dich verführen, nach un-
nöthigen Geheimnissen zu lauschen! Geh, sey ruhig, geh!

ERWINE.

Ruhe mir! Ruhe *mir*! Mit Deinem Spötter-
auge mir Geduld! Daß der gelassene Thor sich
im Staube hinsetzte, und wie ein gestilltes Kind
beym Spiel Deiner Worte lächelte!

HÄSTINGS.

Ha, des überweisen Kindes —

ERWINE.

Verdamme Dich Gott Du Verräther, und wehe
über Dich! — (Hästings entfernt sich) Warum versteckst
Du Dich — (sie führt ihn heftig zurück) Ist mein Auge
Dein Richter? — (sie blickt scharf auf ihn) Sieh, hättest
Du nur den Schein angenommen, nur den Schein
der Verstellung, Du dürftest mich weniger fürchten, — nur Zeichen eines schonenden Restes von

Zärtlichkeit, nur Zeichen eines Willens von Reue
— der Schatten des Schattens hätte Dich zum Engel gemacht! — (sie betrachtet ihn lange mit Erwartung)
Bin ich denn so wenig, daß selbst Verstellung
ihrer Mühe mich unwerth findet? — O mit ihr
wärst Du mir heilig, ohne sie bist Du — der
vollendete Bösewicht, der jede Menschlichkeit verließ, dem Menschlichkeit ein Mährchen, jedes edlere Gefühl Thorheit ist. — Ehre Deiner Ahnen!
Ehre Dir? wann hat Ehre in solchen Seelen gewohnt? Ehre Du! — tritt hin vor ihre Bilder
und überhebe Dich triumphirend des stolzen Be-
wußtseyns, ein Weib vernichtet zu haben — Ihre
Ehre war doch nur Mord: die Deinige ist Verrath.

HÄSTINGS.

Gebrochen auf ewig! — Mein Herz hat Deine
Bande zerrissen. Die Du beleidigst —

ERWINE.

Geister seiner Ahnen, hört's! Euer großer Enkel spricht, der wortbrüchige Prahler der unbe-
fleckten Ehre. Ha — entweicht mir Dein Blick?
(hält ihm ihren Spiegel vor) Bild des *Verräthers.* — (sie
hat ihn fest ergriffen.)

HÄSTINGS. (reißt sich los)

So bin ich frei — durch Bitterkeit hast Du
mich von Dir getrieben, durch Launen Deine Ansprüche vernichtet. Edle Liebe empört sich unter'm Drange des Uebermuths. Wo sie ein besse-
res Glück mir bescheidet, will ich sicher vor Deinen Qualen die stillen Freuden ihrer Ruhe wieder-
finden.

finden. Euer Verdienst ist Gefallen. *Rechte* darüber hinaus — kenne ich nicht.

ERWINE.

Recht so — ein schlechtes Herz leugnet Rechte, die es nicht kennt.

HÄSTINGS.

Ich bin ein *Mann.* Soll Ungestüm mich bezwingen? Die Lästerung eines Weibes verliert sich zu tief unter mir.

ERWINE.

Bis sie zurückkommt als Schande, bis der Fluch sich für ihre Kränkungen rächt, sey's! Trotze dem kommenden Tage in der Fülle Deiner Macht! Verachte Wahrheit und Recht! Entsage jedem Vorzug des Herzens —

HÄSTINGS.

Geh, ich bitte Dich.

ERWINE.

Du bist ein grofser Mann, ein geehrter Mann. Aber *doch* sieht Dich ein Auge, das Gröfse nicht achtet, doch richtet die Zukunft. O Hästings, hüte Dich vor dem Grimme des ewigen Richters.

HÄSTINGS.

Recht so! den Himmel zu Gehülfen, wenn die Erde nicht rettet! — Deine Donner schrecken mich nicht.

ERWINE.

Hästings! ich kniee hier und bitte . . . . Auch unwillkührlich sind meine Thränen Deine Ankläger.

E

#### HÄSTINGS.

Was sind dem Himmel Deine Thränen? —
Du Heilige!

#### ERWINE.

Hästings, ich bitte. (steigende Ungeduld)

HÄSTINGS. (kehrt ihr schnell den Rücken und
geht weg.)

#### ERWINE.

Knie ich noch hier und bettle? (steht im höchsten
Grimm auf) — So räch' es der Himmel, daſs Du ihn
lästertest! sein Arm sey ohne Donner, seine Gerechtigkeit komme nie zu den trotzigen Söhnen
der Erde, wenn Meineid wie der Deinige in Sicherheit wandelt!

#### HÄSTINGS.

Wie mein Schicksal will, nur izt, mein guter
Genius, wende den Sturm! Hab' ich wider Willen gesündiget, o so laſs jede Plage über mich
kommen, nur die einzige nicht, der Wuth ihrer
Zunge nicht zu entgehn! (er führt sie gegen die Thüre
des Eingangs.)

#### ERWINE.

Dein Gebet ist erhört. — (sie will gegen ihr Zimmer: kehrt plötzlich zurück) Nein, unter Nacht und Fin-
sterniſs in meine Wohnung zurück! Fort will ich!
(Pause) aber wisse, stolzer Mann, der meiner Schwäche lacht, auch dieser ohnmächtigen Hand bist Du
nicht zu fern. Und wenn Du thronst in Macht
und Fülle, wenn Königshuld rund um Dich lächelt
— meine Rache wird sich über Dich schwingen,
tief, tief hinab Dich zu stürzen vom Throne Dei-

ner Zuversicht. Wie das allrichtende Schicksal —
will ich über Dir schweben, Dich fallen sehn,
und Deine scheidende Seele mit Verachtung auf-
fangen, um sie mit Hohngelächter hinabzustoſsen
zu den Schatten der Hölle! (ab.)

HÄSTINGS. (allein)

Frey? — — Armes Geschlecht, für Lust und
Abscheu gleich unverwahrt! Nun begreife ich, wie
Wahnsinn Euch Muth giebt, dem Willen eines
Mannes zu trotzen. Aber ras't wie Ihr wollt!
Werkzeuge unseres Vergnügens! mehr Gewalt über
mich sollt ihr nicht haben, nie mehr als meine
Laune will. Ich will beweisen, daſs ich ein
Mann bin: doch stille! ruhig! (sie kommt) Die Aus-
nahme ihres Geschlechts, bey der die Natur alles
Argen vergaſs. — O Krone der Schöpfung (im Ent-
gegeneilen)

ZWEITER AUFTRITT.

JANE SHORE und HÄSTINGS.

HÄSTINGS. (etwas beschämte Liederlichkeit)
Vergebt der Freundschaft, wenn Ungestüm Eure
Gemächlichkeit stört, wenn die Freude einer glück-
lichen Nachricht mich später als üblich hieher treibt.
Der Protektor hat alles genehmiget.

JANE SHORE.

Alles! —

68.

HÄSTINGS.

Alles — Das Opfer, in einer Bitte mich ge-
gen ihn zu verpflichten, ist gebracht. Er erwartet
Euch morgen! wenn er Euch sieht, wenn Eure
Schönheit, Euer Schmerz spricht — —

JANE SHORE.

Nehmet meinen Dank (kniet) in jedem Ausdruck zu schwach.

HÄSTINGS.

So nicht! Ihr verkennt mich. (hebe sie auf) Wie
mögt ihr mich der Eitelkeit fähig halten, um solchen Dank meine Dienste zu verkaufen!

JANE SHORE.

Wahr! sehr wahr! Ich erkenne Euch. O dass
Gott Euch mir zum Helfer sandte!

Mein Mund soll schweigen, damit dem vollen
Herzen nichts entzogen werde, wenn's dort am
Throne des ewigen Belohners sich niederwirft,
um — —

HÄSTINGS.

Ihr verkennt meine Absicht. O Ihr kennt Euch
selbst nicht genug. Wenn Verdienst in meiner
That ist, wenn Ruhe in Eure Seele, Sicherheit in
Euer Schicksal kommt — so that ich's ...

JANE SHORE.

Weil Euer eignes edles Herz es wollte.

HÄSTINGS.

Ja es wollte, glaubet mir! Es ist hingerissen,
es lebt im Stolz Euch zu retten. Es fühlt sich
nur in der Ahnung einer Zukunft, die mit Freude
und Glück Euch umgiebt. — Jedes Leiden weg-

gescheucht, jeden Genuſs zurück gebracht — hier
in diesen Armen Fülle des Lebens wieder zu finden! ! — Daſs der kalte Fürsprecher gesiegt, daſs
der gewöhnliche Retter gesprochen hätte, glaubt
das ja nicht! Was in mir glühte — — edlerer,
höherer Trieb! allmächtiger war die Stimme! Nur
der Ton der höchsten Begeisterung konnte den
feindlichen Sinn des Herzogs beugen. Was aus mir
sprach — warum sollt' ich's verbergen? Warum
sollt' ein glühendes Herz nicht in aller Wahrheit
seines Gefühles sich zeigen? (knieet) Hier bin ich,
*hier* von diesem Auge, von dieser Hand — —
Schönheit ist die Belohnung meines Herzens —
Liebe ist mein Preis — könnt Ihr sie versagen? —
könntet Ihr zweifeln daſs ich Euch liebe?

JANE SHORE.

Wehe Mylord! —

(will zurück; er vertritt den Weg. Stilles Gebet der Angst)

HÄSTINGS.

Diese Unruhe — dieser Blick zur Erde — diese
Thräne im Auge — Ich verstehe sie nicht. Seufzer statt Liebe, wenn ein Mann — Es können ja
nicht *immer* Könige seyn.

JANE SHORE.

O Erbarmen! Gott! nur einen Strahl in dieses
Herz —

HÄSTINGS.

Schöne — Göttliche! daſs dieses Auge Euch
belehrte, daſs dieser Händedruck Euch beschwüre —

JANE SHORE.

Ist das Euer Mitleid? —

#### HÄSTINGS.

Ich bete Euch an.

#### JANE SHORE.

Ist das die Sprache des Edelmuths! — Ist das der Retter der Gekränkten — der Mann, der wie ein Engel auf der Bahn meiner Leiden mir begegnete!

#### HÄSTINGS.

Er ist's, der mit dem Herzen der Liebe Euch entgegentritt —

#### JANE SHORE.

Nun so kenn' ich ihn nicht.

#### HÄSTINGS.

Der mit weicher, allzuweicher Seele dem Zauber erliegt — (will sie umarmen)

#### JANE SHORE. (Ihn zurückhaltend)

Milord! es gibt einen Stolz, der den Mann auch über Wünsche siegen lehrt.

#### HÄSTINGS.

Jetzt? — Mit dem unwiderstehlichen Reize des Leidens — da jeder Zug von Gram erhöht, Triumph der Schönheit im thränenden Auge blickt —

#### JANE SHORE.

In Eure Arme hab' ich mich geworfen. Ich habe Euch für einen Mann gehalten, der mit Theilnahme die Pflichten der höheren Menschheit zu erfüllen wüfste. O! was ich in Euch sah, die Ehre der Menschheit in Eurem Charakter . . . . Alles was Eurem Stolz schmeicheln konnte, fühlte ich für Euch. Soll ich dem Urtheile meines Her-

zens entsagen und in Euch mit Entsetzen einen
der Elenden —

HÄSTINGS.

Die den Sturm erregt, sollte ihm zu brausen
verbieten?

JANE SHORE.

Nur auf verdorbene Herzen verfehlt der Anblick des Verlassenen seine göttliche Wirkung.

HÄSTINGS.

Lädy —

JANE SHORE.

Soll ich zurückkehren, soll ich in Euch den
Fühllosen beklagen, der die heiligen Rechte des
Unglücks übertritt, der edles Vertrauen mißbraucht,
und schändliche Entwürfe auf leidende Schwäche
gründet?

HÄSTINGS.

Theurer, reizender macht Euch diese Helden-
miene.

JANE SHORE.

Wie Mylord! Seyd Ihr's, an dem das Unglück
seine geheiligte Macht verliert, in dessen stiller
Nähe sonst die Wünsche jeder edleren Seele sich
läutern? Ach! ich mögte so gern mit Ruhe meinen letzten Schritt zum Grabe wandeln, mögte
die wenigen Stunden heilsamer Prüfung so gern dem
Andenken, und jeder Rückkehr dieser Welt entziehen.

HÄSTINGS. (unschlüssig. Pause.)

JANE SHORE.

Mylord, beim heiligen Gefühle der Ehre —
macht nicht, daß ich den Menschen verachte!

### HÄSTINGS.

Aber ich begreife Eure Veränderung nicht.

### JANE SHORE.

So wenig als ich den Mann, der die Rückkehr des Herzens zur Tugend nicht begreift.

### HÄSTINGS.

Ihr, die Göttin der Jugend, das Herz, das in endlosem Wirbel, in jeder Freude des Lebens sich mittheilte? — Ich sah Euch. Ich kannte Euch —

### JANE SHORE.

Saht mich, kanntet mich! Ach Herold meiner Thaten — sehen konntet Ihr mich. Mein Lächeln konntet Ihr sehn. Aber der Geist meiner Freuden blieb Euch verborgen. Der Sinn Eurer Seele hätte sie fassen müssen, um jetzt nicht ungerecht zu seyn. Aber ich verdiene den Vorwurf. Ich verdiene selbst von denen verkannt zu seyn, die es am wenigsten sollten.

### HÄSTINGS.

Göttin der Jugend! ich sah Euch. Ich kannte Euch (frey)

### JANE SHORE.

Saht mich! — Es ist die Folge meiner Irrungen, dass jede Zunge wie die Eurige Gewalt hat, mit schmachvoller Erinnerung mich niederzudrükken —

(Sie kniet.) Immer waltende Vorschung, stelle meine Reue neben meine Thaten, sieh diese Leiden, und richte —

HÄSTINGS.

Dummer Schnak! — sey fromm wenn Du alt
wirst, wenn die Sinnen vom Himmel betteln
müssen, was sie nicht mehr auf Erden finden.

JANE SHORE. (Mit hoher Würde)

Edward — Geist Edwards! Als Du diesen
Mann zu meinem Beschützer ernanntest; als Du
mit dem letzten Seufzer eines brechenden Herzens,
eben so getäuscht wie ich, in seinem Edelmuth
meine Stütze, in seiner Liebe für Dich meinen
Genius erkanntest: — wer hätte in seinen thränenden Augen damals gelesen, daß er Dein Andenken
in mir so schändlich entheiligen würde! O Edward ein Weib liebt, selbst mit Verletzung ihrer
Pflicht, Dich noch im Grabe. Und unter allen
Männern — ist der beste ein Heuchler.

HÄSTINGS.

Edward, ich rette sie — aber ihre Träume
sind nicht Deine Rechte.

JANE SHORE.

Rettet man *so?* — Nein Mylord, und wenn Ihr
ein Gott wäret, nicht. Ich verachte Eure Hülfe.
Ich entsage von nun an jeder Wohlthat, die Ihr
mir anbietet. Froh will ich in meinem Elend ver-
gehn, um nur den Mann zu entbehren, der an Edward ein Heuchler war. Der Fluch meines Elends,
der auf Euch fällt, räche diese Täuschung!

HÄSTINGS.

Weg mit dem Sträuben! (er nimmt sie)
Ziererei zur Unzeit — so wahr ich lebe, nur Verstellung.

JANE SHORE. *(sie wirft sich nieder; er hält ihre Hände.)*

Noch einmahl! Es ist schändlich, Mylord — alte Freundschaft, Zutrauen in einen Beschützer — Edwards Andenken — Alles für nichts — Alles gemißbraucht! Seine Feinde hätten Edwards Geliebte in mir geehrt! —

HÄSTINGS.

Und sollte die Hölle sich mir entgegensetzen —

JANE SHORE.

Es gab eine Zeit, da ich an Menschen glaubte. O Gott errette mich!

HÄSTINGS.

Ich will der Thor nicht seyn, der Nacht, Einsamkeit und Gelegenheit, um tolle Thränen sich abtrotzen läßt.

JANE SHORE. *(reißt sich los)*

Zurück — ich bitt' Euch verlaßt mich.

HÄSTINGS.

Nimmermehr —

JANE SHORE.

*(Man hört kommen)* Um Gottes willen! *(sie entflicht. Dümont tritt ihm in den Weg.)*

———

## DRITTER AUFTRITT.

—

### DÜMONT und HÄSTINGS.

———

#### DÜMONT.

Mylord was machen Sie? —

#### HÄSTINGS.

Was — wer bist Du?

#### DÜMONT.

Ich —

#### HÄSTINGS.

Fort — vor der Thür ist Dein Amt —

#### DÜMONT.

Dann nicht, wenn die Pflicht eines Mannes
mich hieher ruft.

#### HÄSTINGS.

Fort sag' ich!

#### DÜMONT.

Ich will sehen, wer mich hindert, zum Schutz
eines hülflosen Weibes hier zu stehen.

#### HÄSTINGS.

Fort aus dem Zimmer — Leute Deiner Art —

#### DÜMONT.

Keine Gewalt Mylord! Es ist unmännlich sich
so zu benehmen.

#### HÄSTINGS.

Kennst Du mich? —

#### DÜMONT.

O ja, mein stolzer Graf, kenne Euch mit jedem Vorzug, aber auch mit all der Unehre, die

die Schande Eures Betragens auf die ruhmvollen
Reihen Eurer Ahnen zurückwirft — ein Held bey
Weibern', ein Ritter, der bey Nacht seine kleinen
Abentheuer ausschwärmt.

HÄSTINGS.

Bravo, bravo —
Champion und Kuppler in einer Person — ha, nun
seh ich klar, wo die Heiligkeit ihre Stärke findet,
und die girrende Taube ihre Tugend — bravo —
willst Du Geld? (wirft ihm Geld hin) Es hat manchen
trotzigen Wächter zur Ruhe gebracht.

DÜMONT.

Du kennst den Menschen nach Deinem eigenen Herzen.

HÄSTINGS.

Nicht genug? —

DÜMONT.

Nimm Deinen Schimpf zurück, reize den Grimm
nicht, oder Du sollst fühlen, daſs mein Blut mu-
thiger als das Deine den Beleidiger zu erniedrigen
weiſs. Wenn der Himmel mir Titel versagte, so
machte er mich doch bieder — mehr, als je ein
König konnte, wenn er einen Lord machte.

HÄSTINGS.

Unverschämter Schurke — ich will Dich Unterschied lehren (zieht und schlägt nach ihm.)

DÜMONT.

So — gut! mein Arm ist fest genug seinen
Herrn zu decken (zieht; sie fechten.)

HÄSTINGS.

Stoſs zu Schurke —

DÜMONT. (entwafnet ihn; lacht)

HÄSTINGS.

Verdammnifs — von so einem Kerl entwaffnet —

DÜMONT.

Hm, stolzer Thor! Wo wäre denn itzt der
Unterschied? Dein Leben ist in meiner Hand.
Nur Ehre und angeborne Tugend hält mich ab, das
Recht, das meine Gewalt mir giebt, zu gebrauchen,
(wirft den zerbrochenen Degen zurück) lerne für die Zukunft,
dafs, der Lord gegen den Mann (stolz) nur gilt,
was der Mann werth (verächtlich) ist. (führt ihn höflich
zur Thür.)

HÄSTINGS.

Verflucht sey meine schwächere Hand! Dein
Glück hob Dich über mich, aber es wird Dich
nicht sichern. (ab.)

DÜMONT. (ungewifs ob er zu Jane Shore hin-
eingehn soll)

JANE SHORE. (kommt ängstlich herein)

Aber Gott, was ist geschehen? kennt Ihr dieses
Mannes Einflufs und Allmacht?

DÜMONT.

-. Einen Schurken gezüchtiget, gegen den der
Himmel selbst Euch beschirmen wird — Ruhig,
beste Gebieterin. Aber hört mich, hört in diesem
Augenblicke der Entscheidung einen Mann, der's
treu mit Euch meint. Bei allen Uebeln, die meine
weifsagende Seele vorausfieht, bei allen Ahnungen
der Zukunft, verlafst einen Ort, wo jeder Schritt
Euch irre führt! Hier in einer Wildnifs von Wi-

derwärtigkeiten, vor den Augen Eurer Feinde, wo Tugend selbst Verbrechen, und ein begangener Fehltritt das ewige Ziel boshafter Verläumdung ist — eilt hinweg! Noch wird ein Ort seyn, wo still und unbekannt Euer Daseyn zu fester ruhigerer Dauer sich wieder sammeln kann.

JANE SHORE.

O stille! Ich habe meine Gedanken durchwogen, aber keiner der Hoffnung gab! Die Ruhe meiner Seele ist hin. O, daß meine Augen sich schlössen, daß mein Haupt sänke in den Staub. Nur im Grabe ist Hoffnung, nur dort wird's enden, in der tiefen Wohnung der Todten — im Grabe.

DÜMONT.

Im Grabe, ja! — Aber bis zum Schritt an's Grab ist auch ein Weg, der noch Blumen trägt. Glaubt mir, ich weiß einen Ort —

JANE SHORE.

O ja; mich dünkt, ich seh' ihn —

DÜMONT.

Also wollt Ihr —

JANE SHORE.

Einen Ort! komm, (schwärmerisch) Ich will Dir ihn sagen. Tief sey das Thal, schwarz und menschenleer dämmere es zwischen den Bäumen hinab zum lichtlosen Dunkel! Raben und Vögel der Nacht, Brausen des Windes, und ein Rauschen, fürchterlich, wie um's mitternächtliche Grab — da wandle ich auf Moos im Abgrunde, wo der Bach um steile Wände, Stein auf Stein sich hinabreißt — aus der Tiefe schallt's unter'm Gebüsch herauf — Gedanken des Todes, Zeiten der Vergangenheit, Schauer der Zukunft, rastlos von Schrekken zu Schrekken gejagt, treiben mich hin, reifsen mich hin, wo ewige Trauer in Klagen ihr Daseyn verweint. O dafs ich *da* wäre — ich wollte leben und mich verbergen, nicht ein Mensch sollte mich sehen, nicht der Hohn des Weibes, nicht das verachtende Mitleid des Mannes mich erreichen! Ich wollte Gott danken, und in tiefer Stille meinen Jammer umarmen —

DÜMONT.

Und ruhig werden, und dann doch nach milderen Stürmen das heitere Roth der letzten Jahre segnen. O theureste Gebieterin, nicht ganz so — aber auch nicht viel anders ist der Ort, den ich Euch bestimme. Einsam genug, um der Melancholie süfse Thräne zu nähren, aber nicht schrecklich, um sie zu empören — ein stiller Wald, der sich am Berge hinzieht, auf seiner Höhe eine einsame Wohnung, gemächlich, ohne Pracht, ein schattiger Garten, Wiesen, und wenige Felder. Im stillen Thale des Haines ein reiner Bach, und zur Aussicht eine weite Aue am Fufse der Felsenberge — dort ist Ruhe und Seligkeit; im Schoofse der Natur ein einfaches Leben, aber zum friedsamen Genufs gemacht; die wenigen Bewohner, die Ihr dort antrefft, sind arglose gute Menschen, ohne Neugierde —

JANE SHORE.

Gütiger Himmel — o dafs noch so viel Seligkeit für mich bereitet wäre — solch einen Freund,

so meine Wünsche erfüllt! ich will eilen, ehe des
Winters Sturm den Weg verschliefst. Kommt!
wir wollen reisen.

DÜMONT.

Nun, da Ihr *wollt*, bin ich froh. Weg mit
Furcht, weg mit den Sorgen! Ruhe, Friede des
Herzens, ewiges Wohlseyn erwartet Euch dort.
Ich will Eure letzten Tage glücklich machen. O
ich kann Euch nicht sagen, wie bange mir war
bis itzt, und wie mir wohl ist, da ich Euch näher
der Sicherheit sehe.

Weg nun, ihr Unmenschen, die ihr nur läs-
tern könnt! — Eine verirrte Tugend den Folgen
ihres Fehltritts, und eurer Bosheit entrissen, in
stille Einsamkeit, der Erholung von Leiden, dem
letzten glücklichen Gefühle des Daseyns entgegen
führen — O wo ist ein Mensch von unverdorbe-
nem Herzen, der in diesem Glück nicht eine Seligkeit fände, die jeden Genuß des Lebens übertrifft!

# DRITTER AUFZUG.

## ERSTER AUFTRITT.

Erwinens Wohnung. Erwine arbeitend, Hästings lesend.

(Langsam gespielt. Erwine immer sinnend und lauernd den Ausdruck zu fassen, der treffe. Hästings sich unwillig ins Gespräch gebend, abwesend, zuweilen auffahrend, bitter und hart.)

ERWINE.

So beschäftigt, Mylord? — — (Stille) bat ich Euch darum zu mir?

HÄSTINGS.

Die Zeiten fordern's. (ohne auf sie Acht zu haben)

ERWINE.

Leider!

HÄSTINGS.

Wohl leider —

ERWINE.

Dafs Herzen sich ändern und alte Treue vergessen wird!

F

HÄSTINGS.

Ihr wiſt meine Gesinnungen über den Punkt.
(nach einiger Zeit) Ich liebe Vorwürfe nicht.

ERWINE. (schnell)

Weil sie treffen.

HÄSTINGS. (verschlossen kalt)

Ich bin meines Bewuſstseyns gewiſs. Und was
Ihr auch denken mögt, *Eure* Pflicht ist Gefällig-
keit: wo *sie* endet, endet die meine. (er will gehn)

ERWINE. (hält ihn auf)

HÄSTINGS.

Euer Auge lächelt, Euer Herz kocht. — —
Zweideutigkeit ist mir verhaſst. *Ich* bin Euch
nichts, *Ihr* — seyd Euch Alles.

ERWINE.

O Hästings, wie wenig — — Nicht ich —

HÄSTINGS.

Thränende Augen — Ich kenne Euch. Nicht
Euer Herz, Euer Vortheil, Eure Eitelkeit knüpft
Euch an mich.

ERWINE. (will reden)

HÄSTINGS.

Da liegt der Neid, der Eure Seele zu Vorwür-
fen empört.

ERWINE.

Ist beleidigte Liebe (man sieht, daſs sie gern etwas
Härteres sagen mögte)

HÄSTINGS.

Liebe, edle Liebe, hätte meine Theilnehmung
für Andere mit Wohlwollen betrachtet. Es ist
Eure Freundin.

ERWINE.

Verflucht sey Freundschaft! (sich nicht genug zurückhaltend)

HÄSTINGS. (reißt sich los)

Hinweg von mir!

(Ein Bedienter in der Thür) Von Lord Stanlei

HÄSTINGS.

Herein. (Sein Blick zeigt Erwinen, daß er ungestört zu seyn
verlange. Ihr Spiel zeigt steigenden, aus Furcht sich noch zurück-
haltenden Grimm. Neugierde nach allem was geredet wird, und in-
nerliche Unruhe kochender Entschlüsse während des folgenden.)

(Lord Stanlei's Bedienter kommt) Viele Empfehlungen

HÄSTINGS.

(Er hat sich weit von Erwine gestellt, und sein Blick hält sie ab
näher zu treten, wozu sie sich einigemale hingerissen fühlt.
Unruhe, Gewohnheit und bittres Gefühl, einst von nichts aus-
geschlossen gewesen zu seyn, treiben sie hin und her.)

BEDIENTER.

Und — (sieht sich um ob er laut reden dürfe)

HÄSTINGS.

Sprich! (nimmt ihn näher an sich)

BEDIENTER.

Böse Träume hätten meinen Herrn diese Nacht
verfolgt: ein Eber seinen Hut ihm abgerissen, ein
andrer seinen Stab zerschlagen.

HÄSTINGS.

So!

BEDIENTER.

Ueberdieß hätte er Nachricht, es würden zwei
Staatsräthe gehalten, von denen wohl der eine ver-
neinen dürfte, was der andre bejahte. Das sicher-

F 2

ste bei den drohenden Gestalten seiner weißsagen-
den Seele dünkte ihn eine Reise nach Norden.

HÄSTINGS.

Und mir — ihm zur Antwort — das sicherste
... bleiben. In einem der beiden Staatsräthe
wären wir beide —

ERWINE. (will sich nahen)

HÄSTINGS.

Ich bitte. (zum Bed.) in dem andern mein Freund
Katesby. Nichts könne ohne mein Wissen vorge-
hen, seine Furcht sey Traum, sein Traum ein Nacht-
bild, dem ich in einem so gesunden Kopfe wahrhaftig keine Dauer zugetraut hätte. Den Eber fliehen, ehe der Eber noch Arges suche, sey, den
Eber auf Arges bringen. Drei Stunden Warten
würden seine weißsagende Seele zur Träumerin
machen.

Er soll bald kommen. In zwei Stunden gehen wir mit einander zum Staatsrath im Tower.
Gott befohlen!

BEDIENTER.

Werd's bestens ausrichten. (ab.)

ERWINE. (gutscheinend)

Mylord.

HÄSTINGS.

Madam.

ERWINE.

Ich sehe mancherlei.

HÄSTINGS.

Ich die Menschen überall von ihren eignen
Gebilden verfolgt. (mit Bedeutung auf sie)

ERWINE.

Eine Reise nach Norden, Sicherheit vor nicht
unwahrscheinlicher Gefahr —

HÄSTINGS.

Und ein Opfer für ihre Eifersucht. Männer
sind keine Kinder.

ERWINE.

Aber was verlange ich —

HÄSTINGS.

Mich zu entfernen, zu belagern. Was hattet
Ihr zu hören? Nie soll Euer Wille geschehen.

———

ZWEITER AUFTRITT.

———

KATESBY und die Vorigen.

———

HÄSTINGS. (etwas betroffen.)

KATESBY

(bemerkt es ohne es zu scheinen. Ueberhaupt, gewohnte Larve der
Offenheit, Zutraulichkeit, gesuchte Leichtigkeit, lauernder Scharf-
blick, der Erwinen nicht immer entgeht, die bald zuhört, bald
einsylbig zu sprechen scheint, wie beim Zustand eines ungewissen Ueberlegens.)      (Katesby umarmt Hästings.)

KATESBY.

Unangemeldet tret' ich ein, der Freund, der
ein liebes Paar nicht zu stören glaubt

HÄSTINGS. (mit einem übereilten Blick des
Grolls gegen Erwine)

Es ist wenig zu stören.

KATESBY. (es nicht zu bemerken scheinend,
gegen Erwine)

Aber dort sind Augen, die es nicht so zu nehmen scheinen.

HÄSTINGS.

Das Gute, was Ihr mir zu sagen habt, wird sie
beruhigen.

KATESBY.

Das Gute — was kann in unsre Zeiten *Gutes*
kommen!

HÄSTINGS.

Ehrlichkeit.

KATESBY. (lacht und schüttelt ihm die Hand)

Und der Erfolg?

HÄSTINGS.

Beßre Zeiten.

KATESBY.

Mit diesen Menschen? —

HÄSTINGS.

Ich bitt' Euch, nichts über die Menschen! der
Fehler liegt an denen, die sie besser machen sollten.

KATESBY.

Und wenn's nicht glückt?

HÄSTINGS.

Habt Ihr's schon versucht? Vier-Monat-Re-
genten, was könnt Ihr sagen?

KATESBY.

Vieles.

HÄSTINGS.

Entwürfe —

**KATESBY.**

Zur Ausführung fehlt der Mann.

**HÄSTINGS.**

Nie, wenn man zu wählen weifs.

**KATESBY.**

Seh' ich ihn doch. — Aber nicht alle sehen.

**HÄSTINGS.**

So sprecht und seyd ein Mann.

**KATESBY.**

Wer wagt gern!

**HÄSTINGS.**

Wer sein Vaterland im Herzen trägt, und nicht, wie ein gemeiner Söldner, Dienste nach Bogen zählt, die er zwecklos füllt.

**KATESBY.**

Ich kann nur vollziehen.

**HÄSTINGS.**

Was ein Andrer befiehlt? — Der Knecht vollzieht, der Diener eines edlen Landes denkt selbst.

**KATESBY.**

Was kann der Einzelne?

**HÄSTINGS.**

Viel.

**KATESBY.**

Das weifs ich: *Sehr viel* — wenn er gemeinen Vorurtheilen entsagt — wenn er sich losreifst um Zeiten und Verhältnisse mit der Wahrheit eines freyern Blickes zu messen.

HÄSTINGS.

Sagt lieber, wenn er ehrlich im Herzen, furchtlos am Altare des Vaterlandes die Wahrheit rettet,
die er beleidigt sieht.

KATESBY.

Wer fühlt das mehr als ich? Stehe ich nicht
auf einer Stelle, wo all diese schleichenden Rot-
ten sich begegnen, und jede in mir ihren Gehülfen sucht? — Hier, unter Euch, unter guten Menschen ... O dafs ich einmahl meinem geprefsten
Herzen Luft machen kann! — — Es sind traurige
Zeiten. Ich trag' ihre Last. O Hastings! Erwine!
(zu ihr) Auch Euren Beistand fordre ich, weibliche
Theilnehmung giebt den schönsten Ausschlag auf
der Wage männlicher Ueberlegung bei ungewöhnlichen Thaten.

(zu Hastings) Freund, es sind traurige Zeiten.
Ueberall Gährung, Alles wie zum Tag des Welt-
gerichts — Alles auf seinen Grundfesten erschüttert —

HÄSTINGS. (der gar nicht abnimmt, wozu diese
klagen)

Was ich nicht sehe.

KATESBY.

Nicht?

HÄSTINGS.

Ein todter König hinterläfst einen Sohn. Der
Sohn wird Nachfolger: die Nazion schwört Treue
und die Gesetze strafen den Verbrecher. (Etwas bedeu-
tender) *Alles* geht seinen Gang. Gloster ist Regent,
und Gloster ist kein Mann der sich schrecken läfst.

### KATESBY.

Freilich nicht. Aber was ist Gloster? Eine Puppe des Tages: heute im Glanz verliehener Macht, morgen von einem betrogenen Volke für einen andern vertauscht. Freund, ich sage Dir, es sind gefährliche Zeiten.

### HÄSTINGS.

Und wenn sie's sind. — Ist Gloster nichts? Ist die Liebe des Volks zu Edwards Söhnen nichts?

### KATESBY.

Du siehst nicht, kennst nicht, was ich sehe, kenne. — Die Königin, ihr Anhang — Deine Feinde — — wird nicht des Sohnes Gewalt in ihren Händen liegen? Ist Gloster nicht Dein Freund? Sein Schicksal das Deinige!? Was kann er gegen Alle?!

### HÄSTINGS.

Einige sind verhaftet.

### KATESBY.

Gut, und wenn sie's sind?

### HÄSTINGS.

Gloster ist Regent.

### KATESBY.

Soll er meuchelmorden?

### HÄSTINGS.

In seiner Kraft sich geltend machen —

### KATESBY.

Regent (lacht)

### HÄSTINGS.

Zu wachen über alles.

KATESBY.

Regent! — der Ehrenmantel königlicher Un-
mündigkeit — ein mächtiges Ding! Was kann er,
über Zeit und Verhältnisse, über Leben oder Tod?
was vermag er?

Phantom des Augenblicks, niemand fürchtet in
ihm die Dauer der Zukunft.

Furcht muß die Menschen regieren. Sie sind
Thiere, die nur der Schrecken zähmt und Dumm-
heit gelassen macht. Ein Stellvertreter? — ein Regent? (mit dem Ton spottender Verachtung) — Warum ist
*solch* ein Mann nicht *Alles* — und England . . .
Europa läg' zu seinen Füßen: die Nation auf Eins
gespannt! unsre Heere! unser Reichthum! Dein
Name siegte mit dem Seinen. Welche Zeiten!

HÄSTINGS.

Alles — was ist Alles?

KATESBY.

*Alles.* (zweideutig)

HÄSTINGS.

Auch König? (rasch)

KATESBY.

Den Fall gesetzt!

HÄSTINGS. (sieht ihn lange starr an)

Das hätt' ich nicht geglaubt, (will umwenden)

KATESBY. (hält ihn)

Leiden wir nicht alle? . . . Dem Prinzen
ein Reich oder dem Reiche einen König — was
ist mehr?

HÄSTINGS.

Das Recht.

KATESBY.

Dem Neffen der Oheim.

HÄSTINGS. (faſst seine beiden Hände feſt)

KATESBY. (hoffend)

Dem künftigen König eine Schule, Ruhe dem Lande.

HÄSTINGS.

Und der Gekränkte? —

KATESBY.

Niemand.

HÄSTINGS. (zieht Katesby's Hand in der Heftigkeit der Bewegung gegen sein Herz und läſst sie dann fallen.)

Meinen Kopf für Edward! Der Staat besteht nur in seinen Gesetzen und Edwards Erbfolge — Wer wagt sie zu brechen? Dein Diensteifer —

KATESBY.

Was ich meyne, ist eine Frage dieser Zeiten.

HÄSTINGS.

Und was ich meyne, das Recht aller Zeiten.

KATESBY.

Möglich —

HÄSTINGS.

Wüſst' ich, daſs dieser Gedanke Dir von Herzen käme — als Verläumder des Herzogs würd' ich Dich belangen.

KATESBY.

Hästings! (ihn gleichsam zurückrufend) Euren Freund! — Was ich vor jedem verschloſs — Kann ich mit Euch nicht einmahl eine patriotische Hypothese verhandeln, ohne daſs Ihr heiſs werdet? Ist das das erstemahl? — Schulkamerad!

### HÄSTINGS.

Und wenn auch.

### KATESBY. (vertraulich)

Kein Wort zu einer Seele. Aufser uns darf keine solche Frage Statt haben.

### HÄSTINGS.

Von jeher grübeltest Du, wo Andre entschieden.

### BEDIENTER.

Lord Stanlei kommt.

### HÄSTINGS.

Der Augenblick engt mich ein. Ich verzeihe Dir was Du sprachst; aber hinaus, hier ist's enge. Hier ist's unmöglich zu bleiben. (schnell ab.)

### KATESBY.

Wahrhaftig gut verzeihen, ein andrer verzeihe! (zu Erwinen) Madam! mit Euch kann ich offner sprechen, Ihr vermögt alles über sein Herz.

### ERWINE. (weint)

### KATESBY.

Was? auch hier? — Also doch — (scheinbar für sich gesagt)

### ERWINE.

Was?

### KATESBY.

Vergessen habe ich nur — (theilnehmend erstaunt)

### ERWINE.

Um alles — (alles befürchtend, um Aufschlufs flehend)

### KATESBY.

Was ist Euch?

ERWINE.

Hästings — o so vieles

KATESBY.

. . . (hingeworfen) Ich hielt's für Scherz.

ERWINE.

*Was* ist Scherz?

KATESBY.

(seine meisten Antworten einsylbig vortragend, um sie desto tiefer greifen zu lassen.)

Er sollte Mistrifs Shore einen froben Kufs mehr bei der Nachricht seiner verhafteten Feinde geben — — befahl mir der Herzog beizusetzen.

ERWINE.

Der Herzog —

KATESBY.

Warum nicht? — Freunde, Vertrauter —

ERWINE.

O die Männer!

KATESBY.

Spielen mit den Weibern. — Und die Weiber —

ERWINE.

Sie spotten unsrer.

KATESBY.

mit den Männern, wenn sie wollen.

ERWINE.

Verlassen! Verlassen! dem Herzog, der Welt, zum Spott bekannt. Verflucht sey Freundschaft, Vertrauen!

KATESBY.

Nur das Mittel nicht, beide zu gewinnen oder zu rächen.

ERWINE.

Ich bin verspottet — (sinkt mit einem Schrei des Unwillens auf ihren Stuhl zurück)

KATESBY.

Aber nicht hülflos. — Jahrelange Verbindung
kann nicht reifsen. Shore hat ihn geblendet. Auf
sie fällt alles.

ERWINE.

Sie ist's.

KATESBY.

Hästings ist verloren. Er widersetzt sich dem
Herzog. Wer füllt sein Herz mit dieser romantischen Thorheit? . . . Edward und Edwards Erben,
und Alles für sie.

ERWINE.

Sie! — Sie! — das weifs, das hört' ich. Nur
seine Lobreden auf Edward konnten ihm Zutritt
erwerben, nur um seines Andenkens willen konnte
er Gehör hoffen. Edward war die Losung seiner
Liebe. So lang' er noch hofft, ist Edward ihm
theuer.

KATESBY.

So zerreifse seine Hoffnung und Shore sey verloren! Hästings wäre gerettet und Euer Kummer
verschwindet.

ERWINE.

Ach wäre Mord nicht mit Donner belegt!

KATESBY.

(Alles mit der Leichtigkeit im Wenden und Versprechen die den ver-
dorbenen Höfling bezeichnet: etwas Persiflage, nirgends dekla-
mirend)

Mord — den Gesetzlosen richten — gröfsern
Unordnungen vorbeugen — Der höhere Geist sieht
oft Pflichten —

ERWINE. (ihr Stolz ist ins Spiel gezogen)

KATESBY. (zuversichtlich)

Es giebt oft Mittel — es ist Gröfse, es ist
Stärke — — — über mindre Bedenken dem wan-
kenden Staate die Hand zu bieten . . . Hästings ist
verloren — — was wollt Ihr machen?

ERWINE.

Ich weifs nicht.

KATESBY.

Was sie sucht, ist . . . Unruhe im Staat, Zwist
unter seinen Vertretern . . . Die thörichte Eitelkeit empfindelnder Sehnsucht. Wir brauchen einen
Kläger, die Wahrheit eines Geständnisses wie das
Eure, um Hästings Unschuld und unser Verfahren
gegen den Staatsrath zu bescheinen.

Ich fordre Euch auf — von nun an Eure Pflicht.
— — Ihr könnt den Herzog retten. Sein Dank,
Euer Name, — vielleicht bald Hästings Gemahlin.

ERWINE.

Ich hasse ihn. (ungewifs betäubt)

KATESBY.

Ich kenne Euch besser.

ERWINE. (wankend; geneigt alles zu thun.)

Ein Weib als Kläger —

KATESBY.

Aber ein verlassenes Weib.

ERWINE.

O Gott!

KATESBY.

Was ist verächtlicher — die sich rächt, die sich rettet, oder — muthlos im Schweigen entehrt?

ERWINE.

Alles zerreifsen — alles vernichten!

KATESBY.

Er kommt zurück.

ERWINE.

Kommt —

KATESBY.

Er mufs. Sein Herz ist Euer: der Gegenstand ist weg. Verirrung dauert nicht.

ERWINE.

Und wird mich dreifach hassen.

KATESBY.

Eine Klage ohne Namen! —

ERWINE. (lange nachdenkend)

Hästings, das letzte für Dich — Dich erhalten — (sinnt, heftig entschlossen) Ja.

BEDIENTER.

Jane Shore.

KATESBY.

Geschwind weg! Schreibt, schreibt. — Ich halte sie auf. (er treibt Erwinen hinaus.)

———

# DRITTER AUFTRITT.

## KATESBY und JANE SHORE.

(Jane Shore trauernd, Kummer, Besorgnisse in jeder Bewegung. Langes Schweigen.)

**KATESBY.**

Der Protektor erwartet Euch.

**JANE SHORE.**

Muſs ich?

**KATESBY.** (Hoffsprache)

Es ist sein Befehl.

**JANE SHORE.**

Ich gehorche. Wenn gleich jedem Gesuch entfernt.

**KATESBY.**

Er hat schon *zweimahl* geschickt.

**JANE SHORE.**

Und muſs ich kommen?

**KATESBY.**

*Muſs!* Ich sehe nichts Hartes.

**JANE SHORE.**

Wer sieht in die Tiefe eines leidenden Herzens!

**KATESBY.**

Er ist sehr gnädig.

**JANE SHORE.**

Das weiſs ich.

G

KATESBY.

Was Ihr sucht —

JANE SHORE.

Ich suche nichts.

KATESBY.

Nichts, und doch so ängstig!

JANE SHORE.

Das Weib.

KATESBY.

Ihr seyd ja Könige gewohnt — und wollt
Herzoge fürchten!

JANE SHORE. (weint, fühlt das Bittere der
Anspielung tief.)

KATESBY.

Ihr weint! Edwards Bruder — ists Eurem
Stolze nicht genug?

JANE SHORE.

O Gott! warum sind Menschen des Menschen
Richter?

KATESBY.

Um leidender Tugend genugzuthun. (spöttisch,
weidet sich an ihrem Kummer) Ihr habt mir einst Euer
Fürwort versagt; aber wahrhaftig, (zweideutig) ich
will Eurer heute treulich gedenken. Ist das Eure
Bittschrift? (er sieht das Papier in ihren Händen)

JANE SHORE.

Meine Erklärung, daß ich nichts verlange, nur
erwarte. (wendet sich weg, ihre Thränen zu verbergen)

KATESBY. (liest)

Ich erstaune. Ihr beschimpft Euren Fürsprecher — nehmt zurück was er suchte.

JANE SHORE.

Hästings (sie unterdrückt die Wahrheit, die plötzlich auf-
steigt) Lord Hästings hat sich verwendet, — ich
finde edler, nichts zu suchen.

KATESBY. (ungewifs)

(Erwine kommt zurück.  Er geht auf sie zu, zieht sie beyseite,
Sein verstohlnes Betragen bezeichnet einen Komplott gegen
J. Shore.  Zurückkehrend)

Wie ich sagte.  Ich mufs gehn.

ERWINE. (leise)

Im nächsten Zimmer.

KATESBY. (zu Jane Shore)

Erwine ist Eure Freundin, folgt Ihr in allem!
Eure Bittschrift mufs versiegelt seyn.  So ist's Gewohnheit.                          (ab.)

ERWINE. (bleibt auf ihrer Stelle fest)

JANE SHORE. (geht endlich langsam und
fürchtend auf sie zu)

ERWINE. (entweicht langsam gegen eine
andre Seite, ihr Unwillen merklich, ihr Gesicht halb abgewandt)

Die Vergifterin — wie sie schleicht! — Aber
ich will ihr vergelten. (sie fafst sich zu einem verstellten
Lächeln)

JANE SHORE.

O Erwine!

ERWINE.

Wie ist Dir?

JANE SHORE.

Dümont (voll Angst)

ERWINE.

Was fehlt?

G 2

### JANE SHORE.

Der mir alles werden sollte — heute, diesen Morgen — ergriffen — ins Gefängnifs.

### ERWINE.

Ins Gefängnifs? (Neugierde aus Schadenfreude und Argwohn) Wie! Warum? rede.

### JANE SHORE.

Warum? das eben fürcht' ich. Seine kühne Vertheidigung hat Hastings Rache —

### ERWINE.

Hastings —

### JANE SHORE.

Zur bessern Stunde! — Jetzt, in diesem entscheidenden Augenblicke, kann ich nicht erzählen. Die Bangigkeit einer Unentschiedenen treibt mich umher. (sie giebt ihr ihre Bittschrift) Lies — — — Erwartung und Furcht. Diese Stunde — bald wollt' ich, sie käme, bald ergreift mich die Angst ihrer Erscheinung. O Hoffnung, Hoffnung, wie elend ein Leben, das nur auf dich sich gründet — auch dich verliert — (Erwine legt die Bittschrift zusammen) Ob's helfen wird — Soll ich für Dümont bitten?

### ERWINE.

(die las, die sie einigemahl unterbrechen zu wollen geschienen, von der man zuweilen die halblauten Selbstfragen . . . Vertheidigung gegen Hastings? . . . Vertheidigung gegen was? gehört, oft durch starres Nachdenken im Lesen unterbrochen, endlich, indem sie das Papier zufaltet und hin und her betrachtet, mit steigender Gluth)

Sie *soll* sich verderben — (schnell ab)

## JANE SHORE.

Erwine — Ihre Seele leidet. (gegen die Thür) O
Erwine, Freundin — (zurückkommend. Pause) Tief fühlt
sie für mich. Aber wohl soll ihr werden, wenn
meine Hoffnungen gelingen. (Stille)

### ERWINE.

(kommt langsam zurück und giebt ihr das Papier versiegelt. Jane
Shore, die dies sieht, dankt ihr stillschweigend, Erwinens
Blick lehnt den Dank kalt ab und sagt eben so schneidend
und kalt)

Es ist Zeit.

### JANE SHORE. (mit einer Art Schrecken)

O Gott — — Mir ist so angst.

### ERWINE.

Lächerlich — Der Protektor ist ein Mensch.

### JANE SHORE.

Aber ein mächtiger.

### ERWINE.

Und wenn —

### JANE SHORE.

Hätte er die Bangigkeit je gefühlt, womit der
arme Bittende wie der Verbrecher dem Richter
naht — O könnten sie fühlen, diese Götter der
Erde — die uns verachten — weil wir sie brauchen, daß Hülfe nur durch Wohlwollen süß wird.
Aber das edle Gottesbild, Wohlthat, ist von ihrer
Stirne gewichen. Ihr schneidender Blick, Kälte
im Auge, Todeskälte im Tone, und selbst in der
Hülfe jene einsylbigen Fragen der rauhen Gleichgültigkeit, jener entehrende Hochsinn, der uns zu
Bettlern erniedrigt, und das, was ihnen Pflicht

wäre, als Gnade verleiht. — — Es ist schrecklich,
der Mensch vor dem Menschen — der Bürger vor
seinem Führer — ein kriechendes Gewürm — ver-
höhnt, weil er bedarf. — Staub weil er fordert.
Ist Verachtung die Miene der Majestät, oder ist
Theilnehmung unter der Würde des Throns? Des
Menschen göttlichste Gabe ist Hülfe, Hülfe mit
einem Herzen, das unter der Hülle des Wohlwollens dem Auge des Unglücklichen den Abstand
zwischen sich und seinem Helfer entzieht. Aber
Eure frostigen Seelen sind nie mit der Menschheit
in ein Bündniß getreten. Im engen Zirkel Eurer
Selbsterhöhung, für alles Grofse-zu-stumpf, für
alles Edle zu schwach, hat nie das Gefühl, wohl-
zuthun, sich Euch durch eigne Bedürfnisse gezeigt.
Gewöhnt zu nehmen, habt ihr nie erfahren, dafs
empfangen *müssen*, nehmen *müssen*, an sich auch
ohne das Gewicht Eurer Gnadenblicke, die Qual
jeder edlern Seele ist.

ERWINE. (die sie mit kaltem Erstaunen
bisher betrachtet)

Shore.

JANE SHORE.

Das Vorgefühl dessen, was mich erwartet,
macht mich wahnsinnig beredt. O Erwine, Erwine, wie gern nähme ich aus Deiner Hand, wo
ein theilnehmender Blick mir in jeder Gabe das
süfse Gefühl der Freundschaft erneuerte.

ERWINE.

Es ist Zeit.

JANE SHORE. (stockend)

Gott befohlen. O Gott, welch ein Gang! (langsam ab.)

ERWINE. (sieht ihr lange nach)

Geh nur — Zieh hin (Pause. Gesättigter Groll) Und warum nicht? — Sie war meine Freundin — (heftiger) Sie — Arglist war's, Hästings sich näher zu locken, zur Hölle mit der Freundschaft (heftig und schreiend)

(Katesby kommt)

ERWINE.

Ich *will* sie verderben: Wenn sie zu meinen Füſsen ächzt um ihren Tod — dann allen Haſs im Auge ihr ins Angesicht starren! Mit Verzweiflung soll ihre jammernde Seele scheiden.

KATESBY. (faſst sie)

Recht! Verderben über sie!

ERWINE.

(zurückkommend, man sieht, daſs diese Ueberraschung und sein allzuwenig bedeckter hämischer Blick einen widrigen Eindruck auf sie machen.)

KATESBY.

Geschehn? —

ERWINE. (sie reiſst sich los)

— Was! (sie starrt ihn unwillig an)

KATESBY.

Vielleicht alte, wiederkehrende Freundschaft.

ERWINE.

Wo ist Hästings?

KATESBY.

Sie geht zu ihrem Verderben.

ERWINE.

Liegt Euch so viel daran? Wo ist Hästings?

(unruhig heftig)

KATESBY. (schweigt)

ERWINE. (sieht ihn scharf an, dreht sich dann

um und schnell ab)

KATESBY. (wartet noch ein wenig)

Sie kann's nicht zurücknehmen.      (ab)

---

VIERTER AUFTRITT.

—

Glosters Wohnung.

(Man sieht eben Leute mit Verbeugung zur Thür hinausgehn.)

---

HERZOG.  RATKLIF.

—

HERZOG. (mit höhnender Geringschätzung)

Hören, hören, jeden Thoren — und seinem Begehren abhelfen. — — Beim Himmel wäre nicht
Gehorchen eine weit schlimmere Sache als Befehlen — Ich würde der Thor nicht seyn.

RATKLIF.

Ein gequälter Stand —

HERZOG.

Für den, der nie dahin kommt zu wissen, was
er sich selbst schuldig ist.

RATKLIF.

Die Menge will gewonnen seyn.

**HERZOG.**

Und der Lohn?

**RATKLIF.**

Beifall — Lob — Vergötterung.

**HERZOG.**

Leerer Athem für mühsame Thaten! Ich lebe,
und will des Lebens froh werden. Nach Beifall
haschen — wer ist der Haufe? — das Volk? Ein
schmutziges Gesindel. Und ich — soll ihr Sklave
seyn? Gebt ihnen ihre eigne Münze zurück! Die
*Kirche* . . . zalt mit Glorien — Wir . . . mit Worten. Die beste Oekonomie, viel aus wenigem zu
machen.

**RATKLIF.**

Wie sie sich täglich zudrängen!

**HERZOG.**

Ich muſs lachen. Auch *wenn* ich wollte, was
könnte ich. Hunderten in einem Tage! Ihre her-
gestotterten Klagen, ein Gehör von wenig Augenblicken, und *ich* soll *sie* kennen, soll ihre Sache
kennen, soll urtheilen, soll helfen. Ja! wenn ich
ein Gott wäre . . . Aber sie *wollen* getäuscht seyn,
täuschen sich selbst. Glauben, mein Auge, mein
Blick, mein Gedächtniſs sey ohne Maſs — Ich
selbst, wäre ich noch funfzehn Jahre jünger, könnte mich glauben machen, Gott weiſs was verrich-
tet zu haben, wenn ich sie alle höre. Aber so
weiſs ich, ich habe nichts gethan, als fremder
Meynung ein Opfer gebracht, das der Anstand meines Amtes fordert. Wohl mir, daſs ich des klei-

nen Dünkels lachen kann, der in solchen Geschäften sich wichtig bläht.

Jane Shore tritt ein.   Die Thüren schliefsen sich.

### HERZOG.

Ihr *da.* (sehr hoch)

### JANE SHORE.

Ja — (kniet, ängstig, abgebrochen) eine Verlassene.
Hoffnung suche ich gegen die Drohungen des Schicksals, Hoffnung, Mitleid. — — Eure Gnade ist meine Zuflucht. Ruhe des verborgensten Lebens ist
mein Wunsch. Innere Vorwürfe sind meine na-
türliche Strafe. Sollte Mangel von aufsen, Hohn,
Verfolgung mich noch treffen. In Eurer Hand
sehe ich mich, und weifs, dafs Euer Auge nicht
Wohlgefallen hat an der Thräne des Unglücklichen
— Ich fordre nichts —

### HERZOG.

Steht auf, trocknet Eure Thränen (nimmt die
Schrift, winkt aufzustehn) Ihr habt einen Fürsprecher,
der sein Amt (mit Spott) treulich erfüllt.

### JANE SHORE. (aufstehend, mit Würde
beleidigt)

Nicht Er — Eure Gnade ist's, von der ich er-
warte. Euch Mylord, Euch — um Eures Bruders
Andenken willen flehe ich, lafst eine Gnade Eurer
Hände nicht durch Fremde entehrt werden. *Ihr*
seyd mein Schutz. Von Euch nehm' ich mein
Schicksal.

HERZOG. (der es nur für gemeine Höflichkeits-
sprache nimmt)

So bald die Geschäfte dieser Stunde zu Ende,
lafs ich Euch rufen. Bis dahin ruhig mein Kind!
(geschmeidig zu den andern) Tadle mich wer da kann.
Wehe dem Herzen, das solch einer Bitterinn versagt.

JANE SHORE. (scheint sprechen zu wollen,
Die Worte ersticken; abgehend)

Meine sinkenden Kräfte — o Gott! (ab.)

HERZOG.

Nun beim Himmel, schweren Herzens scheint
sie: aber so ist's wenn das Ungemach seine rauhen Hände an diese tändelnden Puppen legt. Wohl
dem Manne, der nie in solchen Armen sich selbst
verlor. Das Farbenspiel ist dahin, der Hauch
eines Abends hat ihre Träume verweht —

(Katesby kommt)

HERZOG.

Willkommen!

KATESBY.

Shore war hier?

HERZOG. (zeigt ihm ihr Papier)

KATESBY.

So ist sie gewonnen.

HERZOG.

Das überlafs' ich Euch.

KATESBY. (mit der Süffisance, die auf nahes
Erstaunen rechnet)

Was sagt ihr Papier?

HERZOG. (liest)

Was ist das? (winkt beiden) Näher! Erklärt mir
den Inhalt! „Wundere Dich nicht Protektor,
„wenn der Wink eines Unbekannten für Deine
„Sicherheit bürgt. Lord Hastings würde ganz dem
„Staate zugehören, wenn ein Weib, wenn Jane
„Shore ihn nicht irre führte. Um durch seinen
„Einfluß beim Sohn, als Vertraute des Vaters, einst
„eine Rolle zu spielen, hat sie ihn bewogen, einen
„Unmündigen zum König zu verlangen, und die
„Regentschaft, dieses Pfand öffentlicher Sicherheit,
„zu vernichten. Trenn' ihn von ihr, und der Zau-
„ber ist gebrochen. Er gehört dem Staate wie-
„der."

RATKLIF.

Sonderbar!

HERZOG.

Und der Weg auf dem es kam? —

KATESBY.

Noch sonderbarer! nicht wahr? (sich wichtig ma-
chend)

HERZOG.

Deine Hand?

KATESBY.

Ob abgesprochene Tauglichkeit mir so ganz
fehle — — —

RATKLIF.

Hier wäre nun gültige Klage. (Schurkenfreude)

HERZOG. (lächelt zufrieden)

KATESBY.

Hastings, Shore — Alle Verhältnisse klar . . .

HERZOG.

Und wenn sie leugnet.

KATESBY.

*Dies* beweist. (aufs Papier zeigend)

HERZOG.

Aber der Staatsrath —

KATESBY.

Zweifelt nie, stellt höchstem Ermessen anheim,
und damit — *actum ut supra*

RATKLIF.

Sie ist in Eurer Macht. Sie verschwindet —
hat sich geflüchtet — Wer zweifelt noch!

HERZOG.

Alltäglich, gemein — Pfui! — Sie muß *uns*
gehören, *sie* muß vollenden was *wir* wollen. Ihr
staunt? Ich habe ein Weib neben der Leiche eines Mannes mir hold gemacht, den meine Hände
erschlugen — — ein tobendes Weib, warum nicht
solch ein Geschöpf! Aber wißt ihr nun, was
Männer unter Weiberhänden — — —

KATESBY.

Nicht so ganz, aber wohl was Weiber unter
Männerhänden werden. Dennoch (tückisch) glaubte
ich an Freundschaft in Menschenherzen.

HERZOG.

So? Ich nur an Schwäche. Der Starke sorgt
für sich und der Schwache hängt sich an fremde
Gebote, weil er Stützen bedarf. Und Freundschaft
— ein Wort ist ein argloses Ding.

KATESBY.

Und wenn nun Hästings kommt —

### HERZOG.

Er wird kommen, diesen Morgen, diesen Augenblick, er muſs kommen — Bis auf die Seele will ich ihm dringen. Kömmt er schon?

### RATKLIF.

Noch nicht.

### HERZOG.

Wenn er zuckt, nur Eine Miene des Bedauerns, so weiſs ich, was zu thun ist. *Mein* soll er seyn, oder gar nicht. Kommt er schon. Fort. (Alle entfernen sich.)

#### Hästings allein.

### HÄSTINGS.

Niemand hier? (auf und nieder gehend) Den Teufel auch ihr Ernst — es kann nicht seyn — Aber der Schurke der mich entwaffnet — Du sollst's bereuen — Sein Verlust wird sie weicher machen.

### HERZOG. (zurück mit beyden)

Habt wohl Acht, so bald der Rath sitzt.

(beyde ab)

Willkommen Lord! Eure schöne Klientin war hier. Sie hat mich mehr gerührt, mehr — Ich sah's, ihre allzuweiche Seele ist nicht zum Kampf gegen Unglück gemacht. Und so sagt' ich ihr denn, was Ihr gethan, und ich auf Euer Fürwort zu thun schlüssig.

### HÄSTINGS.

Euer Hoheit legen mir immer neue Verbindlichkeiten auf.

#### HERZOG.

Keine Ausrufungen! Kann ich weniger, um meinem Freunde mich als Freund zu zeigen? Theilt meine Macht, seyd was Ihr wollt im Reiche, seyd mein Freund. Aber (verlegen) was kann ich geben, wie gering ist meine Macht Freunde zu belohnen — Freunde — mein Herz erliegt unter dem Scheine von Undankbarkeit, den ich tragen muſs. Was kann ich für Freunde, für Euch? Aber Ihr seht es selbst.

#### HÄSTINGS.

Ihr habt gethan was Ihr solltet.

#### HERZOG.

Gethan was ich sollte! Aber der Staat ist aus seinen Fugen gegangen, Furcht und Zweifel verstimmen unsere Rathschläge — Unzufriedenheit überschleicht das Volk — alle Achtung des Regiments ist dahin. Schon wird der Geist des Widerspruchs laut — schon vertraut keiner dem andern — der Kredit ist verlohren — die Handlung versiegt — Armuth und Mangel dringen fürchterlich auf den Arbeiter ein, der den Groſsen flucht, und zur Rettung nach Aufruhr seufzt.

#### HÄSTINGS.

Uebermuth! Uebermuth eines Volkes, dem's zu wohl geht! Ueppigkeit, Wohlleben, von jeher die Mutter der Meuterei! Wenn in Zeiten, wie diese, der tolle Haufe schwindelt, und sich auflehnt; so ist's wahrlich nur, weil die Zügel des Gesetzes zu locker gehalten werden. Unsre Regierung nimmt ja zeither einen solchen Schein von

Geduld an, dafs die Gerechtigkeit darüber zum
Spott wird.

### HERZOG.

Verdammt sey meine Gutherzigkeit. Ihr öffnet
mir die Augen: ich habe aus Nachgiebigkeit gefehlt, *sie* ist die Quelle der Zerrüttung. Aber sagt
mir, wen kann's noch wundern, wenn alle Bande
unsres Reiches sich lösen, wenn Unordnung und
Uebermuth herrschen, wenn der Wahnsinn des
Aufruhrs sich verbreitet — die Krone sitzt ja auf
dem Haupte eines Kindes. — Mufs nicht das Gesetz zum Spotte werden, wo ein Kind Richter
ist? ! ! — Mufs der Krieger nicht zürnen, wenn
ihn ein Kind lenkt — ein Knabe, der vor einem
Worte zittern würde? ! — Mufs nicht jeder in
sich die Entehrung seines Zustandes fühlen, wenn
er sich als das Spielwerk zu den Füfsen eines Unmündigen betrachtet? ! — Ich rede, wie die Menschen, wie der grofse Haufe denkt, nicht wie ich!
— Sprich selbst, sey aufrichtig, ist *das* nicht die
Ursache? sind nicht diese Vorurtheile die Summe
aller Klagen — aller Unordnung? ! — „O es kann
„nie gut seyn," ist das allgemeine Geschrey, „es
„wird nie gut seyn, so lange Kinder Regenten
„sind." Der Stolz leitet zur Empörung, und die
eingebildete Beleidigung der gekränkten Ehrsucht
bringt uns den Aufruhr.

### HÄSTINGS.

Wahr, der König ist jung; aber rechnest Du
Liebe für nichts? Gute Seelen, bessere Herzen —

glaubst

glaubst Du, daſs der Mensch nur immer seinem
Dünkel gehorche, nie zärtlichere Bande kenne.

Und überhaupt — da Gloster die Stelle ersetzt,
fühlen wir den Mangel an Edwards Jahren? Kein
rechtlicher Mann, ein Verläumder Deiner und des
Volkes, der das sagen kann!

HERZOG.

Es ist ein sonderbares Spiel. Als Regent zur
Schau aufgestellt: als Vormund zur Verantwortung
gezogen. Man hat mir die Ehre angethan, mich
zum Ersten des Reichs zu machen; aber mit so
wenig Vollmacht, und unter so vieler Beschrän-
kung, daſs ich, ein Schatten für Freunde und Feinde, den ersten nicht nützen, den letzten nicht schaden kann. Theurer Lord . . ein Unglück jedes Pu-
pillenregiment, ein wahres Unglück! Ganz anders
muſs i ch handeln, ganz anders der, der alles aus
eigner Macht in Händen hat. Er kann Eingriffen
des Uebermuths in den allgemeinen Gang Schran-
ken setzen: er kann die Zwietracht verstummen
machen, die in den Irrungen des Staates ihre un-
seeligen Ansprüche zu befriedigen hofft. Er *ist*
König, er bleibt's; ich nur Regent, und höre auf
— einst wieder nur Unterthan, jedem Neide, jeder Laune, jeder Rache bloſsgestellt. Aber wer
fühlt das, als ich, der es trage!

HASTINGS.

Das erkenn' ich. Die Umstände thun das
meiste, und wenn ich auch gar nicht zweifeln
will —

H .

#### HERZOG.

Recht! Von Zweifeln ist die Rede, und grofse
Dinge — wenn Prediger schon anfangen, das Volk
durch Zweifel gegen die Erbfähigkeit der Söhne
Edwards durch Gerüchte und zerstreute Sagen aufmerksam zu machen, was —

#### HÄSTINGS.

Verdamme Gott solche Störer, die den verbor-
genen Funken entzünden und die Welt mit unnö-
thigen Gewissensrügen in Zwist setzen!

#### HERZOG. (sich vergessend, etwas heftig)

So — — (schnellgefaſst)

#### HÄSTINGS.

So wahr Gott lebt, klare Bosheit! — Und diese
Schreier, diese unberufenen Richter der Menschheit, die bey jeder Gelegenheit den Feuerbrand
schwingen, um in der Unordnung sich selbst zu
bereichern —

#### HERZOG.

Freilich, aber doch von so unendlichem Einfluſs.

#### HÄSTINGS.

Auch gegen Recht, gegen Wahrheit? Sollen
sie ewig herrschen?

#### HERZOG.

Kann ich's ändern?

#### HÄSTINGS.

Ward auch nur Eins versäumt? waren wir nicht
alle um die Königinn? hat Edward nicht den Erbfol-
ger bestimmt? haben nicht die Stände bewilligt, ge-
huldigt? Wie soll der glimmende Parteihaſs erlö-
schen, wie soll über unser zerrüttetes Land Ruhe

kommen, wenn jeder menschenhässige, hirnwütige
Schlefkopf die Menge in Aufruhr setzt, wenn er
Nachsicht findet und durch erlogene Schrecknisse
Feld gewinnt?

### HERZOG.

Aber die Unordnung ist da. Was wird geschehen, als daſs irgend ein Patriot endlich im Anfall
des Unwillens den ganzen hinfälligen Bau überein-
ander stürzt und den Staat aus seinen Trümmern
bildet! kann Ausbessern uns helfen?

### HÄSTINGS.

Erneuern? — Wer? — Der Himmel treffe
seine Hand mit ewigem Fluch! Nur ein Verräther, ein Verräther, der aus Eigennutz, Rache oder
rasendem Stolze sein Vaterland Preis giebt, kann so
etwas wollen. (er wird immer heftiger)

### HERZOG.

(dessen immer steigender innerer Grimm sich immer mehr in äuſsere
Geschmeidigkeit zu verlarven sucht)

Ihr geht zu weit, Lord.

### HÄSTINGS.

Verzeiht Herzog! Aber wer kann das Bild
jener Schreckenstage schon verloren haben, da York
und Länkäster stritten, da das Vaterland, von seinen eignen Söhnen verheert, in Mord und Raub
dahinsank! da, aller Unterschied des Standes, alle
Achtung des Heiligthums erloschen, aus flammen-
den Städten der Verwüstung schreckliches Zeichen
in's Auge der Verzweiflung drang! Wer erinnert
sich Ihrer — ohne bey dem Gedanken, daſs sie zurückkehren könnten, den Schwur abzulegen, daſs

sein Schwert in dem Herzen haften wolle, dessen
verdammter Ehrgeiz die Quelle jener Schrecknisse
und den Lauf des Bürgerkriegs wieder öffnen will.

### HERZOG.

Hu! wie hitzig!

### HÄSTINGS.

Soll ich kalt seyn?

### HERZOG.

Und wenn ich's wäre? — Könnte Eure Freundschaft sich vergessen, den Dolch gegen mich —

### HÄSTINGS.

Ich hoffe, daß Euer Hoheit mich eines solchen
Seitenblicks nicht fähig halten. Nein! bewahre
Gott, daß Eure Person mir zu solchem Argwohn
Anlaß gebe: der Oheim, der Mann —

### HERZOG.

Und wenn es nothwendig wäre?

### HÄSTINGS.

Nie —

### HERZOG.

Rettung, um mit höherer Macht jenen Zweifeln zu steuern, unter'm Fittig des Thrones Edwards Rechte zu sichern, seine Jugend zu reifen,
und in sicherer Ruhe dann nach Jahren dem ge-
bildeten Manne Erbe und Reich zu übergeben! —

### HÄSTINGS.

Groß! — Aber kann eine widersetzliche Handlung Gesetze bestärken? *Mir*, wird die Zukunft
gewiß seyn, *Ich* glaub' Euch, ich würde den
Oheim sehen, der auch mit Gefahr der Verläum-

dung den Thron seines Neffen bestiege, um ihn zu
sichern. Sehen dies Alle? Jede aufserordentliche
Handlung ist eine gefährliche Handlung. Lafst
Edward, Edward seyn — es giebt einen Himmel,
der Waisen schützt, es giebt ein Volk, das ihn
liebt; er ist mein König und kann neben diesem
Schwerte (auf das seinige schlagend) ruhig gegen Verläumdung schlafen. Fordert mich auf und verlafst
Euch auf mich!

HERZOG.

Braver Mann — lafs Dich umarmen! So wahr
der Himmel lebt, gut und edel wie Du, ist Keiner. Aber die Zeit liegt im Argen. Der Betrug
schleicht im Gewande der Wahrheit. Halte mich
nicht für einen thörichten argwöhnischen Klügling
(er hält ihn immer umschlossen) bleib wie Du bist, ein
redlicher Freund Deinem Lande, ein Freund Deinem Könige! Meine Gesinnungen in den Deinigen
wiedergefunden, die Ungewifsheit einer Prüfung,
zu der mich leider Mifstrauen und Welterfahrung
reizten, durch die Ueberzeugung belohnt zu sehen,
unter tausenden Einen zu haben, der unverführt
vom Eigennutze, nach so Vielen die ich anders
fand, seinem Worte getreu, keiner Wahrheit entsagt, — unter Tausenden *ein* Herz zu entdecken, das,
so ganz zur Freundschaft geschaffen, mich hoffen
läfst, auch einen *Freund* in ihm gefunden zu haben
— — o Hästings, wie glücklich, wie stolz bin ich
in dem Gedanken, mich Deinen Freund nennen zu
dürfen!

Ich muß Dich auf einen Augenblick verlassen. (Pause. Etwas kalt) Leb wohl: bald sehen wir uns — — (im Abgehen für sich, ihn noch einmahl scharf anblickend, als ob er Aenderung noch erwartete) an einem andern Orte. (ab.)

### HÄSTINGS.

(Pause des langen Nachdenkens)

Was ist das! — hm! — — So lange am Hofe Hästings, und noch so wenig von seiner Feinheit! — — — Was Katesby berührte, wiederholt der Herzog. Was Katesby versucht, macht der Herzog zur Probe — —

O Hästings, Hästings! Immer das Herz auf der Zunge, immer von Leidenschaft hingerissen, der unbesonnene Plauderer, der — —

(Stanlei ist eingetreten, Hästings sieht ihn neben sich, reicht ihm die Hand und spricht fort, mit Hitze)

### HÄSTINGS.

Gott weiß, in welche Fallen er mich verstrickt. Nein das kann er nicht wollen — — und wenn er es wollte, er hätte anders gesprochen, andre Wege. —

### STANLEI.

Wer —

### HÄSTINGS.

Aber daß er gerade meine empfindlichste Seite traf —

### STANLEI.

Ich verstehe Dich nicht.

HÄSTINGS.

Er wollte mich prüfen! mich? — Ein Schurke
der sich noch bedenken kann, wenn's sein Vaterland gilt —

STANLEI.

Denk' an den Eber!

HÄSTINGS.

Dem Vaterland nicht mehr ist als Freund oder
Leben —

STANLEI.

Der nicht all seinen Werth darin sucht, gegen
die Ruhe eines geliebten Landes auch sein Blut
für nichts zu achten! Aber gegen wen?

HÄSTINGS.

Der Herzog.—

STANLEI.

Komm, ich bitte dich, komm. (Er zieht ihn fort,
das Wort Herzog hat seine Besorgnisse aufs höchste gespannt. Im
Abgehen) Mein Traum, mein Traum. (beyde ab.)

# VIERTER AUFZUG.

---

## ERSTER AUFTRITT.

—

(Das ähmliche Zimmer.)

—

HERZOG. RATKLIF. KATESBY.

—

HERZOG. (im Hereingehen)

Und das Ende vom Liede, daß er in der ganzen
jetzigen Verfassung nicht ein Haar breit geändert
haben wolle. So kam's denn dahin, daß das pflicht-
eifrige Männchen heiß wurde, und mir ein für
allemal den Dank aufsagte. Ich aber natürlicher
Weise des Lobes so voll . . . . . wie das seinem
Charakter so viel Ehre mache, wie bezaubert ich
sey, wie ich gar nicht absehen könne, daß einem
Manne von Ehre anders zu denken möglich —
Und so nahm denn der gute Wicht eins für das
andre, und damit Gott befohlen.

KATESBY.

Und unsre Entwürfe?

**HERZOG.**

Gehn ihren Gang.

**RATKLIF.**

Schlimm! Ich wünschte, wollte, er hätte mit
uns gehalten. Seine Freunde, seine Güter, sein
Name — unsere Entwürfe hätten einen Schein,
einen Schimmer von Ansehen mehr. So mancher
bedenkliche Schritt hätte *kein* Bedenken, hätte Entschuldigung, hätte Glauben.

**KATESBY.**

Und was sind wir?

**RATKLIF.**

Ein Gewicht mehr, auf der Schale des Argwohns.

**HERZOG.**

Hm! — die beste Entschuldigung ist ein ge-
lungenes Unternehmen. Dafür laßt uns sorgen!
Wenn sie nur gehorchen, bis der Verstand seine
Rechte behauptet; so mögen sie dann mit wunden
Gewissen jammern, bis ihre Tugend einen neuen
Käufer findet.

Die Menschen sind eine Heerde.

**RATKLIF.**

Eine Heerde voll Ungestüm.

**HERZOG.**

Bis der Treiber kommt, der die Geißel ver-
steht.

Die Macht hat Recht. Ihr Glück ist ihr Gesetz.

Aber seht Ihr nun doch die Wahrheit meiner
Vermuthung? *Sie ists.*

**KATESBY.**

(sich zu Gute thuend, versteckte Persiflage)

Wer wird zweifeln, wir haben's ja schriftlich.

**HERZOG.**

Sein Ehrgeiz, sein Vortheil, seine Sicherheit,
Alles sollte ihn von Edward trennen. Etwas mußte
es seyn, was ihn an die Bastarde Edwards knüpft.
Sie ist's, sagte mir mein Blick, er trügt nicht, sie
ist's.

**RATKLIF.**

Wahrhaftig er trügt nicht.

**KATESBY.** (für sich)

Ueber den schmeichlerischen Schurken.

(zugleich)

**HERZOG.**

Und kann ich Unrecht haben, da selbst
der Himmel durch ein halbes Wunder
mir die Hindernisse meines Weges entdecken hilft?

**KATESBY.** (lacht)

Der Himmel —     (sarkastisch)

**HERZOG.** (streng und wichtig)

Ich verzeihe dem unbefugten Lacher.

**KATESBY.** (sich zurücknehmend)

Jugenderinnerungen —

**HERZOG.**

(sein Blick ruht mit Strenge auf Katesby.     Pause.)

**RATKLIF.** (nachdenkend)

Nichts leichter!

HERZOG.

Was?

RATKLIF.

Hat sie den Schlüssel seines Herzens; so haben
Euer Hoheit den ihres Schicksals. Von wem als
Euch hängt ihr Schicksal ab!

KATESBY.

Wohl bemerkt — (mit Spott an sich haltend; für sich)
tiefweiser Seher!

RATKLIF.

Laſst sie das fühlen, zeigt ihr durch Hoffnung
und Furcht was sie zu thun hat! Sie ist wo wir
wollen, *er* ist gewonnen. Was nutzt ihr Leben,
wenn's nicht ein Werkzeug Eures Willens, ein Or-
gan Eures Dienstes ist.

KATESBY.

(einfallend, um dem Andern nicht alles Verdienst zu lassen)
Ihre Rolle wird ihr gegeben. Sie mag sie spielen! Seine nachgiebige Vernunft wird sich win-
den, wollen und nicht wollen, und doch am Ende
da seyn, wo wir ihn brauchen.

HERZOG. (lächelnd)
Es ist mir lieb. Ganz in meine Gedanken gesprochen!

KATESBY.

Und thut sie's nicht; so wird Strenge gegen
*sie, ihm* wenigstens Beweis, der Taumel seiner Allmacht sey ein Traum. O er wird nachgebend werden, wenn sein verachteter Klient ihm seinen eignen Fall weiſsagt.

HERZOG.

Geht! Sie wartet auf Antwort. Hohlt sie, und laſst uns allein!

RATKLIF.

Aber um alles in der Welt — Eure gewöhn-liche Hitze — Wenn sie weigert — Milord, nicht allzuschnell ihr Alles gezeigt.

HERZOG.

Weiser Rathgeber! — Entscheidung ist meine Sache. Wer den zweiten Schritt nicht fürchtet, wagt nie beim ersten.

KATESBY.

Sie ist in Eurer Macht.

HERZOG. (stolz)

Das weiſs ich. Hohlt sie.

(beyde gehen ab; Katesby kehrt auf folgendes noch um und bleibt da)

HERZOG. (in halben Nachsinnen)

— Katesby. — Ich wollte wohl — — — daſs — — — (tiefer nachsinnend, endlich halb für sich, halb ge-gen Katesby)

Wie elend, aber auch wie gut für uns — — der Mann, der seiner Herrscherkraft, seinem männ-lichen Stolze entsagt und vor dem Puppenspiel ei-nes übertünchten Weibes, vor ihren Kaniäleons-launen kriecht! Liebe Vernunft, wenn das alles ist, was du kannst, wenn du wahrlich bey den meisten nicht mehr bist, als ein dürres Blatt, auf das jeder Narr seine Launen zeichnet — o so bleib was du bist. *Wir* gewinnen in deinen Irrungen und deine Schwäche ist unsre Kraft. Nicht wahr, Katesby? (Er nimmt Papiere und liest)

KATESBY.

Wer herrscht, muſs nur sich selbst gehorchen. Eine alte Regel!

HERZOG. (liest zerstreut, lacht laut)

Angeln für Männerherzen und geangelte Thoren. Ich mag das Volk nicht mehr.

KATESBY. (der nicht verstanden)

Was befehlen Euer —

HERZOG. (zurückkommend)

Noch da? Nichts! Aber, wehe über Dich, Mann, wenn der Zauber einer Täuschung auch Dich aufschlieſst! Nimm Dich in Acht!

KATESBY.

Nichts zu fürchten! Ich kenne sie. Nur wer sie für besser hält, wird ihr Sklav.

HERZOG.

Groſser Kenner. — Aber daſs sie kommt, mach!

KATESBY. (ab. Lange Pause)

HERZOG. (geht auf und ab)

— — Was sind Weiber! ein Weib fast neben der Leiche ihres ermordeten Mannes mir hold gemacht —

(Jane Shore tritt endlich ein, anfangs sichtbar verzagt, bis sie im Gange des Gesprächs Feuer faſst, und unabhängig spricht.)

**HERZOG.**

(Scharf beobachtend, um seine Rolle aus ihren Antworten zu
nehmen.)

Eben recht. — (abgebrochen redend) Man hat Eure
Klagen in Erwägung genommen — Einige wollten
zwar die Strenge meines Amtes auffordern — —
aber — — das soll Euch nichts schaden — — —
Eure Vertheidigung liegt mit am Herzen.

Ich will zwischen Euch und dem Zufall seyn.

**JANE SHORE.**

Gnädigster Herr . . Wie viel Euer Hoheit für
mich thaten! Welche Gröfse des Herzens, welche
Güte es brauchte, um unergriffen von der gegen
mich so allgemeinen Verfolgungssucht zu bleiben,
deren Daseyn ich nur zu schmerzlich empfinde,
deren Grund ich mir nicht erklären kann! In den
Tagen meines Glücks hab' ich doch nie mich zu-
zugedrängt: niemand den Hohn des Uebermuths
oder —

**HERZOG.**

Das weifs ich. Aber es giebt Leute, die sogar
jetzt noch Eure Hand in Staatsfachen wahrnehmen
wollen. — — Ich glaube zwar nicht. Aber man
sagt sich's, dafs schwatzen und Entwürfe machen
und mit Staatsräthen Ränke schmieden noch jetzt
Euer Geschäft sey (bisher und noch einige der folgenden Reden, noch immer auf und nieder gehend, hingeworfner Ton, an-
spruchlos)

**JANE SHORE.**

Ich bin keine von den besten. Aber was die
geschäftige Welt anbetrifft; so wünschte ich, dafs

sie nach meinem Beispiele unbekümmert um andre ihren Weg nahme. Wie wenige würden nach fremden Fehlern spüren, wenn alle wie ich, den Blick auf ihr Herz, nur den Gram ihrer eignen Schwäche fühlten.

HERZOG.

Stille! Neuling bin ich nicht mehr, — und so viel sicht sich, auch dem Gerüchte ungeglaubt, daß Hastings in Euren Ketten schmachtet. Aber —

JANE SHORE. (ihr Unwille erwacht, sie will widersprechen)

HERZOG.

Ihr seyd verrathen. Aber das laßt Euch gesagt seyn, (er steht still, nimmt ihre Hand) klug — nur klug! Es steckt nichts Kleines dahinter. Einsetzung in Eure Güter, Ehre und Ruhe, und eine entferntere Folge, die Euch und dem Reiche nicht wenig wichtig werden kann: dies alles hängt an Eurem Betragen.

JANE SHORE. (aufmerksam und zurückhaltend)

An meinem? —

HERZOG.

Ihr seyd wichtiger als Ihr Euch stellt: laßt Euch rathen!

JANE SHORE.

Wie oder wodurch kann meine schwache Hand, ein Werkzeug des Guten werden? Ein Wort und ich eile!

**HERZOG.**

. Nun das nenn' ich edel — So — aber seyd behutsam!

**JANE SHORE.**

Lehrt mich meine Bahn! Ein Weib, das nur im Stillen den Regungen ihres Herzens zu folgen weiſs, ist nicht stark genug für die Wege der Welt.

**HERZOG.**

Ihr ergebt Euch an mich —

**JANE SHORE.** (die ihn miſsversteht) Mylord

**HERZOG.** (auf ihres Miſsverstand sich werfend)

Daſs Ihr frey wäret, daſs diese Augen —

**JANE SHORE.**

Wer sagt, ich wär' es nicht? Verlaumdung kann mich treffen —

**HERZOG.**

Man ist wenigstens nicht frey gegen Euch.

**JANE SHORE.**

Wehe über den Mann, der meiner Reue spottet! Mein Herz ist rein. Ich habe Gott geschworen. (mit Wärme)

**HERZOG.** (es auf sich beziehend)

Blickt mich nicht so an. Daſs Ihr schön seyd; gestehe ich. Aber mit diesem gekränkten Auge — Nein — ich will Euch wohl.

JANE

JANE SHORE.

Mylord, ich verschliefse tiefe Leiden in mein
Herz. Seid mein Retter!

HERZOG.

Ich bin Euer Freund.

JANE SHORE. (ungewifs verlegen. Paufe.)

HERZOG.

Und wenn er es wäre, würdet ihr auch schweigen.

JANE SHORE.

Milord (aufs Herz zeigend) Hier wohnt der Gram.
(feſt) Was andre suchen — ich kann nur mich be-
herrschen.

HERZOG.

Ihr habt so manches Gute durch Edward gethan. Wer Euern Gang im Stillen sah, glaubte
den Stern der Nacht zu sehen, der ruhig über die
Wolken hin dem zagenden Schiffer auf seiner Bahn
leuchtet.

Vertraut mir! Ich ehre sein Andenken in Euch.
(nimmt ihre Hand) Pfui, keine Thränen! — Oder wollt
Ihr, ich will sie trocknen. — Die Todten mögen
ruhen. Gebt den Lebenden ihre Rechte.

JANE SHORE.

Milord, ich gebe der Tugend ihre Rechte, und
bin gekränkt in dem was Ihr sagt.

HERZOG.

Kennt Ihr mich so wenig, um mich mifszuver-
stehen.

I

## JANE SHORE.

(ungewiſs erwartend, sich sammelnd für strenge Beobachtung)

O ich bin gedemüthigt genug —

### HERZOG.

Ich les' in Euerm Auge. — Verkannt ward ich
schon in meiner Wiege — Ihr seyd schön, ich
fühle Euern Werth, aber wer kennt nicht meine
Grundsätze. Ich ehre Schönheit als Abglanz der
Gottheit. Mein Herz ist rein. Ich kenne Euch.
Ein gemeines Weib hätte ich nach gemeinen Re-
geln behandelt. Euch richt' ich nach den Gesetzen
edlerer Menschheit.

Noch ist des Guten so manches ungethan. Reiche Erndte für Euch. Wenn Euer milderer Sinn
es wagte, meiner rauhern Führung die Hand zu
bieten. Ihr liebt Euer Vaterland. Eine Freundin,
der sich meine Wünsche öffneten, ein Genius meiner Thaten wäre mir noth.

### JANE SHORE.

Ich, die Irrende! — Ist's Beschämung, was Ihr
mir bereitet. O dazu bin ich mir selbst genug.
Ihr seyd ein Mann, ich nur ein unglückliches Weib.
Es ist grausam, mich verspotten.

### HERZOG.

Auch Ihr nehmt mich schlimmer als ich bin.
O Schicksal meines Lebens! Verkannt seyn! ist
der Geier, der an meinem Herzen nagt. Ewig
miſsverstanden — Doppelt leid' ich als Regent, da
ich zwiefach Vertrauen brauchte. O wer in mein

Inneres sehen könnte, hier wo sich alles so ganz anders knüpft. —

Ihr seyd ungewiß. Hat Hästings Euch unterrichtet.

#### JANE SHORE.

Hästings ist Euer Freund.

#### HERZOG.

Ich geb' Euch den ersten Beweis meines Zutrauens . . . . Ich glaub' es nicht.

#### JANE SHORE.

Ich hörte ihn nur. Ihr kennt ihn länger.

#### HERZOG.

Ihr könntet ihn ändern.

#### JANE SHORE.

Ich? — Verhältnisse wie diese — verzeiht mir.

#### HERZOG.

Er hat Euch Anträge gemacht.

#### JANE SHORE.

Laßt mich der Reue leben. Entfernung ist mein heißester Wunsch.

#### HERZOG.

Beleidigende Anträge vielleicht. Ich lese hier (aufs Auge deutend) so etwas. — — — Ihr wollt ihn schonen — — — Vertraut Euch mir.

#### JANE SHORE. (sich wegwendend)

#### HERZOG.

Er ist ein Verräther. Ich bedaure Euch.

JANE SHORE. (gefaßt)

Mylord, was kann ich thun, was ist Euer Auftrag.

HERZOG.

Meine Freundin seyn, meine Rathgeberin.

Tief liegt in meinem Herzen ein trauriges Ge-
heimniß.

JANE SHORE.

Und ich — (dringend zu wissen, was sie thun soll und
fürchtend)

HERZOG.

Die Menschen sind fühllos, undankbar, die Verhältnisse eines Thrones sind schrecklich. Meine
Gefühle widerstreben — mein Verstand muß be-
jahen: und meine Lage macht mich zum Sklaven
dessen, was man fordert.

JANE SHORE.

Ich kenne die Menschen (mit schrecklichem Selbstge-
fühl) Und vom Throne aus sie übersehen —

HERZOG.

Macht sie noch schrecklicher, weil sie in ihren
Begierden da offner vor uns liegen. O es schaudert
mich Euch's zu sagen. Euer Herz wird leiden. Ihr
werdet sie verwünschen, aber wer kann gegen die
Stimme dieser Unholde.

JANE SHORE.

(Fast von seinem Ernste getäuscht)

Mylord, ich ehre Euern Kummer.

HERZOG. (faßt ihre Hände)

Hört mich und erstaunt! Aus vielen und mächtigen Gründen glaubt man die Söhne Edwards —
unfähig der Krone.

JANE SHORE.

Gott im Himmel (Entsetzen)

HERZOG.

Nicht für heute und morgen, für immer.

JANE SHORE.

Und wer — Für immer.

HERZOG.

Der Augenblick naht sich, Entschlüsse sind gefaßt, die Regierung aus den Armen unvermögen-
der Kindheit in die Arme eines schicklichen Mannes zu übertragen. Was soll ich? Zurücktreten?
— Kämpfen? — oder für mich zu nehmen scheinen, was ich nur *so* ihnen erhalten kann? Drey
Fälle sind.

JANE SHORE.

Seid Ihr nicht der gebohrne Vertheidiger dieser Unmündigen?

HERZOG,

Drei Fälle habe ich Euch gesagt. Kennt Ihr
einen vierten.

JANE SHORE.

Rettet sie.

HERZOG.

Kann ich? Der Staat hat Rechte.

JANE SHORE.

O Mylord

HERZOG.

Kann ich? Ich nur das Werkzeug höherer
Stimmen. Alle sind einig. Soll ich zusehen, daß
man einen Fremden wähle? Oder soll ich, als
erster, treuester Verwandter retten, was zu retten

ist; wenn i c h sie hinnehme, diese Krone, die vielleicht für sie verloren ist, i c h, der sie einst zurückgiebt! — Sprecht, wählt. Aufserordentliche Dinge fordern aufserordentliche Mittel. Ich hab' Euch mein Herz geöffnet, fühlt was ich leide. — Mein Name wird zweidentig, das Gift der Verläumdung wird mich treffen — Aber hier ist's ruhig, meine Neffen sind gerettet, und die Zeit wird über mich entscheiden.

Ich bitte, setzt Euch ganz in meinen Fall! Ich kenne den Sturm, ich kann ihn beschwören. Wehe dem Volk, wenn ich mit wildem Ernste das Schwert ziehn und Rechte behaupten wollte, an die niemand sich bindet.

JANE SHORE.

Es ist schrecklich. (die indefs alle Qualen des Entsetzens erduldet.)

HERZOG.

Schrecklich, mehr als schrecklich, aber es ist so —

JANE SHORE.

O, es ist noch Rettung.

HERZOG.

Traut meinem Blick. Alles ist einig. Ich mufs entscheiden. Hästings ist der einzige, der Unruhen droht. Er allein setzt sich diesem allgemeinen Beschlufs entgegen, aus Laune oder aus Furcht vor einem Könige, oder weil er sucht, was er nicht suchen sollte.

JANE SHORE.

Er — entgegen — Hästings? —

**HERZOG.**

Hästings. Und zernichtet alle Hoffnungen der Klugheit, die dem Sturm der Zeit zu entweichen sucht.

**JANE SHORE.**

So segne Gott ihn für diese einzige That!

**HERZOG.**

Was?

**JANE SHORE.**

Ihr, mit ihm, was vermögt Ihr nicht? Ihr die ersten des Landes —

**HERZOG.**

Und seine Absichten?

**JANE SHORE.**

Die armen Verlassenen, sollen sie ein Raub wilder Uebermacht werden? Sollen sie ihre schuldlosen Hände erheben und um Mitleid flehen ohne Mitleid zu finden. Unmöglich! O noch erkenn' ich den Strahl des Rechts in seiner Seele. Sey's Hästings! Faßt Vertrauen Milord. Ihr habt ihn gefunden, der mit Euch Retter der Bedrängten wird, der Himmel sah ihn aus, ihre Rechte zu schützen.

**HERZOG.**

Amen! Prächtig war die Tirade — aber liebe Frau, es ist nun einmal so, daß die Sprache der Himmlischen nicht gilt, und es wäre Euch und uns besser, den Ton zu nehmen, den man angibt.

**JANE SHORE.**

Nimmermehr! Edward war mein Unglück, aber auch mein König und mein Freund. Sollt' ich ruhig beim Unglück seiner Kinder seyn?

#### HERZOG.

Es sind meines Bruders Kinder. Euer Herz
kann nicht lauter sprechen als das meine. Aber
hört die Klugheit! Soll man Tausende für einen
ungewissen Erfolg hinopfern? Ihr sprecht wie eine
Frau, die nur den Augenblick kennt. Lernt wie
ein Mann denken, der die Folgen durchschaut.

#### JANE SHORE.

Laßt der Wahrheit ihre Rechte, sie ist höher
als Klugheit. Laßt mich in euch den Menschen
ehren. Kann die Krone euch versuchen? — O,
die Ehre eines guten Mannes ist mehr als eine
Krone.

#### HERZOG.

Ich ehre eure Wärme. Ihr sprecht als Freundin. Aber in zwei Stunden ists entschieden. Das
Schicksal eines Volks liegt auf der Wage und ein
Bürgerkrieg ist schrecklich. Aendert Hästings! Das
ist das einzige was ihr thun könnt.

#### JANE SHORE.

. Ich? (mit einem Blick der die Larve zu durchschauen anfängt)

#### HERZOG.

Was sind einige Jahre! Edwards Krone gedeiht
unter der meinigen. Ich rette sie auch mit Gefahr
meines Namens, kann ich mehr?

#### JANE SHORE.

O, es ist *viel*, seinen Namen für eine Krone
wagen. Herzog, ich bitte Euch. Hästings vermag viel. Er wird mit Macht auf Eure Seite
treten.

HERZOG.

*Ich* muſs berechnen was er vermag. Aendert ihn oder sein Blut und alles Blut über euern Kopf!

JANE SHORE.

Was kann ich — (steigender Unwille.)

HERZOG.

Euer Auge beleben, daſs es ihm gebiete. Er hängt an Euch. Erhört oder unerhört — Jetzt ist der Augenblick, eure Allmacht geltend zu machen.

JANE SHORE.

. Und eine Heuchlerinn werden, um eine Schandthat zu stiften.

HERZOG.

Nehmts wie Ihr wollt, jetzt *muſs* es seyn.

JANE SHORE. (sich ganz erkennend)

Milord, ich habe viel gefehlt. Aber ich erröthe in Eure Seele. So tief bin ich nie gefallen.

HERZOG.

Ja oder nein. (kalt und fest.)

JANE SHORE.

Hier steh ich im Namen der Tugend und Wahrheit. Milord zum letztenmahl; bedenkt die Ruhe der Zukunft. Einst wird diese Stunde mit flammendem Entsetzen über Eurer Seele schweben. Einst Milord, wird sie richten. Es ist schrecklich, dem Verlassenen sein Erbe entreiſsen, die Hoffnungen des Jünglings vergiften, den Unglücklichen zum Verbrechen reitzen. Was hab ich Euch gethan, daſs Ihr mich zum Gefährten endloser Verdammniſs machen wollt! Seht Edwards Söhne! Blickt ins

Auge der Unschuld! Wenn *sein* reiner Glanz nichts
vermag, wenn Ihr dann noch so denkt, so hat die
Hölle sich aufgethan, und Gott hat sich den Menschen entwandt.

HERZOG (noch einmal Güte heuchelnd.)

Ihr seyd eine fromme Schwärmerinn.

(lautlachend.)

JANE SHORE.

(mit ihrem stärksten Unwillen, und erschüttert von dem kalten
Gelächter.)

Entsetzlich — Mein Unwille kann nicht rasen,
die Wahrheit tobt nicht — Aber —

HERZOG.

Ihr könnt auch drohen! (lachend.)

JANE SHORE.

O, daß ich Macht hätte Euch zu erschüttern. —
O sie alle will ich bitten, jeden Mann im Volke
will ich anrufen: rette Edwards Söhne. (will fort.)

HERZOG.

(Sie schnell zurückreißend, in seiner natürlichen Gestalt, kalter,
grinsender Spott, und zernichtende Selbstsucht.)

Mir im Wege? — (ihr Zeit lassend)
Bei deinem Leben! Ich bin kein Mann den Wei-
berkünste hemmen, kein Edward.

JANE SHORE.

Das wußte ich; aber auch mich blendeten die
Künste des Mannes nicht. Ich kenne Euch, Eure
Larve ist Betrug. Laßt die Krone, die Euer Unglück wird, und rettet Euern Namen, daß er nicht
mit Schande zur Grube fahre!

**HERZOG.**

Zum letztenmal! wollt ihr? —

**JANE SHORE.**

Milord — Ich, eine Verlassene, die die Ungewifsheit alles menschlichen Schimmers kennt,
ich hier auf meinen Knieen bitte Euch — — Ich
kenne die Martern des Gewissens. O lafst Euch
bewegen! Einst, wenn ich nicht mehr bin, wird
diese Stunde richten gegen Euch. Milord, es ist
schrecklich, die Qualen seiner eignen Verbrechen
tragen —

**HERZOG.**

Dich braucht ich noch zum Lehrer! Auf! Hin
zu deinem Buhlen, häng' ihm am Halse, weine
ihm vor, klag' ihm vor, ihm mögen Thränen gel-
ten. Aber find' ich mir ihm im Wege, so sey
Gott deinem Haupte gnädig.

**JANE SHORE.**

Könnt' ich Herzen erschüttern, dafs ich deine
Asche der Schmach entziehen, deine Kinder retten
könnte, — auch mit dem Leben —

**HERZOG.**

Drohen? Du vergifst was ich aus dir machen
kann. Hat meine Güte dich keck gemacht?

**JANE SHORE.**

Mein Bewufstseyn macht mich furchtlos. Seht,
die Hälfte eurer Schrecken geht mit Euerm Verbrechen verloren.

**HERZOG.**

Sey trotzig! Ich kann dich hinabstossen in einen
Stand, wo Hülfe dich nie erreichen soll. Von

Elend umringt, von Kummer genagt, sollst du im
Fluch deines Lebens mit ewigem Jammer ringen —
Noch sind mir Schrecken übrig.

JANE SHORE.

Wie Gott will — Ich kann nicht. Hier steh'
ich in Eurer Hand. Endlosen Jammer Preis gegeben, ohne Erbarmen bei Menschen, ohne Hülfe
auf Erden, — meinen Sinn verändern, Waisen
verlassen, das will ich nicht, das kann ich nicht —

HERZOG.

Willst nicht? Katesby! (ruft ihn)

JANE SHORE.

Ich darf nicht.

HERZOG.

Gut — Dein Urtheil werde erfüllt! Ich will
dein Herz auf die Probe setzen. Holla, niemand
hier?

(Katesby, Ratklif und Bediente.)

RATKLIF.

Was befehlen Euer Hoheit?

HERZOG (heftig)

Das Weib — auf die Strafse mit ihr! Ueberall
ausgerufen, wer ihr Unterstützung, Wohnung oder
die geringste Hülfe gibt — wer mit ihr spricht,
sterben — sterben ohne Gnade — Ihr Haus und
Vermögen zum Besten des Staates eingezogen.
Und — weg mit ihr! Fort!

JANE SHORE.

Allsehender Richter, (inniges Gebet, erschüttert) dafs
nur mein Ende das Ende des Gerechten sey. Ich
beuge mich, du wirst mich nicht verlassen.

**HERZOG.**

Fort!

(Ratklif, Jane Shore und Bedienten ab.)

**HERZOG.**

So recht — auch auf d e m Wege nichts. Und warum mußt ich ihn gehn. Ihr hättet (zu Katesby) besser rathen können.

**KATESBY.**

Es waren ja Euer Hoheit eigne Gesinnungen. (spottend)

**HERZOG** (betroffen)

Ihr habt immer recht — Katesby, was sagen die Leute?

**KATESBY.**

Daß ihr t i e f geht.

**HERZOG.**

Und so solls auch. — (Pause. Für sich.) Sie höhnt meiner Macht. In einem Weibe getäuscht. — (zu Katesby) Macht geht vor List, laßt die Wache sich bereit halten.

**KATESBY.**

Sagt ichs nicht?

**HERZOG.**

Sie sey vernichtet! Die Wache!

**KATESBY** (im Abgehen)

Der Staatsrath wartet.

**HERZOG.**

Entwerft ihr Urtheil! Er solls bestätigen.

**KATESBY.**

Wird er?

HERZOG (auffahrend.)

Wer zweifelt?

KATESBY.

Euer Hoheit —

HERZOG.

Ich werde kommen.

(Katesby ab. Hastings eilig herein)

HÄSTINGS.

Milord, wie soll ich das verstehen? Shore
eine Gefangne?

HERZOG.

Schade, dafs ich nicht mit eines Liebhabers
Augen sehe.

HÄSTINGS.

Milord —

HERZOG.

Milord —

HÄSTINGS.

Aber nach solchen Versprechungen, bei so
wenig Ursachen —

HERZOG.

Sind Zerrüttungen im Staate keine Ursachen?

HÄSTINGS.

Wenn sie deren schuldig —

HERZOG.

Wenn sie deren schuldig? — Wenn, wenn;
du sprichst mit mir von wenn.

(Katesby kömmt zurück, bleibt in der Tiefe.)

HERZOG (sieht ihn)

(zu Hästings) Sieh mich nicht so starr an. He!
Wache. (Wache kömmt.) Lord Hästings, ich ver-
hafte dich um Hochverrath, du bist ihr Theilneh-
mer, das Werkzeug ihrer Arglist. Weg mit ihm,
ehe eine Stunde vergeht, soll er sterben. Die
Meuterei möcht ausbrechen, man muss eilen.

HÄSTINGS.

Wo sind Beweise?

HERZOG (auf den Tisch zeigend.)

Dort.

HÄSTINGS.

Ist das eure Freundschaft?

HERZOG (kaltlachend)

Ich bins dem Staate schuldig. (im Abgehen) Katesby, Ihr habt den Befehl —

KATESBY.

Genau zu beobachten.

(Herzog ab.)

HÄSTINGS.

Was! und nicht mehr als das! O guter Katesby, sage mir halte ich dich wirklich?

KATESBY.

Wirklich.

HÄSTINGS.

zugleich { 

Oder, wenn ich träume, wie soll
ich mich erwecken? Dieses schreckliche
Erstaunen, das mich umgiebt, diese
Ueberraschung.

RATKLIF (zieht sich spötisch zurück.)

Ihr habt die Pünktlichkeit des Befehls gehört.
Also Lord, ohne Umschweife, setzt mich keiner
Verantwortung aus. Ihr seyd ein Mann von Herz.
Bestellt Euer Haus und sammelt Euern Muth:
Euer Tod, verzeiht mir, schiebt sich nicht um
einen Augenblick auf.

HÄSTINGS.

Recht, Katesby . . . Der Diener eines solchen
Herrn — — — Ich will deinem freundschaftlichen
Rath folgen, du bist mein alter Freund, und ster-
ben, wie es einem Mann geziemt. Oder sollt ich
klagen um Euern Triumph zu vollenden? Was ist
Tod? . . ein gemeiner Zufall, dem ich in hundert
Schlachten entgegenging.

KATESBY.

Recht so Freund. (winkt, man legt ihm Ketten an;
während dem)

HÄSTINGS.

Nicht wahr, Katesby, uns muss der Tod ein
Spielwerk seyn. Was ist ein Leben mehr oder
weniger? Du bist ein — Bube und ich Euer
Opfer — Tausende sterben mit mir, (mit Heftigkeit gegen Katesby) schließen ihre Augen und sehen nicht
mehr die Schandthaten der Gewalt, Verderbniß
der Menschen, Glosters lächelnden Hohn über
Rechte und Wahrheit.

Sterben — ruhen — aller Thränen ledig seyn,
die der Unfall seiner Regierung über dieses Land
bringen wird. (sieht Katesby starr und verachtend an) Ich
brauch' Eure Stunde nicht. Kommt. — (im Abgehen

(hält er an) Kameraden, ich brauch' euer Zeugnifs.
Man könnte sagen, ich sey wie eine Memme gestorben. Seht mich an!

### Einer von der Wache.

Ihr lacht!

### HÄSTINGS.

Wohl, ich lache des Thoren, der mich der
Entebrung unter seinem Scepter zu leben über-
hebt, und nur über meiner Leiche hin den Raub
einer Krone wagt.

### KATESBY.

Wer erlaubt euch zu reden?

### HÄSTINGS (schlägt aufs Herz.)

(ab.)


### STRASSE.
(Erwine tritt ein.)


### ERWINE.

Noch nicht da? (ungeduldig auf und ab.)

(Katesby tritt ein.)

### ERWINE.

Gott sey Dank, da ist er ja. (indem sie dies sagt
und froh auf ihn hineilt, erscheint Hästings mit Wache.)

### KATESBY (reicht ihr recht vertraut die Hände.)

Und er mit mir. (auf Hästings zeigend.)

### ERWINE.

Was ist das? —

### KATESBY.

Ein Flüchtling, der Eure Fesseln trägt.

(scherzhaft.)

### K

ERWINE.

Gefangener?

KATESBY.

Ist's Euch so unerwartet.

ERWINE (eilt gegen Hästings.)

(Man sieht wie Katesby sich die ganze Scene
durch an ihren Jammer weidet.)

HÄSTINGS.

Gerade jetzt. (unmuthig)

ERWINE.

Hästings! (wirft sich in seine Arme.)

HÄSTINGS (sanft zurückbeugend.)

Geh, und lass meine scheidende Seele in Ruhe.
Geh, ich bitte dich.

ERWINE (gegen Katesby.)

Ich sehe alles.

KATESBY (lächelnd.)

So?

ERWINE.

Verderben über mich und dich.

KATESBY.

(wendet ihr den Rücken, geht auf und ab. Summt ein Lied,
sein Auge versteckt und von weiten fest auf beide.)

HÄSTINGS.

Was bedeutet dieser Schmerz?

ERWINE.

Ich könnte dir Dinge sagen — und warum
nicht? — Ich bin's, die dich tödtet.

HÄSTINGS.

Verwirre dich nicht in sinnlosen Träumen! —
Sprich! die Augenblicke sind kurz.

ERWINE.

(stockt. Katesbys Triumphblick betäubt sie, Er steht näher still.)

HÄSTINGS.

Ich habe Geschäfte der Ewigkeit, und nur die Zeit einer — wie lange Katesby?

KATESBY.

Stunde.

HÄSTINGS.

Hörst du's.

ERWINE.

Ich dich zum Tode!

HÄSTINGS.

Deine Sinne sind verwildert — Dinge die deine schwache Hand nie zu wirken vermogte. Ein Höherer mußte mich verderben, und was hätt' ich denn gethan, um deine Rache so zu wecken?

ERWINE.

Deine Verachtung, deine Untreue — —

KATESBY (schadenfroh, kalt und hingeworfen.)

Kennt sie ganz! Sie bezeugte Eure Verschwörung, zu der Shore Euch gegen den Protektor verleitet.

HÄSTINGS (stöst sie weg von sich.)

KATESBY.

Sollte man ihr nicht glauben?

HÄSTINGS (zu Erwine)

Du? — Ach Licht des Entsetzens!

KATESBY.

Daß das Verderben vom Schuldigen auf den Mitschuldigen fällt, mußte sie vergessen haben. Daß, wenn Shore schuldig ist, Ihr es noch mehr seyd —

K 2

**ERWINE.**

Du warst's (zu Katesby)

HÄSTINGS (der die Intrigue übersieht.)

Katesby, einst mein Freund; (erschüttert bei diesem
Zug' menschlicher Bosheit) Zum Richtplatz! Eine Minute
ist zu lang.

KATESBY (kalt)

Eure Stunde ist nicht um.

HÄSTINGS.

(Sieht ihn lange an, höchster innerer Unwille, der sich endlich
in höchste Gleichgültigkeit endet.)

Einst war ich dieses Mannes Freund —

KATESBY (parodirend)

Der Knabe der so ganz in meine Seele über-
ging. Der süßen Stunden so viele! Warum bliebt
Ihr nicht —, Ich bitt' Euch, keine Erinnerungen.

HÄSTINGS.

Als Knabe bestahlst du Nester, das Wimmern
der Mutter war deine *Musik*, Schade jetzt, daß
ich ein *Mann* bin. — (legt sich zu Boden) Merk deine
Zeit, oder *muß* ich auch wachen?

KATESBY.

Ich thue mein Amt. O mein Herz! Warum
muß ich —

HÄSTINGS (mit dem Finger warnend)

Katesby! — (sich wegwendend) Es ist entsetzlich!

ERWINE (ausser sich)

Hin will ich, dich, mich, alles — Er wird
sich überzeugen.

(will fort.)

**KATESBY.**

*(lächelt verächtlich, hält sie und sagt einem von der Wache etwas ins Ohr, den er wegschickt.)*

Ihr *könnt* hingehen.

**ERWINE.**

*(wirft sich neben Hastings auf die Knie.)*

**HÄSTINGS.**

Weg! Mit meinen letzten Worten sollt ich fluchen? Geh — Ich will in Ruhe sterben. Geh — ich vergesse dich.

**ERWINE.**

So kannst du mich verlassen? Ich bitte, ich beschwöre dich; höre: mein Haſs — o, falsch wie du warst, ehe mein Leben als dem deinigen Gefahr. Nur sie —

**HÄSTINGS.**

Und sie — *(Er fühlt seine Schuld gegen Jane Shore)* Geh hin und wein' in die Hände der Verkannten. Die Rache beleidigter Unschuld fallt auf dich und mich.

Geh! Wenn noch ein guter Gedanke in dir Platz hat, geh — geh fall auf deine Knie für mich zu beten, und rette sie.

**ERWINE.**

O Mitleid, Mitleid, vergieb dem Wahnsinn der Liebe. *(Stille.)*

**HÄSTINGS.**

Steh' auf! — Ohne Vorwurf, ohne Groll verlaſs' ich dich.

**ERWINE.**

Ich lasse dich nicht.

#### HÄSTINGS.

Unglückliche! Ich sehe die Hand des Himmels, der den Verführer durch die Verführte züchtigen wollte. Schrecklich seh' ich die Geschichte unsers Lebens vor mir — — Strafen der Unschuld, der Tugend, und des Namens die ich dir raubte. — Leb wohl.

#### ERWINE.

Sey mein! ich habe nichts verloren.

#### HÄSTINGS.

Die Leiden dieser Stunde sind mein Werk. — Leb wohl — Vergebung für Vergebung.

#### ERWINE.

O daſs dein Herz sich erweicht. Nun zu Gloster.

#### HÄSTINGS.

Keine Hoffnung!

#### KATESBY.

Hästings, es ist Zeit!

#### ERWINE.

Bösewicht.

#### KATESBY (lacht laut.)

#### HÄSTINGS (reicht ihr die Hand)

Mit der Wehmuth eines Freundes verlaſs ich dich — ich, dem so manche Schuld gegen dich auf der Seele ruht! Leb wohl, mein Tod falle nicht auf dich. Aber mach' gut was das Miſsgeschick und unsre unglückliche Liebe verdarb.

(Der Abgeschickte zurück und spricht mit Katesby.)

**KATESBY.**

Milord, der Herzog läfst mich erinnern.

**HÄSTINGS.**

Ich komme.

**ERWINE.**

Ha, Ungeheuer! ist ein Augenblick seiner
Wuth schon zu lange? Gieb ihm Blut um Blut!
von Verbrechen auf Verbrechen in all seinen Sün-
den führe ihn zum Abgrund des Todes, dafs er
fühle was es heist, den Aufschub einer letzten
Stunde bitten und nicht erlangen.

**HÄSTINGS.**

Geh — ich bitte dich! leb wohl! — Lafs mich
in Ruhe zum Tode wandeln.

**ERWINE.**

Dafs die Hölle sich unter ihm aufthue!

**HÄSTINGS.**

Ich bitte dich . . Geh! Dein Grimm ist vergebens und für mich nur Erschwerung eines Augenblicks, der an sich schon zu tragen giebt. Geh —
Geh — Dir und mir wäre besser in heiliger Ruhe
zu enden, und Gott sende dir seinen Engel, der
dich stärke und tröste. Leb wohl.

(will sich lofsreifsen.)

**ERWINE.**

Ist keine Hand, die mir den Dolch in die Brust
stöfst! O Mitleid! Mitleid! ,

**HÄSTINGS.**

Eins noch — das ich nicht vergessen darf.
Bei unsrer Liebe die einst war, bei allen Leiden
dieser Stunde, bei allen Hoffnungen des Friedens

hier und dort beschwör' ich dich, flehe ich dich,
die Bitte des Sterbenden — Laſs den Groll deines
Haſses nicht fallen auf deine unglückliche Freundin, du weist wem ich meine. Sie ist schuldlos:
solltest du sie kränken, ſo verdopple der Himmel
deine Leiden, und ein Ende voll Jammer möge
dich treffen! O laſs den Fluch und die Bitte meines Mundes dir heilig· seyn. (die Wache reiſst ihn fort.)
Leb wohl.    (ab)

ERWINE.

Auf immer! — Immer — Wer erträgt Elend
auf immer. — Und sie — sie? war sie nicht sein
letzter Gedanke, Segen, für sie sein letztes, —
letztes — und mir! Glücklich soll *sie* seyn und
*ich* unglücklich auf immer!

Laſs sie den Fluch meines Schicksals theilen!
Sie war die Ursache — Qualen leiden, wie die
meinigen, — jeder Hoffnung verloren, jeder Freude
entrissen, — daſs sie die Natur verwünsche und
den Menschen verabscheue, daſs sie verfluche was
sich ihr naht, *sich* haſse und hassend in ihren
Martern vergehe!

(sinkt nieder.)

# FÜNFTER AUFZUG.

## ERSTER AUFTRITT.

### STRASSE.

(Belmour und der dritte Bürger begegnen sich.

#### BELMOUR.

Dafs ich dich treffe! (der ganze Auftritt mit der Eile zweier in Geschäften gedrängter Menschen.) Ist noch Hülfe?

#### DRITT. BÜRG.

Ich weifs nicht.

#### BELMOUR.

Sahst du sie? —

#### DRITT. BÜRG.

Zwei Stunden etwa — auf dem Rückwege von der Kirche. — Im feierlichen Bufsgeleite — Ein zahlloser Schwarm: die meisten Spott, wenige Mitleid. — Ein unedler Haufe die Menschen.

#### BELMOUR.

Menschen — ich hasse das Wort —

DRITT. BÜRG.

Versöhne dich durch sie! — Mit der sanfte-
sten Duldung — Niedergeschlagen, traurig, keine
Spur von Groll ... hob sie je und dann ihr thrä-
nendes Auge gen Himmel, um Trost, den sie bei
Menschen nicht hofte.

BELMOUR.

Seit gestern sah ich sie nicht: Dümonts Los-
machung nahm meine Zeit; sie wird verändert
seyn.

DRITT. BÜRG.

Merklich. All meine Mühe umsonst, all meine
Vertrauen ohne Frucht. Ihre höllische Wache,
— das Verbot des Herzogs — die Muthlosigkeit
des Volks — das Drohen der Gewalt —

BELMOUR.

Laß sie drohen, laß stolze Unterdrückung ihre
bitterste Bosheit ausgiefsen! So wahr der Himmel
lebt, Dümont hilft, ich helfe, oder ihr Schicksal
ist das unsre.

DRITT. BÜRG.

Dümont frei! so kann ich: — Wenn mein An-
schlag gelingt ... so ist sie gerettet. — Nur versäumt nicht die Zeit. (reicht die Hand zum Abschied) Sie
hat dreifach gebüfst, und mich wundert, wie der
Bau ihres Körpers dem Gram, dem Hunger und
Elende so lange widerstand.

BELMOUR.

Laß uns eilen sie zu finden.

DRITT. BÜRG.

Sie muß hier herum seyn. Es ist die Stunde.

BELMOUR.

Also du hier! Ich hole Dümont aus dem Gefängnifs. Und dann —

DRITT. BÜRG.

Hier finden wir uns wieder.

KATESBY.

In einer Viertelstunde — längstens.

DRITT. BÜRG.

(schlägt sich in seinen Mantel. Geht auf und ab. Man sieht
einige kommen, mit ihm zu reden, alle behutsam.)

(Jane Shore schlecht gekleidet Wache. Volk. Einige
sammeln sich um den dritten Bürger, scheinen
seine Vertraute.)

JANE SHORE.

Dem Tode und der Strafe geweiht! — O Gott!
mein Ende! —

(Sie wirft sich nieder um auszuruhen.)

Wache.

Fort — — Fort!! (reifst sie auf, sie sinkt zurück.)

JANE SHORE.

(das Volk sieht um sie herum.)

Ich kann nicht — (zum Volk) Ein Thier, das
Futter und seine Höhle hat, ist glücklich — Der
Tod einer Minute ist süfs, aber Tage lang sterben! Ach Gott!

Einer vom Volk.

Hast lange genug gut gelebt.

Ein andrer.

War ja so zu sagen allgemeines Aergernifs.

(Murren im Volk unterbricht ihn.)

### Ein dritter vom Volk.

Ja — andre ehrliche Leute haben arbeiten
müssen — ist sie daher gefahren, so brausig und
brüstig. Hochmuth kommt vor dem Fall.

JANE SHORE (gegen das Volk.)

Recht! ich darf nicht klagen, der Vorwurf
liegt auf meiner Seele, die Bahn der Gesetze hatt'
ich verlassen —

(Man sieht indefs den dritten Bürger, in seinem Mantel ge-
schlagen, geschäftig dem Volk eine bessere Gesinnung zu
geben. Er zieht einige auf die Seite und nach und nach
sammeln sich mehrere um ihn.)

### Eine Stimme.

Gelt, dort hast du gewohnt und gethront —
So gehts.

JANE SHORE.

O schone meiner! Das Gericht meines eigenen
Herzens — diese Orte, die in tausend Erinnerungen den Schmerz verdienter Leiden wecken ...
Dort unter jenen Zinnen, hier über diesem Hügel,
überall wo ich hinblicke, Zeichen meiner Schuld —
O so fühle! leide — — ob Qualen dieser Tage
vielleicht die Forderungen einer strengen Zukunft
tilgen.

(Sie sinkt nach und nach während des folgenden in
den Schlaf der Erschöpfung.)

DRITT. BÜRG.

(Er spricht das folgende in abgebrochenen Sätzen: das Gemurmel
des Volks dazwischen zeigt, dafs man Theil nimmt.)

Könnt ihr sehen! könnt ihr hören! — Ist der
Mensch nicht in seinen Vergehungen noch Mensch..

daſs Strafen seyn *müssen*, sollte euch Thränen ab-
locken; — daſs Grausamkeit Strafen nach Willkühr verhängt, kann euer Gefühl nicht empören? —

### Eine Stimme.

Was können wir thun!

### DRITT. BÜRG.

Der Unglücklichen gegen den Hohn der Fühl-
losigkeit, das Volk von dem Schimpfe retten — —
daſs Strafen sein Schauspiel sind! Was ist ihr
Verbrechen? Was hat sie gethan? Gefehlt? Ja.
Aber *der* trete auf, der nicht von ihren Wohl-
thaten genoſs! Der schrecklichste Verbrecher verdient Schonung; das Gesetz ist sein Richter, der
Henker sein Peiniger, *wir* . . . keines von beiden . . . Aber wo ungerechte Willkühr die unglückliche Schuld verdammt, Bosheit den Rich-
terstuhl behauptet, sollen wir, Sklaven des Unrechts, dem höhnenden Tyrannen zu Gehülfen seiner Schrecknisse dienen!

### Mehrere Stimmen.

Es ist zu hart was sie leidet.

### DRITT. BÜRG.

Zu hart? nur zu *hart*, sagt ihr. Es ist ohne
*Schuld* was sie leidet, *unsre* Schande, daſs wir's
dulden.

(Die Wache wird aufmerksam, seine Zuhörer meh-
ren sich, ihr Murmeln während seiner Reden zeigt
steigenden Beifall.)

**Mehrere Stimmen.**

Was können wir thun! Wir können nicht gegen Gewalt. Es ist Unrecht, aber — Was geht das uns an?

DRITT. BÜRG.

Recht so! Trägheit muſs ihre Entschuldigung finden. Weil *keiner* will, so leiden Alle. So gehn Jahrtausende die Bahn ihrer Entartung, bis der bessere Enkel einst bei der Schande seiner Väter erröthet. Wir! Wir! ein Unschuldiger leidet, und *wir* nennen uns Männer. Jeder Unglückliche ist ein Vorwurf für unser Gefühl — jeder Unterdrückte ein Schandfleck für uns.

Wenn Edward mit übereilter Hitze Strafen verhängte, wer milderte da seinen Entschluſs? Antwortet!

**Stimmen im Volke.**

Sie.

DRITT. BÜRG.

Wenn Edward, von einer Rotte Vaterlandsfeinde umgeben, sich selbst und uns Verderben drohte, wer riſs ihm die Binde vom Auge? Wer kam unserm Hoffen zuvor? Wer hörte uns?

**Stimmen im Volke.**

Sie.

DRITT. BÜRG.

Als Edward einen ungerechten Krieg begann, wer führte ihn zur Wahrheit zurück?

Wenn jemand über Bedrückung klagte: wenn Ihr Schutz gegen gewaltsame Obermacht, Hülfe gegen die Bosheit des Richters brauchtet, wer nahm sich eurer an?

### Stimmen im Volke.

Sie.

### Die Wache.

Stille!

(Die Bürger drängen zusammen.)

### Dritt. Bürg.

*Sie, Sie* und überall *Sie,* das wißt ihr! Das könnt ihr mir zurufen, wenn ich euch erinnere. Warum ist denn euer Gedächtniß gegen euch selbst so arm? Wo ist sein Bund mit euren Herzen? Muß die Urkunde eines andern euch in fremden Thaten die Schuld eures Undanks vorlegen? Empfangen habt ihr: was habt ihr gegeben? Dort leidet sie, die Unglückliche! Und ihr? — O Bürger! unter *Euch* sucht der Dichter Tugend, die Beispiele der Dankbarkeit und des Rechts, wenn er seiner entarteten Zeit Beschämung predigen will. Aber der Dichter ist ein Lügner und ihr seyd Elende. Von jedem Bösewicht gelenkt, und aus Furcht ein Werkzeug in jeder verderbenden Hand.

### Verschiedene Stimmen.

Er hat Recht. Es ist eine Schande! hätt' ich mein Schwert!

### Wache.

Wer spricht von Schwert?

## DRITT. BÜRG.

Schwert — was brauchen wir Schwerter. —
Solche Elende fliehen —

*(Einige stellen sich zwischen Jane Shore und die Wache.
Einige entlaufen. Die Wache wird umringt und
der Tumult zieht sich vom Theater hinweg.)*

### JANE SHORE.
*(allein, erwacht vom Lärm. Ein Mann beschäftigt ihr beizustehen.
Etliche Weiber stehen von ferne.)*

Verlassen — wo bin ich guter Mann? Bosheit
und Schadenfreude werden müde.

*(Er steckt ihr ein Brod zu.)*

### Der Mann.

Weg! geschwind! ehe man euch wieder findet. *(ab)*

### JANE SHORE.
*(sieht sich um, sie will essen und kann nicht; sie weint,
sie erkennt sich.)*

In diesem Hause — Fügung des Himmels,
Wink der Rettung, Erwine. Hülfe von dir. Ich
bin allein. Es ist sein Wille *(letztgesammelte Kräfte.
Pocht an)* Ich bin so schwach. *(setzt sich, ein Bedienter
öffnet)* Wo ist deine Lady? *(will hineintreten)*

### BEDIENTER *(stöst sie zurück)*

Wohin? —

### JANE SHORE.

Kennst du mich nicht!

### BEDIENTER.

Wie meinen Befehl. *(stellt sich entgegen)* Hier
nicht.

JANE SHORE.

Sag meiner Erwine, ich —

BEDIENTER.

Ist nicht wohl, nimmt keinen Besuch an.

JANE SHORE.

Aber sag' ihr nur, *ich* sey am Thore, warte flehe.

BEDIENTER.

Hilft nichts — Weg da! Heult denen die euch hören.

JANE SHORE.

Es gab eine Zeit, da dieses unfreundliche Thor weit auf flog wenn ich kam, da meine Ankunft eine Tagesfeyer war, und jedes Gesicht sich lächelnd zum Empfang zog.

(Er sperrt indefs zu. Man hört inwendig reden.)

Aber jetzt freilich, jetzt! die mich segneten fluchen mir — —

Weiter! — warum weiter? Auch hier kann ich ja sterben. (setzt sich, besicht ihre Hände.) Meine Nägel so blau.

(Schliefst ihre Augen.)

ERWINE (kömmt.)

Wer bist du!

JANE SHORE.

O Erwine?

ERWINE.

Was hast du hier vor meiner Thüre? —

JANE SHORE (frappirt.)

Eine Unglückliche —

L

ERWINE.

Was kannst du wollen?

JANE SHORE.

Hülfe in der letzten Noth, Nahrung.

ERWINE.

Ich dir! —

JANE SHORE.

(Sie zeigt ihr das Brod.)

Ich kann nicht! — Schon zwei Tage nichts
über meine Lippen.

ERWINE.

Ich kenne dich nicht, will dich nicht kennen.
(reifst ihr das Brod aus den Händen und wirfts zur Erde.) Geh,
suche wo du findest, ich kenne dich nicht.

JANE SHORE.

Da ein Tag ohne mich dir Marter war, da du
mir schwurst, ich sey dir mehr als die Welt, in
jenem letzten Augenblicke bestätigter Freundschaft —

ERWINE.

Sagst *Du* das? Lafs sehen! Es ist wahr, ich
kenne dich. Gieb mir ihn wieder — — Ihn — —
Im Grabe wo *er* liegt — Geh.

JANE SHORE.

Was that ich?

#### ERWINE.

Geh.

#### JANE SHORE.

Gab dir alles, meinen letzten Reichthum. Ich fordre nichts zurück: nur einen Augenblick Ruhe und Verborgenheit, oder ich sinke und sterbe.

#### ERWINE.

Sag' das nicht, Edward war ein König und ein glänzender Hof kniete um dich. Ich war allein. —

#### JANE SHORE.

O Gnade!

#### ERWINE.

Ich kenne sie nicht. Elend bin ich: Elend will ich dir geben. Hier ist reine Wohnung.
Der Leichenvogel, horch — wo ist er hin.

#### ERST. BEDIENTER.

Man muſs sie wegführen.

#### ZWEIT. BEDIENTER (zu Erwine)

Kommt, verlaſst diese Frau.

#### ERWINE (nie sanft, immer brausend.)

Er ist nicht mehr. Gestern erst, heut erst ... um eine Stunde wars zu thun. (sich sammelnd zu Shore) Warum wolltest du Elend dulden. Zerreiſs di'rs

Herz und mach dich der Qualen des Daseyns lofs.
Ich folge dir . . . Ein höllisches Feuer umschlingt
mich, — und Hästings blutiger Leichnam, — da
ist er wieder —

(rennt weg.)

JANE SHORE (gen Himmel.)

Rechne ihr nicht zu, was sie an mir thut — —
Mir wird dunkel — (sie kann nicht weiter gehen wie sie
versucht.) Ich kann nicht. (sinkt nieder) Nimm mich
auf kalte Erde . . zur Ruhe, welche die Menschen
versagen. —

(Nach einiger Zeit Belmour und Dümont,
eilig kommend.)

BELMOUR.

Da! (indem er sie erblickt) Tiefer kann Elend doch
nicht beugen. (naht sich ganz) Sieh auf, arme Verlassene. (allein vor. Indem er ihr auf einen Sitz helfen will.)
Wo sind nun die Freunde der Rosenzeit, die mu-
thigen Gefährten am Strahle deines Glücks! —

JANE SHORE.

Ach Belmour, wo, wo? Ferne Zuschauer
meiner Leiden, Sittenrichter kalt wie Eis. Nur
du! —

Geh — Geh! Ich bin eine Verlorne, — dich
in ihren Fall hinabzuziehen — — Verlafs mich —
so sterb' ich allein — Meine Rettung ist dahin! —

BELMOUR.

Noch nicht. Hoffnung kommt mit mir. Sieh
dort Dümont — er hilft.

(Dümont bisher von ferne, jetzt nahend,)

JANE SHORE.

Wo! (richtet sich auf und sieht sich um) Dümont!
So hat der Himmel erhört. Mein Herz lebt wie-
der auf. Frei. (sie erkennt ihn nicht in seiner Veränderung,
andre Kleidung, andern Bart) Wo ist er?

BELMOUR.

*Er* ist's — er — da — nicht mehr Dümont,
betracht' ihn wohl. Liebe und Verzeihung sind
mit ihm.

DÜMONT.

(schlägt den Mantel auf, er ist nun ganz nahe an ihnen.)

JANE SHORE.

Seine Gestalt — Himmel!

(sinkt zurück, heftig überrascht.)

BELMOUR.

Ihre Schwäche könnte die Ueberraschung —

DÜMONT.

Hilf nur, hilf.

BELMOUR.

Sieh — sie regt sich — Ihre Wangen werden
röther.

DÜMONT.

So hebe sie sanft auf.

(heben sie auf.)

BELMOUR.

Und fort — fort!

JANE SHORE (voll Schrecken.)

Belmour!

BELMOUR.

Wie ist's?

JANE SHORE.

Mein Herz pocht: bang, bang.

BELMOUR.

Faſst Muth! Euer Gemahl lebt. Hier —

JANE SHORE.

Noch hier — Schatten des Getödteten.

(mit Entsetzen.)

BELMOUR.

Er selbst, er lebt. Seht.

JANE SHORE.

Darf ichs? O daſs meine Augen ihn nie sehen
dürften.

DÜMONT.

Bin ich dir so schrecklich, so verhaſst? — So
wollt' ich, daſs ichs nie erlebt hätte, dich wie-
derzusehen.

JANE SHORE.

O du Beleidigter — lebst noch, bist noch! —
Daſs die Nacht in ihr Dunkel mich schlösse! —
mich —

DÜMONT.

Warum wendest du dich ab? Warum Furcht,
Verzweiflung, da meine Arme sich öffnen. Da
deine Leiden genügen! Weg mit peinigender
Selbstbeunruhigung. Weg! die Vergangenheit ist
getilgt — Hieher an meine Brust — eine ruhige
Wohnung, ein Ziel deiner Qualen habe ich bereitet, wo jede Erinnerung verlorner Tage in Freuden der Wiedervereinigung sich löset.

JANE SHORE.

Nicht Fluch?

DÜMONT.

Nein doch! Nein doch! Eile nur, weil die Gelegenheit lächelt! Eile! Eile!

JANE SHORE.

Nun dann, ich will folgen — Kommt —
Kommt —

DÜMONT.

Lehne dich auf meinen Arm.

JANE SHORE (versucht zu gehn.)

Dorthin also in jenes Haus am Walde.

### DÜMONT.

Dort ist die Wohnung der Ruhe.

### JANE SHORE (lächelt wehmüthig)

Schön war, was du mir geben wolltest. —
So mancher stille Abend — (bleibt stehen) Ich komme nicht hin.

### DÜMONT.

Stütze dich erst.

### JANE SHORE.

So schwach . . Kein Wunder . . Alle Leiden
dieser Tage.

### DÜMONT.

Nur wenige Schritte noch — zu jenem
Hause.

### JANE SHORE.

. Ich bin krank bis in die Seele.

### DÜMONT.

Tödtender Kummer — zehrst du noch an ihrem Blute! Soll sie sterben! —
Arme Leidende: sprich deinem Herzen Trost
zu. Sie hört mich nicht. Hilf mir sie halten. — —

(beschäftigt mit ihr.)

(Katesby und Wache.)

KATESBY.

Ergreift sie, als Staatsverbrecher.

(legen Hand an.)

BELMOUR.

Was heist das?

JANE SHORE.

(schlägt ihre Augen auf. Schrei des Entsetzens, man
sieht dafs dieser Schreck ihre letzten Kräfte
bricht.)

DÜMONT.

schnell nach
einander,

Weib!

(Er schliefst sie fest in seine Arme.)

KATESBY.

Gegen des Protektors Gebot dieser Verurtheil-
ten helfen.

DÜMONT.

Mensch!

(giebt Jane Shore schnell an Belmour und
macht Miene zur Vertheidigung.)
(Die Wache hebt das Brod von der Erde auf,
giebts Katesby.)

KATESBY.

Einer Verbrecherin? — Wer ihr Nahrung
reicht (zur Wache) Ihr seyd Zeugen.

### DÜMONT.

Und wenn — Sieh hier — Sey Mensch einmahl. —

### KATESBY.

Tragisch.

(Hohn und grausames Aeffen fremder Marter in
seinen Geberden.)

### DÜMONT (faſst ihn.)

Mensch! — (Wache hilft) Schurken brauchen
Helfer.

### KATESBY.

Werden gelegentlich einander erinnern. Weg
mit ihm.

### DÜMONT.

Iſt Mitleid Verbrechen, welcher ehrliche Mann
wird noch leben wollen! Gott seys gedankt! Theure (zu Shore) bald folg ich dir.

### KATESBY.

Bringt den Mann ins Gefängniſs! Er möchte
sich erhitzen. Sie — mag auf besser Glück aus-
gehn.

### JANE SHORE.

(noch einmal sich schwach erholend.)

Um meinetwillen sterben. (Sie will ihm folgen, sinkt
an Belmour, den die Wache wegreiſst, hinab) Beide! —

DÜMONT (von Grimm überwältigt)

Daſs Euch die Hölle verfluche! (reiſst sich los, eile auf sie zu, mit ihr beschäftigt) Die Hand des Todes ist über ihr! — (Sie ist in seinen Armen) Sie wird bleich — starr! —

JANE SHORE.

Dieser Schlag — Laſst ihn Ihr Diener des Entsetzens. (zur Wache) Er soll das Gebot nicht entkräften. Eine Minute, — so könnt Ihr — Eurem Gebieter — die — Freude meines letzten Athemzugs verkündigen.

(Pause.)

DÜMONT.

O meine Liebe, warum dieser trübe Blick auf mich! Welche Last auf deinem Herzen!

JANE SHORE.

Die letzte Bitte — laſs das Andenken meiner Vergehungen mit mir begraben seyn. Laſs —

DÜMONT.

So sey Gott mein Zeuge, theure Gute —

JANE SHORE.

In deiner Gruft — (Sie zieht ihn fester an sich) Ich ruhe in Frieden — mir wird so dunkel. — Wollte —

BELMOUR (nach einer Stille)

Ihre Seele ist entflohen.

DÜMONT (legt sie nieder)

O mein Herz! Hier starb ihm Alles. (Er kniet neben sie) Leb wohl! (Die Wache ergreift ihn) Ihr! gut! — Leb wohl, noch einmal.

(steht auf)

Und nun thut, was Euer Tyrann gebot. Wohin ihr wollt, Kerker oder Tod!.

(Das Volk hat gegen Ende der Scene sich zu sammeln angefangen. Katesby bemerkt ihre steigende Theilnehmung.)

KATESBY.

Platz! (im Abgehen.)

Einer.

Es ist doch nicht Recht.

KATESBY.

Wer spricht? — (zur Wache) Dem ersten der einen Laut giebt, die Helleparde in den Leib! Aufrührerisch Gesindel.

DÜMONT.

Brüder, Bürger, zu spät! Ich danke Eurer Liebe. Aber dort, (auf die Leiche zeigend) dort, lernt an ihrem Grabe Schwäche beklagen, Tugend ehren und — die Schande der Gerechtigkeit bejammern,

die von Schurken gemifsbraucht, von einem Verbrecher gehöhnt wird. / (Die Wache stöfst nach ihm, er
weicht aus) Ich empfehle Euch ihre Leiche.

(ab Katesby, Belmour und Wache.)

(Stilles Bedauern im Volk. Einige Schimpfreden.

**Einer.**

Was ist zu thun?

**Dritt. Bürg.** (stürzt herein.)

Tod?

**Einer.**

Lange schon.

**Dritt. Bürg.**

Schande für Euch! — O meine Retterin. —
(Kniet neben sie, Stille) Hohlt Träger — bestellt ihr
Grab. — — Sie war zu gut.

(Träger kommen. Indem man sie fortträgt, stimmen einige
das Lied an.)

Ach Hoffnung, ach verlafs uns nicht!
Wenn auch das Aug' im Sterben bricht —
In stiller Ruhe harrt am Grabe
Der Zukunft an der Hand —
Des bessern Lebens Wundergabe

**Chor.**

Und Gott der unser Schicksal band.

## Einige.

Ein Thor, der nicht des Wahnsinns spottet,
Mit dem Gewalt auf unsre Nacken tritt.
Sey gut, sey Mann, und aller Ketten Macht
Ist nichts, ist Staub,

## Chor.

Die Wahrheit ist's, die sie verlacht.

## Einige.

Der Mensch ist grofs;
Die Tugend birgt in ihrem Schoos
Der Rechte viel.
Die That, die sich Bewundrung schafft,
Der hohen Ehre stolze Kraft
Und edle Würde ist sein Ziel.

## Chor.

Ein Thor der sich des Menschen schämt.
Ein Thor der Mannheit unterm Joche lähmt.

(Der Vorhang fällt.)

# Verbesserungen.

Seite 139, Zeile 16, von oben statt mir ihm, lies ihn mir
— 144. — 1, von oben statt Ratklif, lies Katesby.

# Alfred,

## König der Angelsachsen,

### oder

# Der patriotische König.

Ein Trauerspiel

in fünf Aufzügen.

Nach dem Englischen

frey bearbeitet

vom

Professor Cowmeadow.

Berlin,

bey Friedrich Maurer. 1795.

# Personen:

Alfred, König der Angelsachsen.

Ethelred, Graf der Sachsen, Elvida's Vater.

Odun, Graf von Devon.

Edwin, ein junger sächsischer Ritter.

Haldane, König der Dänen.

Gothrum, erster Heerführer der Dänen.

Harald, Dänischer Hauptmann.

Ritter, Soldaten, Gefangene, Wache, Gefolge.

———

Elvida, König Alfreds Gemahlin.

Emma, des Grafen von Devon Tochter, Elvida's erste Hofdame.

Gunhilde, Königin von Dänemark.

Hofdamen.

Elvida's Schutzgeist.

Ein Geisterbeschwörer.

Eine Hexe.

———

Die Scene ist im westlichen Theil Englands; bald im Lager der Dänen; bald in einer gegenüberliegenden waldigten Gegend; bald in Norwegen.

———

# Der patriotische König.

## Erster Akt.

### Erste Scene.
(Das Lager der Dänen. Triumphaufzug.)

Chor der Dänen.

Triumph Dir, Haldane! Die Schlacht ist ge-
kämpft,
Der Angelsachsen Trotz gedämpft:
Wir schreiten auf Leichen ins Lager herab;
Das weite Schlachtfeld, ein schauderndes Grab!

Wie sind unsre Schwerter vom Blute so roth!
Wir spotteten Gefahr und Tod,
Wir lachten des Feindes ohnmächtiger Wuth:
Sein Todesröcheln befeuert unsern Muth!

A 2                    Mit

Mit Beute beladen, mit Lorbeern bekrönt,
Ziehn wir daher, die Erde dröhnt! —
Trompeten und Pauken verkünden den Sieg:
Die Götter führten uns selbst in den Krieg!

Triumph Dir, Haldane! die Schlacht ist ge=
kämpft,
Der Angelsachsen Stolz gedämpft:
Wir schreiten auf Leichen ins Lager hinab;
Das weite Schlachtfeld, ein schauderndes Grab!

(Das Heer stellt sich zu beiden Seiten des Lagers in
Ordnung. Tusch von Trompeten und Pauken.)

Haldane und Gothrum kommen.

Haldane. Der wackre Magier hat Wort gehal=
ten, Gothrum! .. Der Tag ist unser! .. Dieser
glorreiche Anfang bürgt mir für den glänzendsten Er=
folg. ... Ha! diese Christlichen Hunde sollen bald
ihre stolzen Nacken unter unser Joch schmiegen, und
ihre fruchtbare Insel unserer Oberherrschaft huldi=
gen! .. Dein Schwert that Wunder, wackrer Kriegs=
Gefährte!

Gothrum. Euer Beyspiel, großer König, und
die

die Gunſt der Götter ſtählten meinen Arm. Ich
bin ſtolzer auf Euren Beyfall, als auf meinen
Werth!

Haldane. Seltne Beſcheidenheit!.. die ich zu
belohnen wiſſen werde. — Du haſt doch geſorgt,
daß die Trophäen unſers Siegs, die gemachte Beute
und die Gefangenen, in ſichere Verwahrung gebracht
werden?

Gothrum. Zu Ew. Majeſtät Befehl! ... Die
Gefangenen vertraut' ich dem Nachtrab' unſers
Heers... Sie nahen ſich ſchon. — Bey der Plünde-
rung des Lagers fiel mir ein Kleinod in die Hände,
höhern Werthes, als alle die unermeſſlichen Schätze,
die es enthielt!.. Die Natur ſchuf nie ſeines gleichen. — Es machte mich aller Schreckniſſe dieſes Tages vergeſſend, und mein ſtaunender Blick verlor ſich
unaufhaltſam in ſeiner Bewunderung.

Haldane (lächelnd). Wirklich? . . Deine Be-
ſchreibung erweckt meine Neugier. . . Ich ſehne
mich, das Kleinod näher zu kennen, was den rauhen
Kriegsmann zum Dichter umſchaffen konnte.

Zwei-

## Zweite Scene.

Elvida, Emma, und eine Menge Gefangener, in Fesseln, werden hereingeführt.

**Gothrum.** Seht ... Sie kömmt, .. gleich der stralenden Sonne, von einem leichten Frühlings, wölkchen umschleyert, .. des besiegten Alfreds herrliches Weib! — Wie der stumme Gram ihre Reize erhöht! O schonet ihrer, mein König! ... Unter allem, was je dieser segenvolle Boden zu erzeugen vermag, findet Ihr ihres gleichen nicht.

**Haldane** (sie mit wollüstigem Blick betrachtend). War, lich, ja! .. Du hast Recht! .. Ich billige Dein Entzücken, .. und theil' es mit Dir! — Oft pries man mir die Schönheit der Sächsischen Königin, aber auch das glühendste Gemälde erreicht nicht den tau, sendsten Theil des Urbildes. — Ha, Alfred! dop, pelt will ich nun über dich triumphiren! .. Will dich demüthigen, als König und als Gatten! — in Elvidens Arm meine Liebe und meine Rache sätti, gen! .. Du, Gothrum! .. von diesem Augenblick an mein Freund, mein erster Vertrauter! .. Dei, ner Wachsamkeit, Deiner Fürsorge empfehle ich sie!

sie! — Man bereite für sie das prächtigste Gezelt, aber, so weit von dem Gezelte meiner Gemahlin entfernt, als möglich. — Man laß es ihr an keiner Bequemlichkeit fehlen. Wenn die Geschäfte des Tages geendet sind, will ich dort in verschwiegner Stille, ihr und der Liebe huldigen. .. Geh', und vollende Deinen Auftrag!

Gothrúm. Euer Majestät befehlen, und ich .. gehorche! (Im Abgehn für sich) Unselige Verhältnisse! .. Sie ist mein Eigenthum, ... meine gesetzmäßige Beute: .. und ich soll sie so gelassen aufgeben? — O ihr Könige! Spielt ihr so mit euren Günstlingen: .. was ist das Loos eurer Sklaven? ..

(ab.)

(Elvida, mit den übrigen Gefangenen, wird auf seinen Wink ihm nachgeführt.)

## Dritte Scene.

Haldane (indem Elvida vorbeygeht).

Ihr Mächte des Himmels, .. welch edles Ansehn, welch ein Zauber ruht auf dieser Gestalt! Die Natur erschöpfte ihre Schätze, da sie dies Weib bildete. — Mein stolzes Herz, sonst sanfter Empfin-

A 4

dun-

dungen ungewohnt, klopft ungestüm unterm Harnisch, gleich dem Busen eines zwanzigjährigen Jünglings, bey ihrem Anblick, und berauscht sich in wonniglicher Phantasie! .. Unerklärbar! .. Und bey alledem zwingt mich die Hoheit in ihrem Betragen, der sanfte Ausdruck der Unschuld, die über ihr ganzes Wesen hingegossen ist, sie mit Zurückhaltung und Ehrfurcht zu betrachten.

(Er folgt ihr mit unverwandten Augen in stilles Staunen versenkt.)

## Vierte Scene.

Vorige. Harald, der Ethelred gefangen herbeyführt.

Harald. Euer Majestät! .. diesen Gefangenen übermannt' ich, da er so eben die Wache niederwarf, die seiner Tochter Zelt bedeckte. — Es ist Graf Ethelred, der Vater der Sächsischen Königin. .. Ich denk', ich that nicht übel. —

Haldane. Wer bist Du? .. welchen Rang bekleidest Du in meinem Heere?

Harald. Harald, — Hauptmann der dritten Legion.

Hal

Haldane. Harald! ... Ich ernenne dich zum Obersten meiner Leibwache.

Harald. (niederknieend) Ew. Majestät . . . welcher Dank!

Haldane. Ich rechne mehr auf Deine Treue. — Der Gefangene werde sogleich zum Tode geführt! . . Doch halt! . . Es ist der Vater der Königin, sagtest Du? . . Nicht? . . Man bewache ihn genau . . . Ich habe Gründe sein Urtheil noch einige Zeit zu verschieben. Vielleicht ist die Verlängerung seines Daseyns meinen Absichten zuträglicher. — (Zum Ethelred) Euer Schicksal und meine Huld für Euch hängt von der Art ab, wie Ihr jenes zu ertragen und diese zu verdienen sucht.

Ethelred (mit Würde). Deine Drohungen fürcht' ich nicht, und verschmähe Deine Huld! Ich focht für die gerechte Sache meines Vaterlandes, das Du ohne Grund, aus bloßer Eroberungssucht überfielst. . . Das Glück begünstigte Dich! . . Ich konnt' entfliehen, aber, wozu nutzte mir die Freiheit, ohne meine Tochter gerettet zu wissen? Ich erlag im Bestreben, und habe nun nichts mehr zu verlieren; lache Deiner Kerker und Deiner Foltern, und gehe

A 5

stand-

ſtandhaft dem Tode entgegen! . . Er iſt die einzige
Huld, die Du mir gewähren kannſt!

Haldane. Wahnſinniger Alter! . . Was hält
mich ab, Dich beym Worte zu faſſen? . . Aber ich
kenne dieſe Sprache . . hörte ſie ſchon oft! (zur
Wache) Führt ihn fort! . . . Mit Euren Köpfen
haftet Ihr für ihn! —

Ethelred (im Abgehn). Unnütze Vorſicht! . . ich
bin kein Räuber. — Der Gott, der mich in Deine
Hände gab, wird mich auch daraus befreyen, wenn
es ſein Wille iſt! . . Ihm überlaß' ich mein
Schickſal.

(ab)

Haldane (ihm nach mit Hohn) Laß ſehen, was er
wider die Unſrigen vermag! . . Folge mir, Harald,
. . und Ihr, meine Getreuen! . . Wir wollen dem
mächtigen Thor und dem kriegeriſchen Wodan die
Opfer für den glorreichen Erfolg unſerer Waffen bringen, und dann beym wohlbeſetzten Mahle die er-
ſchöpften Kräfte erſetzen; indeß der ſchäumende Becher den Geiſt erheitert und die Chöre der Barden
unſre Thaten verewigen.

(Er verläßt mit den Soldaten und Gefolge das Theater.)

Fünfte

## Fünfte Scene.

Gunhilda. Gothrum. (kommen)

Gothrum. Dort, Königin! eilt er hin zum Opfer; .. und dann ..

Gunhilda. Ohne mich vorher zu sehen? .. zu umarmen? .. Gothrum! .. Hätteſt Du die Wahrheit geſagt! —

Gothrum. Ich wollte um Eurer und meiner eigenen Ruhe willen, ich hätte gelogen!

Gunhilda. Alſo iſt ſie wirklich ſo ſchön? .. Wiederhole Deine Erzählung noch einmal! .. Dein Auge betrog Dich! .. Es iſt nicht! .. Es darf nicht ſeyn! .. Die Eiferſucht lieh Dir ihr Vergröſerungsglas.

Gothrum. Ich kann nicht heucheln, und koſtete es mein Leben! .. Indem ſie ſich nahte, hingen ſeine Blicke an ihren Reizen, wie das Eiſen am Magnet... Wie da die wilde Glut der Schlacht auf einmal wegſchmolz in ſanftes Lächeln! .. Wie ſichtbar ſein Buſen ſchwoll, und eine neue mächtigere Flamme ſein Weſen durchloderte, und ſeine Wangen höher röthete! .. Ihr hättet es ſehen ſollen!

Gun

Gunhilda. Wohl mir, daß ich's nicht sah! — Aber, du irrst, Gothrum! . . Es war Zorn über die Niederlage, die Alfreds wüthendes Schwert in unserm Heere anrichtete, ehe der Sieg sich auf unsre Seite lenkte. . . Ihr Anblick rief den Gedanken von neuem in sein Gedächtniß zurück; und fachte die kaum verlöschende Wuth mit doppelter Heftigkeit an.

Gothrum. Ihr täuscht Euch, Königin! . . Seine Reden waren deutlichere Dollmetscher seiner Gefühle. Er befahl mir, weit von dem Euren entfernt, das prächtigste Gezelt für die schöne Gefangene zu bereiten, . . in allem für ihre Bequemlichkeit zu sorgen, . . jedem ihrer Wünsche zuvorzukommen! Was dünkt Euch zu dem Allen? . . Und indem man sie vorbeyführte, stammelte seine Zunge gebrochne Worte, die ich nicht wiederholen mag, wenn ich auch könnte.

Gunhilde (nach sichtbarem Kampf mit Heftigkeit.) Halt ein, Grausamer! . . Deine Erzählung empört mein Innerstes! . . Furcht und Eifersucht waren mir bisher unbekannte Dinge: Du hast ihren Stachel in mein Herz gestoßen; und bestätigt sich Dein Bericht, — so ist Gunhildens Ruhe auf immer zerstört.

Go-

Gothrum. Das war meine Absicht nicht, Königin! .. Nur meine Pflicht, .. meine Theilnahme an Eurem Schicksal gebeut mir, Euch zu warnen: höherm Uebel vorzubeugen, ehe es zu spät ist. Noch ist nichts verloren.

Gunhilde (bitter lächelnd) Meinst Du nicht? ... Nun, desto besser! .. Was fürcht' ich auch eine gefangene Nebenbuhlerin? .. Und warum sollt' ich meinen Reizen weniger trauen, als den ihrigen? Stritten nicht einst mächtige Fürsten um meinen Besitz? .. Durchloderte meinetwegen die Fackel der Zwietracht nicht einst die ganze nördliche Hemisphäre? .. (mit Festigkeit) Aber .. fänd' ich es dennoch wahr, was Du mich fürchten lässest; schmachtete der große Halbane in den schimpflichen Ketten einer Sklavin: dann wehe ihr und Ihm! .. Meine Rache sey langsam, aber sicher! .. Beyde, beyde sollen ihr erliegen .. Bis dahin sey verschwiegen, edler Gothrum! Bemerke genau, alles was unter ihnen vorgeht. Durchspähe jeden ihrer Schritte. — Erfülle Deine Pflicht ganz .. und .. ist meine Schande gewiß, hilf mir sie rächen!

Gothrum. Ich schwör' es bey den Göttern! —

Und

Und würde meinen Schwur halten, wenn auch nicht ein
noch stärkerer Sporn mich zum Unwillen befeuerte. —
Die gefangene Königin war nach den Gesetzen der
Ritterschaft und des Krieges mein Eigenthum. ..
Dieser mein Arm nahm sie gefangen! .. Er bahnte
sich an Haldanens Seite den ersten Weg durch den
Kern des sächsischen Heeres bis hin zum Lager. ..
Ich erreicht' es zuerst, und bemächtigte mich der hol-
den Beute. .. Noch kannte mein Herz die Liebe
nicht; aber ihr erster Blick lehrte mich sie kennen.
.. Und er vertritt meinem Glücke den Weg! .. Ver-
letzt meine Ehre und meine Liebe! ... Brauch' ich
mehr zu sagen, um Euch auch nicht den kleinsten
Zweifel an meiner Treue übrig zu lassen? ..

Gunhilde. Es ist genug! .. und mehr als genug, um mich über d i e s e n Punkt zu beruhigen; —
wiewohl es in anderer Rücksicht nur desto mehr Besorgniß erweckt. .. Vergiß nicht, Gothrum,
daß der, der Dich beleidigte, Dein König .. und
mein Gemahl ist! ..

Gothrum. Das werd' ich nie, .. so lange
Eure Rache mich nicht selbst dazu auffordert!

Gunhilda. Nun gut! .. So verbirg Deinen
Un-

Unmuth, wie ich den Meinen. .. Unterdrücke den
Sturm Deiner Seele; .. hüll' ihn in freundliches
Lächeln, wie ich. ... Er kömmt! .. (Sie winkt ihrem Gefolge, das einen Kreis im Hintergrunde der Bühne
schließt.)

## Sechste Scene.

Vorige. Haldane, (mit einem Gefolge von Kriegern,
die gleichfalls im Hintergrunde sich ordnen).

Haldane (mit einiger Bestürzung). Du hier, Gothrum? .. Und auch Du, meine Gunhilde? Desto
besser! .. Eben wollt' ich zu Dir, die Gefahren des
Tages in Deiner sanften Umarmung zu vergessen! ..
Ich habe den Göttern mein erstes Opfer dargebracht:
der Liebe bin ich das zweyte schuldig!

Gunhilde (ihm entgegen). Willkommen, mein königlicher Herr! ... Willkommen vom blutigen
Schlachtfeld! — Gunhilde frohlockt des siegreichen
Erfolgs Deiner Waffen, und eilt freudig dem Eroberer Englands entgegen! .. Mit Entzücken hört ich
die Erzählung Deiner Thaten, des Muthes unsrer
Dänen, und berauschte mich in Gedanken im Blut
der Christen, unsrer Feinde.

Hal:

Haldane. Dank ſey es den Beſchwörungen des weiſen Sehers in Norden! — Seine Kraft beſchützte das Heer, und beglückte unſer Reich. — Wir kehren unbeſchädigt ins Lager zurück; — zwar, nicht ohne einigen Verluſt . . . doch, wie geringe gegen den, den unſre Feinde erlitten! . . . Meine braven Streiter kämpften Löwen gleich, . . der gewiſſe Tod folgte ihren Schritten! — Zu Tauſenden liegen ſie zerſtreut umher, die ſtolzen Inſulaner, und kaum reichen die mitgebrachten Feſſeln für die Zahl ihrer Gefangnen.

Gunhilde. Herrlich und glorreich! . . Auch vermehrt, wie Gothrum mir ſagte, die geprieſene Königin der Sachſen den Glanz des Triumphs.

Haldane. So iſt es! . . Und mit ihr eine ganze Schaar der Erſten des Landes. Aber eben darum darf ich nicht ſäumen. . . Von ihrer genauen Verwahrung hängt unſre Sicherheit und der Ausgang des ſo glücklich angefangenen Werkes ab. Auch fodert die Vertheilung der Beute meine Gegenwart. . . Drum verzeih, beſte Gunhilde, wenn ich noch eine kurze Zeit der Wonne Deines Anblicks mich entreiße!

Gun-

Gunhilde. Und das so schnell? so kalt? — Haldane! Es war eine Zeit, wo Du den erfochtenen Sieg für unvollkommen hieltst, ehe Du jede bekämpfte Gefahr, jede denkwürdige That, bis auf den kleinsten Zug Deiner Gunhilde vergegenwärtigen konntest! — Und nun — —

Haldane. Beruhige Dich, Gunhilde! Beym traulichen Abendgespräch sollst Du diesen Vorwurf bald zurücknehmen. — (Zu Gothrum) Du weißt es, Gothrum, wie viel mir noch zu vollenden übrig ist.

Gunhilde. Nun, wenn Du auch ihn zum Zeugen aufrufst, so muß ich nachgeben, so schwer mir es wird, Dich so bald zu verlassen! . . Nur eine Frage noch: ist die gefangene Königin wirklich so schön, als das Gerücht sie schildert? — Glänzt sie ohne Nebenbuhlerin unter ihrem Geschlecht, wie die königliche Sonne am Firmament?

Haldane. (kalt) Warlich! ich bemerkte sie kaum im Vorübergehn! — Und was Wunder? — Wichtigere Sorgen beschäftigten mich! — Ruhm und Ehrgeiz sind die Haupttriebfedern meiner Handlungen, und mein Herz hängt nur an Dir, ohne fremder Reize zu begehren.

B                    Gun

Gunhilde. O Haldane! — Wohl mir, wenn das wirklich die Sprache Deines Herzens ist!

Haldane. Kannst Du zweifeln? — Umarme mich, Gunhilde! und so lebe wohl! .. Die Zeit, die ich jetzt wider meinen Willen Dir entziehen muß, will ich, wenn das Kriegsgetümmel ausgetobt hat, und ich Dich im Triumph an meiner Seite den überwundnen Christensclaven als Königin darstelle, in gedoppeltem Maaße der Liebe und unserm Glücke widmen! — Folge mir, Gothrum! —

(ab mit Gothrum und seinem Gefolge.)

## Siebente Scene.
### Gunhilde allein.

(Sie winkt ihrem Gefolge, es tritt zurück. Pause, in der sie dem König unverwandt nachblickt.)

Bin ich allein? — Leb wohl, auch du, Haldane! — Und mit diesem Lebewohl starb meine Ruhe auf dieser Welt! — Nie müsse dieses Kriegsgetümmel austoben! Nie wieder Glück der Liebe an deiner Seite mein Loos seyn... O ich kenne dich, Verräther! bemerkte genau jede geheimste Falte deines treulosen Herzens! — So schlau du deiner Ungeduld den

Schleyer

Schleyer umzuwerfen wähntest: das weibliche Auge durchblickt' ihn; es sah Elvidens Bild, Elvidens Namen mit feurigen Zügen in deine Brust gegraben. — Fort denn, niedre Verstellung! . . Gunhildens Seele ist offen und frey! — Sie mag keine Gestalt erborgen, in der ihre Ahnen sie zu erkennen erröthen müßten! — Hab' ich ihn verloren, so ist alles verloren, so ist jeder Funke von Liebe, jede Spur des Mitleids auf immer in mir erloschen. . . Ohne Nebenbuhlerin will ich herrschen und lieben, oder mich ekelt des Throns und der Liebe! — Das merke dir, Elvida! — Und so, ihr Mächte der Hölle, seyd meine Führer! leitet meinen Arm! — Ich bin unschuldig an den Folgen dieser schrecklichen Entdeckung. Aber ist sie wahr, so begünstigt meine Rache, oder — gebt mir den Tod! (ab.)

Scene. Ebene mit einem daranstoßenden Walde. Abenddämmerung; Sturm und Ungewitter.

### Achte Scene.

König Alfred allein.

Ha! Heult nur, ihr Elemente! heult in meine

Kla»

Klagen! — Euer Toben ſchreckt mich nicht! Nicht dieſer furchtbar ſchlängelnde Blitz, nicht dieſer fernher rollende Donner, nicht der Sturm im Wald und der herabſtrömende Regen. — Wem ſein Gewiſſen keiner Schande bezüchtigt, ſieht der zürnenden Natur gelaſſenes Muthes zu! — Aber du, mein Königreich, geliebtes England! das Feuer, das in deinem Innern wüthet, der Sturm, der deine Poſten zertrümmert, die zerſtörende Fluth, die deinen Reichthum hinwegſchwemmt, — wer kann ihnen wehren? Wer wird ihnen begegnen? O Alfred, Alfred! heute zum erſtenmale fühlſt du die Laſt deiner Krone! heute, da ſie dir entriſſen wird. — In dem Augenblicke, wo du alle Kraft der Gottheit in dir vereinen möchteſt, fühlſt du deine Ohnmacht und zitterſt! — Wo ſind ſie nun hin, meine wohlthätigen Entwürfe? die Tempel, die ich erbaute zum Dienſte der Gottheit, zum Schutz der Unſchuld? — Zertrümmert liegen ſie umher! — Meine guten Unterthanen, hingegeben zum Raub heißhungriger Wölfe! Ihre Wohnungen verheert, ihre Felder verſengt. — Auch du, Weib meines Herzens, Elvida! ., Weh, weh mir! — Was iſt aus dir, was aus unſerm Kinde geworden? —

Ent-

Entſetzlicher Gedanke! — Ewige Vorſicht! .. Ich
murre nicht, — verehre deine züchtigende Hand, und
ſchweige. — Ich rief die Schrecken des Krieges nicht
über mein glückliches Land. Ich zog das Schwert
nur zur Vertheidigung, nicht zum Angriff. Ich ließ
es nicht zaghaft ſinken, da es galt; vertraute mein
Heer nicht Miethlingen und Feigen; — Männer ſtan-
den an ſeiner Spitze, verſucht in jeder Kunſt des Krieges, die ſie mich lehrten. Ich ſah ſie mir zur Seite
fallen, und blieb ſtandhaft. Nur da es Tollkühnheit
geweſen ſeyn würde, dem eindringenden Schwarme
länger widerſtehen zu wollen, dacht' ich auf Rückzug
und Rettung der Meinen, um wo möglich in der
Folge den heutigen Verluſt zu erſetzen. — Verleih
mir Kr.... du Unbegreiflicher! den ich nie ſah und
doch verehre, ſelbſt da, wo deine Wege mir undurch-
dringbar ſcheinen! Keine Gefahr ſoll mir zu groß,
kein Zuſtand zu niedrig dünken, wenn nur der große
Wunſch meiner Seele, die Befreyung meines Volks
und die Rettung meines edlen Weibes, durch ſie befördert wird. —

(Er geht auf den Wald zu.)

B 3　　Neun-

### Neunte Scene.

Odun (tritt verwundet herein, auf seinen Wurfspieß
gelehnt.)

Hieher wandt' er seine Schritte. — Alter und
Wunden lähmen meinen Fuß. Wenn du ihn hier
nicht findest, so stirb, unglücklicher Odun!

Alfred (sich umwendend). Welche Stimme! —
Odun, bist Du's? — Ha, nun beseelt sich meine
Hoffnung aufs neue! — Sag mir, Odun, ist mein
Sohn, mein Edgar gerettet?

Odun (ihm entgegen). Gott sey's gedankt, mein
theurer König! Er ist unter hinlänglicher Bedeckung
nach Devon geführt. — Und auch Ihr seyd unverletzt
und in Sicherheit: mag nun aus mir w      , was
da wolle!

Alfred (ihn umarmend). Willkommen in Alfreds
Armen, mein väterlicher Freund! .. Aber was seh'
ich? Blut an Deinem Harnisch! — Du bist verwun=
det, Odun!

Odun. Ein leichter Streif, ohne Bedeutung.

Alfred. Stütze Dich auf mich, edler Greis!
Wir wollen vereint einen sichern Schutzort suchen.

Odun.

Odun. Zu viel Güte, mein König! Seyd unbesorgt meinethalben, der Sand meines Lebens ist bald
abgelaufen; nur für Euch zittert' ich. Die barbarischen
Dänen schwärmen überall umher; wie leicht entdecken
sie Euch! — Flieht, und spart Euch für glücklichere Zeiten! — Was thuts, ob ich Theil daran nehme;
Ihr werdet meines Kindes nicht vergessen! . . Die
Freundschaft hat heilige Pflichten; aber Vaterland
und Gattin müssen Euch heiliger seyn.

Alfred. Sag das nicht, Odun! — Eben darum
ist ein bewährter Freund in meiner jetzigen Lage mir
wünschenswerther als Alles. Einsamkeit ist dem Unglücklichen gefährlich! — Und wenn ich mir Elviden
denke, gefesselt, ohne Trost, ohne Hülfe, getrennt
von dem, der ihr Alles war; . . dann Odun, dann
möcht' ich zurückeilen; uneingedenk der Gefahren,
die meiner warten, einige wenige Getreue um mich
her sammlen, sie retten — oder sterben.

Odun. Um Gotteswillen, mein König, laß ab
von dem Gedanken! Ihr habt Euren Muth in der
Schlacht genug bewährt. — Verzeiht! Dies wäre
Tollkühnheit!

Alfred.

Alfred. Und mein Mentor verläßt mich? — will
mich verlassen?

Odun. Nein, Alfred, nein! Vermag dieser hin-
sinkende Arm noch ferner zu Eurem Beystande zu
wirken, so will ich meine letzten Tage segnen! —
Ich ehrt' Euch als König, und schätze Euch als
Mensch! — Ich hoffe, Ihr werdet's vollenden, das
begonnene Werk; werdet über Eure Feinde triumphiren, und dann im Schoos des Friedens und der
Liebe, zum Glück der Welt und zum Segen Eures
Volks selige Tage verleben.

Alfred. Recht so, edler Alter! Deine Worte
und Dein fester Blick entflammen mich zu Thaten der
Ewigkeit würdig!.. In die armseligste Gestalt wollen
wir uns verbergen, bis es uns gelingt, ein Heer zu-
sammenzubringen, geschickt die sichern Feinde im Taumel ihrer Schwelgereyen zu überfallen, und Vaterland, Gattin und Kinder zu befreyen. — Aber,
Freund, du blutest stark!

Odun. Laßt das! jetzt fühl' ich diese Wunde
kaum. Mit Freuden wär' ich heute an meines Königs Seite gestorben, — jetzt will ich leben, mich
verjüngen für ihn!          (Der Mond geht auf.)

                              Alfred.

Alfred. Sieh, Odun, der Sturm ist vorüber; der freundliche Mond strahlt durch den Wald und beleuchtet unsre Schritte. Komm, ich will Dir heilende Kräuter suchen, Deine Wunde zu verbinden. . . . Nicht fern von hier sah ich eine Schäferhütte, sie soll uns bis zum Anbruch des Tages zur Freystatt dienen. Stütze dich auf meine Schultern! Die schwerste Last ist leicht, wenn Freundschaft und Menschlichkeit sie tragen helfen.

(Sie gehen ab.)

# Zweyter Akt.

## Erste Scene.

Das Lager der Dänen.    Ein prächtig Gezelt.

### Elvida und Emma in Fesseln.

(Elvida in sprachlosen Schmerz versunken; Emma mit inniger Theilnahme um sie beschäftigt.)

#### Emma.

Nicht so, Elvida! Nicht so, meine königliche Freundin! Dieser stumme, verschlossene Gram, diese sprachlose Betäubung macht mich zittern.

Elvida (kalt). Zittern? — Giebt es noch etwas in der Welt, ein Herz zittern zu machen, das jeder Hoffnung beraubt ist? — O! er war mein Alles! — Und er ist dahin! — Was soll ich reden, wenn Er mich nicht hört? Was kann ich denken, — außer Ihn? O Alfred, Alfred!

Emma.

Emma. Und wer sagt Ihnen, daß alle Hoffnung verloren, daß er unwiderbringlich dahin ist? Ist er nicht eben so tapfer als zärtlich? nicht eben so klug als kühn? Ehrt nicht jeder Unterthan in ihm seinen Vater, seinen Freund? — Und er sollte nirgends einen Retter gefunden haben?

Elvida (in ihre Arme). Eitler Trost! Er ist mir entrissen! — Sage, Mädchen, woher nahm ich die Kraft, seinen und unsers Edgars Verlust zu überleben?

Emma. Trennung erhöht oft die Wonne des Wiedersehens.

Elvida. Wiedersehn? ein schönes Wort, aber — für mich ohne Sinn. — Bin ich nicht die Gefangene eines Tyrannen? O ich werde meinen Alfred hienieden nicht wiedersehn!

Emma. Haben Sie Glauben an die Vorsicht, die alles lenkt.

Elvida. Der Glaube fodert Stärke. Ich bin nur ein schwaches Weib. — Ihn beweinen und ihm folgen — ist alles was ich vermag!

Emma. Königin! theure Elvida! waffnen Sie sich mit Gelassenheit und Standhaftigkeit!.. Schwermuth

muth erschöpft die Kräfte, und ich fürchte, Sie werden ihrer sehr bedürfen.

Elvida. Fürchtest Du das? Hab' ich nicht Dich? Bist Du nicht die Gefährtin meines Sklavenstandes? — Komm, Mädchen!.. Nichts mehr von diesem fürstlichen Prunk; nichts mehr von Zurückhaltung! — Nenne mich Du; es klingt herzlicher! Sieh, Gleichheit erweckt Zutrauen, und ohne Zutrauen giebt's weder Freundschaft noch Liebe.

Emma. Schön und wahr... Nun dann, Elvida! Es freut mich, einen Ton in Deiner Seele geweckt zu haben, der Dich dem Todesschlummer entreißt, in den Deines Alfreds Verlust Dich versenkte!

Elvida. Hatt' ich nicht Recht? — Brachte je die Schöpfung ein herrlicheres Meisterstück hervor, als meinen Alfred? — Männliche Stärke, durch sanftes Gefühl gemildert; hochflammender Ehrgeiz, mit inniger Herzensgüte verwebt; Achtung für alles, was edel und gut ist; Duldung dem Schwachen, aber unauslöschlicher Haß dem Unterdrücker der Unschuld; unbestechbare Wahrheit auf der Zunge, und unerschütterliche Redlichkeit im Herzen: — waren dies nicht die Grundzüge seines Charakters? — O! und

und seine Liebe! — wie glühend, wie unaussprechlich!

Emma. Ist mir's nicht, als sah ich ihn selbst, meinen Edwin!

Elvida. Edwin, sein Liebling! — Des großen Oduns Sohn? — Er, Dein Geliebter? Und das verhehltest Du mir?

Emma. Sagtest du nicht selbst vor wenig Augenblicken, nur Gleichheit erwecke Zutrauen?

Elvida. Nun dann! — Komm an mein Herz! Von diesem Augenblick an mir doppelt theuer! — Du theilst meine Sorgen, wie meine Freuden. Denn auch Du bist getrennt von Deinem Geliebten, und so ist mein Schicksal unauflöslich an das Deine geknüpft. —

Emma. Wärst Du nur minder auf den Wunsch bestanden, Deinen Alfred ins Lager zu begleiten!

Elvida. Als ob die Taube, der man ihren Gatten raubte, vor den Klauen des Habichts im einsamen Neste sicherer seyn könnte, als auf dem Aste, wo er ihren Liebling würgte!

Emma. Erinnerst Du Dich noch seiner letzten Wor-

Worte: „Du folgſt mir, Elvide! zum Triumph —
oder —" hier erſtickten Thränen ſeine Sprache.

Elvida. Du irrſt! — Dies oder ſchwand hin
in ſeiner letzten Umarmung, und ſo weißt Du auch
meine Antwort: Elvida lebte der Liebe ihres Alfreds,
und war glücklich ohne Gränzen. Sie wird ſeiner
Liebe ſterben, und nicht minder glücklich ſeyn.

Emma. Er ſprach dies Oder mit einem Aus,
druck — —

Elvida. Nun dann! — Traf meine Antwort
etwa nicht den ganzen Sinn dieſes Ausdrucks? —

Emma. Meinſt Du wirklich, — den ganzen
Sinn?

Elvida. Giebt es noch einen andern? — ei,
nen ſchrecklichern? — Gott! ich zittre! . . Du
haſt Recht, Emma! — Ja, es giebt noch einen
Sinn für dies Oder — noch einen, den ich kaum
zu denken, vielweniger auszuſprechen wage; den ich
nie dachte, nie, als dieſen Morgen, da ich dem Ty,
rannen vorbeygeführt wurde, und jetzt, da Du die
Scene meinen Gedanken zurückrufſt! — Still! ich
höre kommen. —

Zweite

## Zweite Scene.

### Vorige.    Harald.

Harald. Warum so bestürzt, schöne Frauen? —
Ist der Anblick eines Mannes, eines Kriegers, auf
dieser Insel Eurem Geschlechte so fremd, so fürchterlich? —

Elvida (mit Würde). Welche Sprache! — Wer
seyd Ihr? Warum kamt Ihr?

Harald. Ha! an diesem Blick' erkenn' ich die
Tochter meines Gefangenen, die gepriesene Königin
der Angelsachsen. — Ich bin Harald, Skiolds Sohn,
seit Eures Vaters Gefangennehmung Oberster der königlichen Leibwache.

Elvida (zurückfahrend). Mein Vater Euer Gefangener? — Gott im Himmel! — das fehlte meinem
Jammer noch! —

(Sie sinkt in einen Sessel.)

Harald. Ist nicht sein Name Ethelred?

Elvida. Er ist's, Barbar! er ist's! — Schont
meiner!

Harald. Nun dann! — Wenn ihr wirklich so
herzlichen Antheil an seinem Schicksal nehmt — es

steht

steht in Euer Macht, es zu mildern, beneidenswerth
zu machen. — Ihr dürft nur wollen.

Elvida (aufstehend). Wie? — wie das? — Erklärt Euch deutlicher? — Was könnte ich dazu bey-
tragen?

Harald. Ha! Seltsame Frage! — Halbane,
der Dänen König, Euer glorreicher Ueberwinder, sendet mich her, Euch auf seinen Besuch vorzubereiten.
Das Leben Eures Vaters, — vielleicht ein noch
theureres — hängt von der Art ab, wie Ihr ihn
empfangt!

Elvida. Und mit diesem Auftrage sandte er Euch
zu mir?

Harald. Wörtlich!

Elvida (mit steigender Würde). Also von meiner
Aufnahme hängt meines Vaters, hängt vielleicht ein
noch theureres Leben ab? — Verstand ich Euch
so recht?

Harald. Vollkommen!

Elvida (wie vorhin). Nun wohl! — So sagt
dem, der Euch sandte — — Doch nein! — sagt ihm
nichts, als das: Elvida erwart' ihn. Zu stolz für
irgend eine Erniedrigung, und entschlossen genug,

der

Harald. Sehr vermessen! — Nur das einzige
muß ich noch hinzufügen: die kindliche Dankbarkeit
sollt' Euch eine etwas gemäßigtere Sprache lehren!
Denn nur im Bestreben, Euch der Gefangenschaft zu
entledigen, ward Euer Vater mein Gefangner!          (ab.)

## Dritte Scene.

### Elvida.    Emma.

Elvida (wirft sich kraftlos zurück in den Sessel; nach
einiger Pause, kalt) Was sagte Alfred, da er mich verließ? . . Wiederhol' mir's noch einmal, liebe
Emma!

Emma. Elvida! . . fasse dich!

Elvida (aufspringend). „Du folgst mir, Elvida,
— zum Triumph, oder — zur Schande!" —
Es ist heraus, das schreckliche Wort, für das ich
bis jetzt keinen Sinn hatte! — Und — muß ich denn
einen Sinn für dieses Wort haben? selbst jetzt noch
haben? Nimmermehr! — Er komme, der Tyrann!
— Bin ich nicht Elvida? Wär' ich würdig, Alfreds
Gattin, Ethelreds Tochter zu seyn, wenn ich einen

C                    Au-

Augenblick in der Wahl schwankte, wo nur zwey Wege
zu wählen sind: Schande — oder Tod! — —
Was würdest Du wählen, Emma?

Emma (an ihrem Halse). Das letzte, Elvida! —
das letzte!

Elvida (mit Hoheit). Nun dann! — So deutete
ich Alfreds Oder ja immer wie ich sollte! Ehre
und Schande sind Feinde, wie Feuer und Wasser.
Wo ein Theil die Oberhand gewinnt, kann der andere nicht bestehen. — Ha! wie mir jetzt dies weich-
liche Gepränge umher so verhaßt wird! — Wie lieb
mir diese Fesseln sind, diese Vorboten des Todes,
der mich bald mit meinem Alfred vereinen wird! —

(Man hört in der Ferne leise Töne einer Harmonika, die während des folgenden Gesprächs
stärker werden.)

Emma. Elvida, — welche harmonische Töne!
Elvida. Süß und bezaubernd, wie Sphärenklang.
Unterstütze mich, Liebe! Ein nie gefühlter Schauer
überfällt mich.

Emma. Ihr Heiligen des Himmels, umschwebt
uns! — — So meldet sich Haldane nicht.

Vierte

## Vierte Scene.

Ein sanfter Lichtschimmer erfüllt den Hintergrund des Gezeltes, der Schutzgeist Elvida's erscheint im hel-
lesten Lichte.

Elvida (in Staunen verloren). Und — siehst Du
dort den blendenden Lichtstrahl? — Ich fühle das
Weben der Gottheit, ob gleich mein Auge vor ihrem
Glanze erblindet.

Emma. Ja, Königin, ja, diese Töne sind gött-
lichen Ursprungs! — Fasse Muth, und vertraue der
Vorsicht.

Der Schutzgeist (hebt mit sanfter Stimme zu
singen an:)

Ausgesandt vom Strahlenthrone,
Athm' ich Tröstung in Dein Herz. —
Trau der Tugend hohem Lohne,
Trage standhaft Deinen Schmerz. —

Elvida (sinkt aufs Knie). Bote des Himmels! —
Lebt mein Alfred? lebt Edgar?

Der Schutzgeist.

Hoff', Elvida! — bange Sorgen
Machen oft dies Leben schwer;

Doch

Doch der Zukunft heitrer, Morgen
Schwebt aus dunkler Ferne her!

Wag' es nicht, sie zu durchschauen,
Bis der Vorsicht Vaterhand,
Durch den Dornenpfad voll Grauen,
Wege Deiner Rettung fand! —

**Elvida** (mit ausgebreiteten Armen). Rettung? —
Rettung für mich und Alfred? — O, Dank Dir,
liebender Geist! — Ich will ihn fassen, diesen Gedanken, will ihn denken, bis ich nicht mehr zu denken
vermag.

**Der Schutzgeist.**

Schützend will ich Dich umschweben,
Wenn Dir Wuth und Rache droht;
Stärkend Deinen Muth beleben:
Harr' auf Gott in Deiner Noth! —

(Er verschwindet.)

**Elvida.** Dort schwand er hin! — Hörtest Du's,
hörtest Du die Worte des Trostes? — Gott, was
seh' ich?

**Emma.** Er ist's, der Tyrann!

**Elvida.** In dieser nächtlichen Stunde? —

Fünfte

## Fünfte Scene.

### Vorige. Haldane. Harald.

Haldane. Warum so bestürzt, schöne Königin? Ist mein Anblick Euch so schrecklich? — Ich dächte doch, die Art, wie ich meine reizende Gefangene behandle, hätte nichts Empörendes, nichts Furchterregendes.

Elvida. Kann der Anblick des Ueberwinders dem Besiegten Freude gewähren? — O König, schuldloses Blut klebt an Euren Händen! .. Was verschuldete mein Gemahl? Was thaten diese friedlichen Insulaner Euch und Euren Heerscharen, daß Ihr Tod und Verwüstung über sie brachtet?

Haldane. Klage die Götter an! Wir Könige sind nur die Werkzeuge ihrer Absichten. Der Wunsch, größer und mächtiger zu werden, wird mit uns geboren. —

Elvida. Mein Alfred kannte diesen Wunsch nicht! Nur das Glück seines Volks war seine Größe, und sein täglicher süßester Gedanke.

Haldane. Laßt das! — Verbannt die Erinnerung an einen Unglücklichen, den die Götter ver-

C 3                    stoßen

ſtoßen haben. — Wer weiß, wo er in dieſem Augenblicke herumirrt.

Elvida. Alſo iſt er nicht todt? wirklich nicht?
— O Dank Euch, Haldane, für dieſe Beſtätigung!

Haldane. Ich hoffe, in der Folge noch höhere
Anſprüche auf Euren Dank und auf eine noch herzli-
chere Empfindung machen zu können.

Elvida. Gebt mir meinen Alfred zurück, und
meine Wonne wird ohne Gränzen ſeyn.

Haldane. Ich habe bereits die gemeſſenſten Befehle gegeben, ihn überall aufzuſuchen, und, wo möglich, lebendig in meine Hände zu liefern.

Elvida. O! das verhüte Gott!

Haldane. Und warum? Glaubt Ihr, daß ich
nicht auch gegen Feinde großmüthig ſeyn könne? . .
Beſonders, wenn eine ſo ſchöne Fürſprecherin ihr
Wort redet.

Elvida. Ich zittre!

Haldane. Worüber? Mangelt Euch irgend eine
Bequemlichkeit? irgend etwas, das Euch Vergnügen
zu ſchaffen im Stande iſt? Redet! — Ich kam ei-
gentlich desfalls her! — Alles ſey Euch gewährt, nur
die Freyheit nicht.

Elvida.

**Elvida.** Und außer ihr habe ich keinen Wunsch; selbst diese Pracht, die mich umgiebt, ist mir zuwider, denn Alfred theilt sie nicht mit mir. — Nehmt sie zurück, König! Gebt mir einen Sklavenkittel, und den finstersten Kerker zur Wohnung! Jeder Genuß, und selbst das Leben, hat seinen Reiz für mich verloren.

**Haldane.** Wir wollen ihn schon zu wecken suchen! Diese blühende Jugend, diese himmlische Gestalt, sind nicht zum stummen Gram, zum einsamen Hinschmachten bestimmt. — Sie werden Euch Verehrer erwerben, noch treuer, noch zärtlicher, als der gepriesene Alfred.

**Elvida.** Nimmermehr! — Ihr kennt Alfred nicht, und vermögt die Gefühle seines Weibes nicht zu fassen. — Nur in ihm, dem Einzigen, lebt' ich, nur für ihn wünsch' ich zu sterben.

**Haldane.** Besinnt Euch, Königin! und verschmäht meine Gnade nicht! — Ich selbst bin der Mann, der Euch mit Ehre und Huld zu überhäufen, in Eurem Herzen die Leere auszufüllen bereit ist, die Alfreds Verlust darin zurückließ.

**Elvida.** Ihr? Ihr selbst? . . den ich als Ueber-

berwinder fürchte, und als Feind meines Gatten verabscheue? Pflicht und Ehre sind mir heilig: Hofft
es nicht, ihre Stimme in meiner Brust zu ersticken!
Weder Zeit noch Zufall, weder Bitten noch Drohen,
werden meine Treue erschüttern.

Haldane. Unbesonnene! — Welche Sprache?
Ihr vergeßt, daß Ihr meine Gefangene seyd; daß
ich mit Gewalt nehmen könnte, was ich mit einer
mir sonst fremden Herablassung jezt noch von Euch
erbitte. Doch, was verzeiht man nicht einer schönen
Leidenden! — Nur bitte ich Euch, zu überlegen, daß
ich nicht immer so nachgebend bleiben dürfte, daß
fortdauernde Unbiegsamkeit mich zwingen würde, ein
Recht geltend zu machen, was mir das Glück der
Waffen über Eure Person gegeben hat.

Elvida. Ueberhebt Euch dieses Glücks nicht!
O, es ist so hinfällig, so veränderlich, wie alles in der
Welt! — Der übermüthige Sieger lag schon oft, eh
er's glaubte, gedemüthigt zu den Füßen des Besiegten.

Haldane. Wirklich? .. Baut Eure Weigerung
nicht auf diese Veränderlichkeit! — Es ist ein morsches
Geländer, schöne Widerspenstige! Ihr dürftet schnell
mit ihm versinken.

Elvida.

**Elvida.** Was schadet's? — Wenn ich nur versinke!

**Haldane.** Unbesorgt! Vorm Versinken soll mein stärkerer Arm Euch schützen. — Und — um dazu auf alle Fälle gefaßt zu seyn, empfehle ich Euch, Harald, mit einem Theil Eurer unterhabenden Leibwache dies Gezelt für jeden Angriff zu decken, alle etwanige äußern oder innern Versuche zu vereiteln.

**Harald.** Verlaßt Euch unbeschränkt auf meine Treue, großer König!

**Elvida.** Aber vermag Eure Treue auch einen höhern Beystand zu entkräften?

**Harald.** Pah, Hirngespinste! — Ich zittre nie vor Phantomen!

**Haldane.** Noch, Königin, eh' ich in Euch das wehrlose Weib und die Allmacht der Schönheit ... Bey den Göttern! nie duldete ich bisher ähnliche Verachtung von irgend einem Geschöpf. — Aber, mißbraucht meine Nachsicht nicht länger. Der Däne Haldane ist des Bettelns ungewohnt, und schon hartnäckigere Köpfe hat sein Arm zur Unterwerfung gebracht. — Ueberlegt das, und ändert Eure Sprache.

For

fordert, was Ihr wollt! — Alles soll zu Eurem Gebote stehen, nur verschmäht mich nicht!

Elvida. Was auch mein Schicksal seyn mag,
Ihr kennt meine Gesinnung!

Harald. Nichts mehr für heute! — Die Stille
der Nacht, und die nöthige Ruhe, deren Ihr bedürft,
wird, hoff' ich, Eurem Geiste mildere Grundsätze ein-
flößen. Morgen seh' ich Euch wieder. Lebt wohl,
bis dahin!

(Mit Harald ab.)

## Sechste Scene.

### Elvida. Emma. Hernach Gothrum.

Elvida. Lebt wohl! — Und möchte dies Lebewohl das letzte seyn, oder ich nie wieder den Morgen
dämmern sehen!

Emma. Was soll ich zu Deinem Troste sagen,
wenn jene entzückende Töne Deinen Muth nicht beleben?

Elvida. Ohne sie wäre ich schon diesem ersten
Sturme erlegen. — Aber, hör' ich nicht draußen Ge-
räusch? Ich bebe! — Wenn er wiederkehrte, mir
noch neue Demüthigungen bevorstünden!

Go-

Gothrum (draußen). Laßt mich! Ich habe Befehle vom Könige.   (Er tritt herein.)

Elvida (ihm entgegen). So.eben verließ mich der König. Was können Sie mir noch zu sagen haben, das ich nicht bereits aus seinem Munde gehört hätte? —

Gothrum. Gelaffen, Königin! — Ich komm' als Freund, ohne königlichen Auftrag. Ich will Ihr Schutz seyn, wenn Sie Zutrauen in mich setzen.

Elvida. Ich, Zutrauen? .. in meinen Feind? Waren Sie es nicht, der mich in seine Hände lieferte, durch den ich hier bin?

Gothrum. Leider! Aber hätt' ich gewußt, hätt' ich nur befürchtet, was ich jetzt hörte und weiß, Sie wären nicht hier. — Kann ich frey reden?

Elvida. Wozu diese Umschweife? — Wer sind Sie?

Gothrum. Ich bin Gothrum, erster Anführer des Heers. — Ihr Schicksal geht mir nahe, und ich wünscht' es zu lindern. — Drum entschuldigen Sie meine Gegenwart zu einer so ungewöhnlichen Stunde.

Elvida. Als ob eine Gefangene etwas zu entschuldigen hätte! — Reden Sie!

Go-

Gothrum. Aber — Ihre Begleiterin?

Elvida. Ist mein anderes Ich. — Fürchten Sie nichts von ihrer Anwesenheit.

Gothrum. Nun dann! — Der König hat Ihnen seine Liebe erklärt.

Elvida. Die ich verabscheue!

Gothrum. Desto besser! Beharren Sie bey diesen Gesinnungen. Aber seyn Sie behutsam! Folgen Sie gutgemeintem Rathe! — Halten Sie ihn in der Entfernung; nur schlagen Sie seine Hoffnungen nicht auf einmal nieder. Es könnten sich Fälle ereignen, wo ich freyer für Sie reden und handeln darf. Aber dazu gehört Zeit und günstige Gelegenheit. Suchen Sie jene zu gewinnen, und ich will diese schon zu ergreifen und zu befördern wissen.

Elvida. Gothrum! .. Sind Sie ein rechtschaffener Mann?

Gothrum. Als ob Rechtschaffenheit nur auf dieser Insel zu Hause wäre! — Ich bin mehr: Ich bin Ihr Freund, und will auf Ihre Rettung denken.

Elvida. Unbegreiflich! — —

Gothrum. Forschen Sie nicht nach den Gründen meines Verfahrens. Nur so viel: — Der König hat

mich

mich beleidigt; meine Ehre ist gekränkt, meine Rechte sind geschmälert. — Ich werde Sie schwerlich wieder-sehen, bis mein Entschluß zur That gereift ist; auch jetzt muß ich meinen Besuch abkürzen, um allen Arg-wohn zu verhüten. Darum richten Sie sich genau nach meinen gegebnen Winken; Troß und Verach-tung könnten leicht den Tyrannen zu schnellern Maß-regeln verleiten, als mir zu nehmen vergönnt sind.

Elvida. Ha! wenn Sie wirklich der edle Mann sind, den dieser Ton und Blick verkündigt — — —

Gothrum. Um Ihnen allen Zweifel zu beneh-men, und die kurze Verstellung zu erleichtern, die ich Ihnen bey des Königs Besuchen zur Pflicht ma-che, so wissen Sie — Ihr Gemahl lebt — Ihr Sohn ist in Sicherheit — Ihres Vaters Gefangenschaft soll durch mich möglichst er-leichtert werden, und — die Königin, Haldane's Gemahlin, glüht vor Eifersucht. — Und so Friede mit Ihnen, edles Weib! Ich hoffe, mein Besuch soll Ihre Ruhe nicht gestört haben.    (ab.)

Elvida (mit gefalteten Händen in süßer Betäubung). Emma!

Emma. (sie umarmend) O Elvida!

Elvida.

Elvida. Unter Feinden weckt er mir einen Engel!

Emma. Ich staune mit Dir, und bete an. —

Elvida. Mein Alfred lebt! — mein Edgar ist in Sicherheit! — meines Vaters Gefängniß will er erleichtern! — Was er sonst sagte, verstand ich nicht.

### Emma.

Wenn Dir Wuth und Rache droht

Harr' auf Gott in Deiner Noth! —

Elvida. Ja, das will ich! Und mein Herz fühlt sich so leicht, so gestärkt! — Wohl hatt' er Recht, der edle Gothrum! Wenn mich diese Nachrichten nicht beruhigten, nicht zum Dank und Muth entflammten, so wär' ich unwerth, Gattin, Tochter und Mutter zu seyn! — Komm, Emma, zum stillen Gebet, und dann zur Ruhe! — Was der Morgen mir auch Schreckliches bringen mag, ich will ihn standhaft erwarten!

(ab, hinter einen Vorhang des Gezeltes.)

————

Drit-

# Dritter Akt.

Ein Park. Im Hintergrunde Gunhildens Gezelt.

## Erste Scene.
### Gothrum allein.

Es ist beschlossen: — ich rette die gefangene Königin, und sollt' ich selbst darüber zu Grunde gehen! —
Trotze nicht auf deine gerühmte Unverletzlichkeit, Haldane! ich kenne den Ort, wo Du zu verwunden bist.
Ha, des Undanks! — Mich, die Stütze seines Throns
aus dem edelsten Blute entsprossen; — mich, seinen
Retter aus so mancher drohenden Gefahr — wie
einen Troßbuben zu behandeln, schlimmer zu behandeln! — Auch der Niedrigste im Heer erhielt
sein Theil an der rechtmäßig gewonnenen Beute;
nur mir, mir allein, auf dem die ganze Glorie und

die

die ganze Laſt des geſtrigen Tages ruhte — mir ward
er entriſſen! — Gleißneriſche Worte, unbedeutende
Lobſprüche die Fülle warf er mir zu; . . . mag er ſie
an Knaben und Weiber verſchwenden — Männer wollen männlich, Ritter wollen ritterlich belohnt ſeyn!
— Und — dieſer ſein neugeſchaffener Günſtling —
dieſer Harald, den er ſo plötzlich aus dem Nichts
hervorzog, der ſchon jetzt ſo verächtlich auf mich
herabblickt! — Ha, Kuppler! ſpiele deine Rolle ſo
verſchmitzt du willſt, wir ſprechen uns! — Was Gewalt nicht vermag, helfe die Liſt mit vollenden. Ich
haſſe Verſtellung, aber wo Klugheit ſie anräth,
ſchweigt jede Bedenklichkeit. — Ha, wie gerufen, die
Königin! — Ihr Blick iſt gerade, wie ich ihn zu
meinem Vorhaben wünſche.


## Zweite Scene.

Gunhilde (tritt mit bewölktem Blick aus ihrem Gezelt).
Gothrum.


Gunhilde. Gut, daß wir uns hier treffen, Gothrum! Ich hatt' eine fürchterliche Nacht!

Gothrum. An Eurem Gemahl lag die Schuld
nicht,

nicht, wenn die seinige nicht die entzückendste war, die ein begünstigter Liebhaber sich je zu träumen vermag!

Gunhilde. Wie? hätteſt Du wirklich nähere Entdeckungen gemacht?

Gothrum. Wohl hab' ich! . . obgleich ohne Vorwiſſen des Königs. — Ein neuer Günſtling hat mir ſein Vertrauen geſtohlen; und recht gut, daß dem ſo iſt, . . ich ſchicke mich ſchlecht zum Kuppeln.

Gunhilde. Gothrum!

Gothrum. Und mag ungern der Gefoppte bey einem Spiele ſeyn.

Gunhilde. Du biſt aufgebracht! Erkläre Dich deutlicher, wenn ich Dir Glauben beymeſſen ſoll.

Gothrum. Damit, Königin, könnt Ihr es halten, wie es Euch gefällt! — So viel zu Eurer Nachricht: dieſe Nacht, in der Stunde der Mitternacht, ſchlich Euer Gemahl, begleitet von ſeinem neuen Freunde Harald, den er zum Oberſten ſeiner Leibgarde ernannt hat, in das Gezelt der ſchönen Königin. — Er verweilte lange daſelbſt, auch hört' ich ihn einige mal ſehr heftig reden.

Gunhilde. Wirklich? — Die Schlange ſpielt

D          die

die Spröde, um ihren Triumph desto glänzender
zu machen!

Gothrum. Ihre Absicht kann ich nicht beur-
theilen. Genug, Halbane erreichte die seinige
nicht; denn er verließ das Gezelt in heftiger Bewegung, und stieß zornige Reden gegen seinen Beglei-
ter aus.

Gunhilde. Du irrst, Gothrum, entweder in
seiner Absicht, oder in dem Erfolg! — Wie? eine
Sklavin sollte ihn zu widerstehen wagen? ihn zum
Nachgeben oder gar zur Erniedrigung zwingen? —
Weiß ich es nicht, wie ungestüm, wie wenig Widerstand besorgend er mir einst seine Liebe erklärte? —
Und wahrlich dies Betragen empörte mich nicht! —
Es erfüllte mich mit Ehrerbietung und Bewunderung
seiner Größe und seines Muthes! — Wie oft warf
er mir den Kopf eines verhaßten Nebenbuhlers beym
Eintritt in meine Wohnung zu Füßen. Nie sah er
mich, ohne den Balg eines seltenen wilden Thiers,
das er auf der Jagd erlegte, als Trofäe mitzubrin-
gen. ... Diesem Manne, diesem Helden, ergab sich
mein Herz! Unter allen seinen zahllosen Mitbewerbern erreichte Keiner den Unerreichbaren; Furcht-
                                                    erwecken-

erweckenden. Diese Festigkeit seines Charakters schien mir Bürge wider jeden Wankelmuth. — Und bis jetzt ist sie mir es geblieben. — Du hintergehst mich, Gothrum! Du verläumdest ihn aus Rache, oder dies Weib ist eine Hexe, die durch magische Beschwörungen und Zauberkünste seine Kraft entmannte, und den Helden zum Weichling umschuf.

Gothrum. Wenn Ihr besser unterrichtet seyd, Königin, wenn Ihr an meiner Aufrichtigkeit zweifelt, so fahrt fort Euch zu täuschen; es ist unter diesen Umständen ohnehin das klügste, was Ihr thun könnt. —

Gunhilde. Nicht so, Gothrum! — Wenn ich einige Theile Eures Berichts bezweifle, so fordert darum das Ganze nicht minder meine glühendste, schrecklichste Rache. — Ich bin's ungewohnt, zu seufzen, zu wehklagen, und die müssigen Stunden bis zu seiner Wiederkehr zu zählen, wenn Sättigung und Ekel ihn zur kalten Pflicht, aber nicht zur Liebe zurückführen. Es ist beschlossen, ich will meine Schande ahnden, und durch meine blutige Dazwischenkunft sein gehofftes Entzücken vernichten!

Gothrum. Rechnet dabey auf meinen unermüd-

lichen

lichen Beystand, auf meine thätigste Hülfe! — Dieser Arm kennt Wege zum wilden Herzen des Tyrannen. Ein sicherer Stoß, und — es hört auf zu schlagen!

Gunhilde. Entsetzen! welch ein Gedanke! Wiederhol' ihn noch einmal! — oder hab' ich Dich unrecht verstanden?

Gothrum. Wie? . . mein Eifer, mit Gefahr meines Lebens Eure Ruhe zu befördern, erweckte Euren Unwillen?

Gunhilde. Mit Recht, Verräther! — Wie? Sein Leben, das kostbare Leben meines Gemahls, Deines Wohlthäters, des Ersten der Menschen, wolltest Du meuchlings rauben? . . . Verflucht sey die Zunge, die diese Worte sprach! Widerrufe sie schnell, und vertilg' auf ewig jede Spur dieses schwarzen Vorsatzes aus Deiner Seele . . wo nicht — so zittre für Dich selbst!

Gothrum. Vergebt mir, wenn ich zu weit ging, wenn ich Eure Worte anders deutete, als Ihr sie nahmt. Vergebt es mir überhaupt, daß ich unbedachtsam genug war, eine fremde Sache zur meinigen zu machen! ich fühle mein Unrecht, und werde es

zu

zu verbeſſern ſuchen. — Lebt wohl, Königin! Ich werd' Euch nie wieder durch unangenehme Nachricht kränken!

Gunhilde. Bleib! .. Höre mich zuvor.

Gothrum. Ich fürchte, den Unwillen meiner aufgebrachten Monarchin durch längere Gegenwart noch ſtärker zu reizen.

Gunhilde. Laß das! — Wir wollen nicht weiter daran denken! Ich ſchätze Deinen Eifer, wenn ich gleich den Gang mißbillige, den er zu nehmen ſchien. — Wiſſe, Haldane's Leben iſt ein Kleinod, das ich ſelbſt, auch bey der ſtärkſten Beleidigung, anzutaſten unfähig wäre. In dem Gegenſtand ſeiner Lüſte, in der Urheberin ſeiner Treuloſigkeit, wünſch' ich ihn zu beſtrafen! .. Elvida blute als Opfer meiner Rache! Hilf mir dieſen freſſenden Krebs meines Herzens vertilgen — gleichviel durch welche Mittel — und mein Dank wird ohne Gränzen ſeyn. Du erſchrickſt? Du wirſt bleich? Iſt ihr Leben Dir theurer, als das Leben Deines Königs?

Gothrum. Nicht die That, nur ihre Folgen ſchrecken mich. Ihr kennt Euren Gemahl; Eure Ruhe würde hergeſtellt, aber mein Untergang wäre

D 3                          un-

unvermeidlich! — Drum gestattet mir einige Be-
denkzeit! Eure eigne heftige Aufwallung vorhin lehrte
mich Behutsamkeit. Wie dem aber auch sey, haltet Euch versichert, daß Gothrum vor einer kleinen
Gefahr nie erzittern werde, wenn es gilt! — Lebt
wohl, Königin!          (ab.)

## Dritte Scene.
### Gunhilde allein.

So?.. Versteh' ich dich? — Also nur darum
war dir mein Eifer willkommen, darum füttertest
du die Natter Eifersucht, die an meinem Herzen
nagt, um unter dem Vorwande meiner Rache deiner eigenen desto gewisser zu seyn? — Gut, daß ich
dich entlarvte, eh' es zu spät war! — Aber bin ich
darum minder elend? Ist Halwane minder treulos?..
Muß ich nicht wider Willen des Verräthers schonen,
so lange sein Beystand mir unentbehrlich ist? — Lehrt
mich die schwere Kunst der Verstellung, ihr Furien!
Mein Gesicht lächle, indeß meine Seele Entwürfe der
Vernichtung und des Todes brütet! — Ha! —

Vier-

## Vierte Scene.

### Gunhilde. Haldane.

Gunhilde. Kommſt Du wirklich, Haldane? — Läßt der ſiegreiche Monarch ſich ſo weit herab, das vergeſſene Weib noch einmal ſeines koſtbaren Anblicks zu würdigen?

Haldane. Welche Sprache? — Gunhilde, verkennſt Du mich?

Gunhilde. O nein! Ich kenne Dich genau, Du biſt ein tapfrer Krieger, und warſt ein zärtlicher Gatte!

Haldane. Bin ich das nicht noch? Kannſt Du bey der Laſt der Sorgen, bey den unzählbaren Anordnungen und Einrichtungen, welche der erfochtene Sieg mir zur Pflicht macht, eine kleine, anſcheinende Vernachläſſigung mir zum Verbrechen machen? —

Gunhilde. Unerhört! Der offene, geradedurchfahrende Haldane verbirgt ſich hinter einer ſo ärmlichen Ausflucht! — Was für Anordnungen, was für Einrichtungen waren von Ihm zu machen, da alles im Lager ſchlief?

Hal-

Haldane. Deß nöthiger war es, daß ich wachte!

Gunhilde. In der That? Und das mußte im entlegensten Theile des Lagers, mußte unter freyem Himmel, oder — (ihn scharf anblickend) — im Gezelt der schönen gefangenen Königin geschehen?

Haldane. Gunhilde!

Gunhilde. Ja, Haldane! Du siehst, ich weiß Alles! — Also weg mit dieser Larve, die den Helden verunstaltet, und den Mann zum Knaben macht! —

Haldane. Gunhilde!

Gunhilde. Du brachst Dein Gelübde! Runzle Deine Stirne nicht! Gedenke des Augenblicks, wo Du Dich zuerst um diese Hand bewarbst, und des furchtbaren Schwurs, mit dem Du mir unerschütterliche Treue gelobtest. — Ich bin ein Weib; aber ich kenne wenige der Schwächen meines Geschlechts! — Darum warst Du mir theuer, darum zog ich Dich allen Mitbewerbern vor. Der Mann war mir nichts; das Herz, was ich in ihm ehrte, war mir Alles! — und das mein Lohn!

Haldane. Nicht weiter in diesem Tone! Je

uns

ungegründeter Dein Argwohn ist, desto mehr muß er
mich befremden. Der Mann, bey dessen Winke Tausende für ihr Leben zittern, bedarf keiner Gründe,
sein Benehmen zu entschuldigen. — Sein Wille ist
sein Gesetz. Seine großen Plane gestatten oft die
Beobachtung des kleinlichen Zeremoniels nicht. Aber
nichts destoweniger bleibt ihm Ehre, Schwur und
Liebe immer heilig und unverletzbar. Darum beruhige Dich, Gunhilde, und vermehre meine Sorgen
nicht durch unzeitigen Vorwurf!

Gunhilde. Hab' ich nicht Ursach? Diese offen-
bare Kälte, diese Sprache der Zurückhaltung ist nicht
Ausdruck der Liebe; so spricht nur das Gefühl der
Schuld. — Wären Deine Sorgen erlaubter Art,
warum theilst Du sie nicht mit Deinem treuen Weibe, wie ehemals? warum vertraust Du ihr Deine Entwürfe nicht mehr, warum eilst Du nicht unbefangen
und herzlich in ihre Arme, wie sonst?

Haldane. War das nicht meine Absicht? Aber
schreckten mich Deine Vorwürfe nicht zurück?

Gunhilde. Thaten sie? — O, so muß ich wohl
gar Dich um Verzeihung und Nachsicht bitten!
muß es der schönen Gefangnen danken, daß es ihr

D 5                    ge-

gefiel, Dich so bald wieder meinen wartenden Armen
zurückzugeben!

Haldane. Du bist krank, Gunhilde! krank an
thörichter Eifersucht!

Gunhilde. O nenne sie nicht so! Oder —
wär' es wirklich thöricht, den Verlust eines Mannes
zu bedauren?

Haldane. Noch einmal, Gunhilde, vergiß nicht
mit wem Du redest!

Gunhilde. Wie könnt' ich das? Aber vergiß
auch Du nicht, wer ich bin! — Sieh, ich habe
überzeugende Beweise Deiner Untreue. Sie werden
mich begleiten, so lang' ich athme, und — irgend
eine blutige That — staune mich nicht an — irgend eine blutige That sagt' ich — wird
ihre Folge seyn!

Haldane. Wahnsinnige! versuch' es! Mein Leben ist von höhern Mächten beschirmt. Haldane ist
unverwundbar.

Gunhilde. Das weiß ich; auch bist Du mein
Gatte, Deiner Treulosigkeit unerachtet meinem Herzen zu theuer, um auch nur einen Gedanken wider.

Dein

Dein Leben fassen zu können! Aber — giebt es
nicht Wege zum Herzen Deiner Buhlerin?

Haldane. Gunhilde!

Gunhilde. Ich werde sie finden, König, ich
werde! — Trotz der Wachen, die sie umringen, trotz
der Zauberkünste, die sie wider mich aufbieten mag!
Das verschmähte, gekränkte Weib wird den Tod
nicht scheuen, wenn sie nur ihre Rache befriedigt.
Und wenn nun Gift oder Dolch Elvida's verrätheri-
sche Reize verunstaltet, Todesangst in jeder Nerve
dieses zarten Gebäudes zuckt, und ihr letztes ängstli-
ches Röcheln Deinen Namen lallt: dann ruf' ich Dir
entgegen: Ist sie nicht schön, Haldane? . . ist ihr
Anblick dem rauhen Krieger nicht Wonnegenuß? —
Auf, sättige Deine Lüste! — Gunhilde rächte sich
und die Liebe! — (ab.)


**Fünfte Scene.**

Haldane. Hernach Harald.

Haldane. Halt! . . das ist zu viel! — Wer
wagte es je, ungestraft so mit mir zu reden? Und
wenn sie ihre Drohungen zu erfüllen, meuchelmörde-
risch

risch ihre Hand an jenes reizende Weib zu legen
wagte, das, ihres Starrsinns ohnbeschadet, mein
ganzes Selbst mit Bewunderung und Entzücken füllt!
— Noch lieb' ich dich, Gunhilde! aber ich kann
auch hassen! . . Und wenn Haß an die Stelle der
Liebe tritt, so ist Blut die Losung! — Ha, Harald,
gut, daß Du kommst! Verwende von jetzt an keinen
Blick von der gefangenen Königin! Niemand, wer
es auch sey, werde zu ihr gelassen, selbst meine Gemahlin nicht.

Harald. Ich bürg' Euch mit meinem Leben!

Haldane. Auch beobachte genau alle Schritte
Gunhildens! hörst Du? — Gieb den Getreuesten
meiner Leibwache Befehl, sie so viel möglich nicht zu
verlassen, doch so, daß sie nicht merke, daß es absicht-
lich geschehe.

Harald. Ich verstehe, mein gnädigster König!
und werde Euer Zutrauen rechtfertigen. Die Königin, Eure edle Gemahlin, besitzt hohen Geist, und
könnte leicht Argwohn fassen.

Haldane. Und hat ihn wirklich bereits gefaßt.
Irgend ein geschäftiger Plauderer muß ihr verkund-
schaftet haben —

Harald.

Harald. Darf ich ihn nennen, mein König?

Haldane. Du kennst ihn?

Harald. Ist Euch nichts in Gothrums Beneh= men aufgefallen? — Merkt Ihr nicht, wie verächtlich er auf mich herabblickt?

Haldane. Wenn Du Recht hätteft!

Harald. Kennt Ihr den unbiegsamen Ehrgeiz des Mannes nicht, der kaum seinem Könige zu wei= chen geneigt ist? — Er neidet mich um Eure Gunst, und sein Auge trügt, oder — er neidet Euch um den Besitz der schönen Gefangnen!

Haldane. Wahrlich, Du hast Recht! Sein Betragen hat seit gestern etwas Zurückhaltendes. — Er weicht mir geflissentlich aus; und jetzt erst fällt mir das auf — ich vermißte ihn sogar beym Opfer.

Harald. Traut ihm nicht zu viel! Er ist Euch unentbehrlich, ich weiß es; aber die Klugheit will es, ihm nicht zu viel Einfluß zu erlauben.

Haldane. Schon recht! Ich werde die schleu= nigsten Maßregeln ergreifen, seinen Wirkungskreis zu beschränken. Auch Dir empfehle ich Wachsamkeit auf seine Worte und Handlungen. Ich eile jetzt zum Zelt meiner holden Widerspenstigen; Du sorge,

daß

daß wir ungestört bleiben, und sey versichert, daß
Dein steigendes Glück die unausbleibliche Folge Deiner Pünktlichkeit in Erfüllung meiner Aufträge seyn
werde.

(ab.)

Harald. Auch ohne diesen Sporn werd' ich nie
meine Pflicht vernachlässigen. — — Geh nur, König! die Schwächen der Fürsten sind die sichersten Stufen zur Ehre und zum Glück ihrer Diener.
Wer wollte ängstlich über die Mittel grübeln, die
uns zum gehofften Ziele führen: wenn wir nur dahin
gelangen! Und — ich will dahin gelangen, gält'
es auch ein Bubenstück!

(ab.)

Scene. Elvidens Gezelt.

## Sechste Scene.

### Elvida. Emma.

Elvida (äußerst bewegt). Sind wir nicht schwache
Geschöpfe, Emma! daß ein Traum, ein Kind der
unruhigen Phantasie so mächtige Eindrücke zu hinterlassen vermag?

Emma.

Emma. Du siehst ungewöhnlich bleich! — Es muß ein fürchterlicher Traum gewesen seyn.

Elvida. Wohl war er das! Mir träumte, als säh' ich meinen Alfred, von Gram zu Boden gedrückt, in der Kleidung eines armseligen Bauers, die verächtlichsten Dienste verrichten; säh' ihn Holz fällen und Wurzeln graben, sich in einer elenden Hütte wider Frost und Hunger zu schützen. Ich wollte hineilen, ihn in meine Arme schließen und seine Arbeit erleichtern; aber ich fühlte mich plötzlich von einer unsichtbaren Gewalt fortgerissen. Am Abhange eines schroffen Felsens drohte unter mir ein jäher, fürchterlicher Abgrund. Mein Vater wollte mir zu Hülfe eilen, aber ein Ungeheuer schoß aus der Tiefe hervor und verschlang ihn vor meinen Augen, ich that einen lauten Schrey und sank in Ohnmacht. Als ich mich erholte, erblickt' ich eine weibliche Gestalt neben mir, die mit verstellter Freundlichkeit mir einen Becher darreichte. Ich wollte trinken, aber meine Hand zitterte und der Becher entsank mir. Auf einmal verwandelte sich ihr Lächeln in Wuth; mit gezücktem Dolch stürzte sie, gleich einer Furie, auf mich los, und — ich

er-

erwachte. — Fühl' her, noch schlägt mir das Herz, und meine Gebeine beben.

Emma. Ruhig, beste Elvida! Du nennst ja selbst diesen Traum ein Schattenbild. — Laß uns nicht durch eingebildete Gefahr die Kraft verlieren, wirkliche zu überwinden.

Elvida. Du forderst Unmöglichkeiten, liebes Mädchen! Oft sind Träume warnende Winke der Vorsicht, bevorstehende Ereignisse zu bezeichnen. Ich zittre vor diesem Tage; denn ohne Beystand höherer Mächte ist Elvida verloren. — Weh mir! —

(Sie fährt bey Haldanens Eintritt erschrocken zurück.)

## Siebente Scene.
### Vorige. Haldane.

Haldane (ihr Schrecken bemerkend). Wie, Königin? immer noch unentschlossen und zaghaft? Ich rechnete auf einen günstigern Empfang. Und dieses weinerliche, pinselnde Geschöpf, was Euch zur Seite steht: fort mit ihr! Unsre Unterhaltung bedarf keiner lästigen Zeugen.

Elvida

**Elvida** (schüchtern in Emma's Arme). Haldane! — O meine Emma! verlaß mich nicht! —

**Haldane** (sie trennend). Fort! sag' ich; .. oder will man durchaus mich zu Gewaltthätigkeiten zwingen?

**Emma** (ihm zu Füßen). Großer König! — Fordert mein Leben, nur handelt gütig gegen meine Gebieterin!

**Haldane.** That ich's nicht schon zu lange? Entehrt sie mein Antrag? — Welches Weib im weiten Umfange meiner Staaten würde sich nicht glücklich preisen, ähnlicher Auszeichnung gewürdigt zu werden? — Aber was vertheidige ich mich gegen eine Sklavin! — Fort, sag' ich!

**Emma** (wieder zur Elvida). Unglückliche Elvida!

**Haldane.** Der Frevel geht zu weit. — He, Wache!

(Zwey Bewaffnete kommen.)

Führt die Verwegne fort zum tiefsten Kerker! Dort büße sie ihren Trotz!

**Elvida** (zwischen Emma und die Wache tretend, zum Könige). Halt ein, Unerbittlicher! — Geh, Emma, geh! überlaß mich meinem Schicksal!

Haldane. So laß ich es denn für diesmal bey der Drohung bewenden! — Begieb Dich ins Seitengemach. — (Zur Wache) Ihr könnt gehn.

(Die Wache ab.)

Emma (mit gerungenen Händen). Ich gehe, weil ich muß! — Gott sey Dein Beystand! Ich habe nur Seufzer und Thränen. —

(ab.)

## Achte Scene.

### Haldane. Elvida.

Haldane. Noch einmal, Elvida, läßt sich der Sieger huldreich zu seiner Besiegten herab. — Gewalt der Waffen vermag Dich mir nicht mehr zu entreißen, und es wäre Thorheit, von Deinen Göttern Beystand zu hoffen, den sie Dir einmal versagt haben. — Du bist schön, Elvida! schöner, als ich je ein Weib sah! Weibliche Schönheit war von jeher der süßeste Lohn männlicher Stärke. — Mein wildes Auge ruht mit wollüstigem Entzücken auf dieser lieblichen Gestalt, drum ergieb Dich in Dein Schicksal! Erhöhe den Werth Deines Besitzes durch freywillige Uebergabe.

gabe. — Der erste Platz in meinem Reiche und Herzen sey Dein. Gunhilde trage von heute an nur den Namen meiner Gattin, Du trittst in alle ihre Rechte.

Elvida. Nein, König, nein! — Ich mache Niemanden ein Recht streitig, was ältere und heiligere Ansprüche ihm gaben. Auch das glänzendste Anerbieten vermag mich nicht zu blenden; Eure Schmeicheleyen sind mir ein Abscheu. Und wärt Ihr grausam genug, mit Gewalt erzwingen zu wollen, was ich nie, so lange noch eine Kraft zum Widerstande in mir übrig ist, Euch freywillig gewähren werde: so wißt, ich habe den Muth, für meine Ehre zu sterben! —

Haldane. Uebermüthige! willst Du durchaus Dich harter Behandlung aussetzen? — Sieh, Haldane beugte nie seine Knie vor einem Weibe: hier lieg' ich, huldige Deinen Reizen, und fleh' um Deine Liebe. (Kniet nieder.)

Elvida. Nimmermehr! — Steht auf, König! wozu diese fruchtlose Erniedrigung? Nur einer Sklavin, wie ich, gebührt diese Stellung.

Haldane. Wohlan! ergieb Dich meinen Wünschen, und Du hörst auf, es zu seyn! Ein Wort von

Dir

Dir macht mich zum Glücklichsten der Fürsten! —
Ja, Elvida! (indem er auffspringt, und sie wüthend in
seine Arme schließt) Dein Widerstand ist vergebens!
Du sollst die Meine seyn, und hätten Höll' und Himmel sich wider mich verschworen! —

Elvida (mit Heftigkeit). Zurück, Barbar! — Hüte
Dich, mich aufs äußerste zu treiben! die Gefahr
macht stärker als Du denkst. (Sie faßt das Heft seines
Schwerts.)

Haldane (zurückfahrend). Halt! . . was beginnst
Du? Das Deine Unterwerfung? — Nun dann!
Von jetzt bin ich für keine der Folgen Deines Trotzes
verantwortlich. Meine Nachsicht hat ein Ende! —
Wache! . . führt den gefangenen Ritter herein.

## Neunte Scene.

Vorige. Ethelred (gefesselt, von Soldaten
umringt.)

Haldane (auf ihn deutend). Kennst Du diesen?
Elvida. O Gott, mein Vater!
Haldane. Da Du jedes freiwillige Opfer der
Liebe verwarfst, so sey er Vermittler zwischen uns!

Deine

Deine Tochter ist halsstarrig, alter Mann! — Sie verschmäht meine Liebe, und, bey Gott! Haldane erträgt keine Verachtung. — Sey Du mein Fürsprecher! Die Beredsamkeit des Alters ist vielleicht geschickter, den Troß der Jugend zu bändigen.

**Ethelred.** Fühlloser! kannst Du Dir schmeicheln, daß ein edler Ritter, der in gerechter Fehde streitbare Männer wider Dich zur Schlacht führte, sich herablassen werde, ein Werkzeug Deiner üppigen Lüste zu seyn?

**Haldane** (drohend). Ethelred!

**Ethelred.** Kannst Du wähnen, ein biedrer Vater werde einem schwelgenden Wollüstling seine Tochter in die Arme werfen?

**Elvida.** In diesem edlen Grimme erkenn' ich Euch, Vater!

**Haldane** (spöttelnd). Schade nur, daß er eben so ohnmächtig, als übel angebracht ist! Reize meinen Zorn nicht, troßender Graukopf! — So schwer es mir wird, die Schonung zu vergessen, die ich dem wehrlosen Alter schuldig bin, — um den Besiß dieses Weibes vergeß' ich alles! Richte Dich darnach, und ändre Deine Sprache.

E 3                              Ethel-

Ethelred. Hoff es nicht, Barbar! — Wäre
mein Kind niedrig genug, Deinen schändlichen An-
trägen Gehör zu geben, so würd' ich sie verabscheuen,
würde der Stunde fluchen, die ihr das Leben gab!
Aber eh' ich selbst zur Schande sie anfeuerte, würd'
ich meine Zunge aus ihrer Wurzel reißen, und sie
blutend von mir werfen!

Haldane (wüthend). Du hast Dein Urtheil gesprochen! Die Marter, die Du Dir selbst erdachtest,
treffe Dich! — Und, um sie desto empfindlicher zu
machen, bringt glühende Zangen herbey. Entehrt
es Deine Zunge, der Fürsprecher meiner Liebe zu
seyn, so versage sie Dir forthin ihren Dienst auf immer! Sey stumm auf ewig!

(Die Wache bringt ein Kohlenbecken und eiserne
Zangen.)

Elvida. Entsetzen! O Halbane! nimm diesen
schrecklichen Befehl zurück! Habe Mitleiden mit ihm
und mir!

Haldane. Nur unter der Bedingung, die Du
kennst.

Elvida. Erbarmen! Ewige Vorsicht! .. Der
Traum ist erfüllt — mir bleibt kein Ausweg! —

Mein

Mein Vater! ehe ich diese Qual über Dich bringe, ehe ich Dein ehrwürdiges Alter von Henkershänden gefoltert sehe, — ich bin entschlossen! — Was weder Gewalt, noch Marter, noch Drohung vermochten, gebeut mir die kindliche Liebe. — Gnade für meinen Vater, unerbittlicher Wütherich! (sie verhüllt ihr Gesicht) Hier sieh Dein Opfer!

Haldane. Ha! Beugt man Dich, so, schöne Heldentochter?

Elvida (wie oben). Weh mir, wehe!

Haldane. Dank sey's den Göttern! — Du bist mein! . . mein! (er will sie umfassen)

Ethelred. Halt ein, Elvida! — Nimm diese schrecklichen Worte zurück! Glaubst Du, daß der entehrte Vater die Schande seiner Tochter überleben könne? Wisse, schon der bloße Gedanke ist quälender als jene Zangen, die sich mir fast zu langsam röthen!

Haldane. Tollkühner! verschmähe meine Nachsicht nicht länger. — Sie ist Mein, sag' ich; ihre Lippen gestanden mir es, und Deine Schlangenzunge soll ihren Entschluß nicht wankend machen.

Elvida. O, das ist bitterer, als der Tod! —

E 4                    (sie

(sie wirft sich vor Haldane nieder) Noch einmal beschwöre ich Dich, Hartherziger! schone meines Vaters! schone meiner!

Haldane. Steh auf! und erwarte alles von meiner Gnade.

Ethelred. Tochter! denk' an Alfred! .. denk' an Edgar! — Die Ehebrecherin bringt Entehrung über Gatten und Sohn. Des Vaters Fluch über die Entehrte!

Haldane. Wahnsinniger! — Du wagst es?

Elvida. Gott! welche Namen! — Vater! Vater! .. Ja, ich widerrufe! Eher sterben, als treulos! Nur im Tode ist Rettung — Rettung für mich und Dich!

Ethelred. Wohl mir, — so bist Du meine Tochter!

Haldane. Das ist zu viel, Verräther! Meine Rache glüht schneller, als diese Eisen .. Stirb! (er eilt mit gezücktem Dolch auf Ethelred).

Elvida (stürzt zwischen sie). Hieher diesen Dolch! hieher Deine Rache!

Haldane (drohend). Elvida! (Zur Wache) Bringt sie fort, sie ist wahnsinnig.

Elvida

Elvida (zur Wache). Zurück! .. naht Euch mir nicht! — Du zögerst, Haldane? Soll ein Weib Deinen Muth beschämen? — Her mit diesem Dolch!

(sie entreißt ihm den Dolch.)

Haldane. Elvida!

Elvida (den Blick zum Himmel). Rächer der Unschuld! du willst's, ich komme!

(Sie kehrt den Dolch wider sich, und der Schutzgeist erscheint im Stralenglanze, beym Schall der Harmonika.)

Der Schutzgeist.

Wenn der Wollust Rache droht:
Harr' auf Gott in Deiner Noth! —

(Er verschwindet.)

Haldane. Was war das? Welch ein Schauer überfällt mich!

Elvida (läßt den Dolch fallen, und sinkt nieder). Ewige Vorsicht! Gnade, Gnade!

Ethelred. Traue der unsichtbaren Hand, die Deinen Arm zurückhielt! — Sieh, der Tyrann erbleicht; er fühlt die Gegenwart einer mächtigern Gottheit, und zittert.

Haldane. Sey's Zauberey oder Täuschung der

E 5                    Sin-

Sinne: nie hatt' ich eine ähnliche Empfindung!
Ich muß mich zu fassen suchen.


### Zehnte Scene.

#### Vorige. Harald (hereinstürzend).

Harald. Verzeiht mir, mein König, wenn ich
zur Unzeit Euch unterbreche! — Unsre Vorposten
haben hin und wieder bedenkliche Bewegungen unter
den Insulanern bemerkt.

Haldane (heftig). Vertilgt die Schlangenbrut!
Schont nicht des Säuglings an der Brust seiner Mutter! Ich werde dies Reich nicht eher ruhig besitzen,
bis alle diese Starrköpfe vernichtet sind.

Harald (leise). Auch die Königin hat Mittel gefunden, aus ihrem Gezelte zu entweichen.

Haldane (unruhig). Höll' und Tod! ... Laßt
überall die Wachen verdoppeln! Vor allen Dingen,
daß sich Niemand diesem Gezelte nahe! (zu Elvida)
Wenn diese Botschaft und jenes fremde Ereigniß Dir
gleich einigen Aufschub gewährt, Elvida, so bleibt
doch mein Entschluß unveränderlich: Dich, alles Wi-
derstandes und aller Zauberkünste zum Trotz, in meine

Arme

Arme zu schließen. (Zur Wache) Den Gefangnen führt zurück in seinen Kerker; dort schmacht' er ohne Labsal, bis ich weiter über ihn verfüge! —

(mit Harald ab.)

Elvida (in Ethelreds Armen). Mein Vater! — ich zittre!

Ethelred. Gott stärke Dich, Tochter! — Sey standhaft! — und was uns auch begegnen mag, vergiß nie Deines Gatten und Deines Sohnes!

(mit der Wache ab.)

———————

## Vierter Akt.

### Wald bey Selwood.

### Erste Scene.

Edwin. Egbert. Ethelwolf, und mehrere Angel=
sächsische Ritter und Bewaffnete.

#### Edwin.

Willkommen, edle Ritter! — Unsre Zahl wächst
stündlich, wie ich sehe, und unser Muth bedarf
keines Zuwachses. Wir streiten für eine gerechte
Sache, aufgefordert durch das bedrängte Vaterland
und den Tod unsers großen, geliebten Königs. —
Hier, im Angesichte des Himmels, laßt uns den
Schwur erneuern, nicht zu ermüden, bis wir blutige
volle Rache an seinen Feinden genommen haben!

Ethel=

Ethelwolf. Nie komme Schlummer in dies Auge, noch Speise über meine Zunge, bis Alfreds Mörder in den Staub gestreckt, sind!

Egbert (sein Schwert entblößend). Nie kehre dies Schwert in seine Scheide zurück, bis es ihr Blut in Strömen getrunken!

Alle (zucken ihre Schwerter). Rache und Tod über Alfreds Feinde! —

Edwin. Recht so, meine tapfern Brüder! Unsre Losung sey: mit Gott und Alfred!

Alle. Mit Gott und Alfred!

Edwin. Daß er so früh welken mußte, er, der unsterblich zu seyn verdiente! Gleich groß im Kriege und Frieden . . . . Ein Muster guter Fürsten; geliebt von allen, die ihn sahen; — Ein Held in Blick und That; ein weiser Gesetzgeber; ein gerechter, aber milder Richter; ein liebender Vater seines Volks; ein zärtlicher Gemahl; ein Freund ohne Gleichen!

Ethelwolf. Und wir haben ihn verloren! —

Egbert. Weh Dir, Haldane! — Sein Blut über deinen Kopf!

Alle. Alfreds Blut über Haldane!

Edwin.

**Edwin.** Wie das treue Volk ihn beym Abschiede jauchzend mit Thränen und Segensruf ins Lager begleitete! Wie Kinder und Greise überall ihm zueilten und riefen: Bald kehrt er siegreich zurück, unser guter Vater Alfred! Wie er ihnen dann seine Hände segnend reichte! Es war sein letzter Segen. Ach, er sollte nie wiederkehren!

**Alle.** Rache! Rache!

**Edwin.** Ich sah ihn im Gefecht, als die wilde Rotte der Barbaren auf ihn einstürzte. — Mit welchem Grimme er ihre dichten Glieder zu Boden warf! Dreymal war ich im Begriff mich durchzuschlagen, ihm zu Hülfe; aber gleich einer zerstörenden Fluth rauschte die wüthende Schaar daher. — Sein Federbusch verschwand; ich sah ihn nicht wieder! — Alfred starb!

**Ethelwolf.** Seine Mörder müssen fallen! —

**Alle.** Fallen mit Schrecken!

**Edwin.** Und seine holde, edle Gattin in Fesseln, unter diesen Unmenschen! Meine Emma in Fesseln!

**Egbert** (mit Grimm). Auf! was zögern wir noch hier? — Auf! wir zerreißen ihre Fesseln, eb' ein Teufel ihre Unschuld mordet!

**Ethel-**

Ethelwolf. Hinunter zur Hölle mit den Tyrannen!

Edwin. Ich billige Eure Entschlossenheit und Euren Eifer, meine Brüder! Aber laßt uns behutsam seyn! Nicht der schnellste, nur der sicherste Weg führe unsre Schritte zum Ziele. Meine Kundschafter brachten mir die Nachricht von einem großen Siegesmahle, das kommende Nacht im feindlichen Lager gefeyert wird. — Ihr kennt die Völlerey dieser Halbmenschen. Wenn ihre Sinne vom Rausche betäubt, ihre Kräfte von Wollust entnervt sind: dann wollen wir über sie fallen gleich mitternächtlichen Seuchen, und ihr Freudengebrüll' in Geheul des Todes und der Verzweiflung verwandeln.

Egbert. Ha! wäre nur die Mitternacht schon da! —

Ethelwolf. Schwebte mein Schwert schon über ihren Häuptern!

Egbert (sich umblickend). Edler Graf! dort naht ein ehrwürdiger Ritter. — Ich denke, sein Anblick wird Euch einen Freund ins Gedächtniß zurückrufen. —

Zweite

## Zweite Scene.

Vorige. Odun, Graf von Devon.

Odun. Heil Euch, Edwin! Heil Euch, männliche Ritter und wackre Krieger!

Edwin. Odun! .. Seh' ich recht? Ihr lebt? O so lebt meine Hoffnung gedoppelt!

Odun. Ich lebe, Edwin! freue mich Eures Anblicks, und bring' Euch Alfreds Gruß und Dank.

Edwin. Ist's möglich?

Egbert. Lebt Alfred?

Ethelwolf. Lebt unser König?

Odun. Dank sey's dem Himmel! — Er lebt.

Alle. Lange lebe Alfred, — unser Vater, unser König!

Edwin. Wo ist er? daß ich seine Knie umfasse. —

Odun. Eh' ich Euch diese Frage beantworte: sind wir sicher vor feindlichem Ueberfall?

Edwin. Unsre Vorposten halten jeden Zugang des Waldes besetzt, und am Ende desselben liegt ein Kloster, das einzige, was der räuberischen

Wuth

Wuth unfrer Feinde entging, geschützt durch die
Einsamkeit seiner Lage. Seine frommen Bewohner
gewährten uns willig Sicherheit und Gaſtfreyheit!
— Dort hab' ich diese treuen Gefährten meines Un-
ternehmens gesammlet: Achthundert an der Zahl;
aber an Muth so viel Tauſenden überlegen.

Odun. Braver Edwin!

Edwin. Eure Wiederkehr, und der Anblick unsers als Tod beweinten Königs, macht sie vollends
unbezwingbar. — Kaum daß ich bis jetzt ihre Hitze zu-
rückzuhalten vermochte. Diese Nacht war zu großen
Unternehmungen bestimmt, Eure Gegenwart bringe
sie zur Reife! — Während der ſichre Feind ſich der
Schwelgerey überläßt, wird die gute Sache der Freiheit und des Vaterlandes triumphiren.

Odun. An mein Herz, junger Mann! Ihr erfüllt die Erwartungen, die ich schon von Euch als
Knabe hatte.

Edwin. Wirklich? — Bin ich Eurer Liebe werth?
Könntet Ihr mich zum Sohne aufnehmen?

Odun. Versteh' ich Euch? — und, wenn ich
Euch verstehe, kann ich Eure Frage beantworten?

Edwin. Ihr habt Recht! — Die Königin und

F                              Emma

Emma schmachten in schimpflichen Fesseln; ich schwur, sie zu retten, meine Gefährten hörten und bestätigten den Schwur. Ich zerreiße diese Fesseln, um von der Hand der Liebe süßer, unauflöslicher an sie gefesselt zu werden!

Odun. Edwin!

Egbert. Gebt ihm Euren Segen, Graf!

Ethelwolf. Liebe ist die Mutter aller großen Thaten!

Odun. Meint Ihr, Ritter? — Wohlan, Edwin, vollende, was Du begannst! — Befreye das Vaterland, entfeßle die Königin und meine Tochter; was dann vielleicht die Liebe schon früher begann, wird der spätere Dank vollenden. Oder wähnst Du, ein edler Vater könne den Retter seines Kindes mit Undank lohnen?

Edwin (in seine Arme). Odun, mein Vater!

Odun. Steh auf, Sohn, und laß diesen zweiten Wunsch den ersten höhern nicht verdrängen! — Wo es die Rettung des Ganzen gilt, kommen einzelne Theile minder in Betracht.

Edwin. Vaterland und Emma sind unzertheilbar in meinem Herzen. Drum, was säumen wir?

Hin

Hin zu unserm geliebten Könige! Ich brenne vor Begierde, ihm in Begleitung meiner tapfern Gefährten, meine Huldigung zu erneuern! —

Odun. Kann man auf die Treue der Klosterbrüder bauen?

Edwin. Feß, wie auf Felsengrund?

Odun. Nun dann, so führ' ich ihn selbst in Eure Mitte. Sein itziger Aufenthalt ist ohnehin eines Königs nicht würdig.

Ethelwolf. Ich begleit' Euch mit meinen Knappen.

Odun. Thut das, und seht, wie bey unsrer Botschaft sein Kummer in Freude sich auflöst.

Alle. Wir Alle begleiten Euch.

Odun. Nein, bleibt zurück! Euer Wetteifer ist edel, aber hier ist Eure Gegenwart wichtiger. Zu geschweigen, daß ein so starker Heerszug Verdacht erwecken könnte. Lebt wohl! bald sehn wir uns wieder.

(mit Ethelwolf und einigen Knappen ab.)

Edwin (zu den Soldaten). Ein Theil von Euch eilt hinab ins Kloster, dort alles zur Aufnahme des Königs zu bereiten und jeden Zugang zu decken.

Sol

Soldaten. Wir eilen. — Es lebe Alfred, unser König!  (ab.)

## Dritte Scene.

### Edwin. Egbert. Soldaten.

Edwin. Wie mir's so wohl ist, Egbert! wie ungestüm mein Herz unter diesem Harnisch empor schlägt! .. für meinen König und für meine Liebe! O es giebt keinen stärkern Sporn zum Muth und Ausdauern in jeder Gefahr!

Egbert (aus tiefem Nachdenken). Doch, Edwin! doch! .. Es giebt noch einen, glühendern, verzehrendern!

Edwin. Und der wäre?

Egbert (mit starrem Blick). Rache!

Edwin. Egbert!

Egbert. Hier flammt sie, heiß, unverlöschlich. Edwin, glücklicher Edwin! Du träumst Genuß der Liebe. Egbert träumte auch so, aber er ist erwacht mit Schrecken! Jetzt denkt Egbert nur Rache. Ha! daß er mir entgegen käme in der blutigen Stunde! — Gott im Himmel, höre den letzten Wunsch meiner

ner Seele: Laß ihn nur von meiner Hand den
Tod, den schrecklichsten, marterndsten Tod empfangen!

Edwin. Wen? wen?

Egbert. Was liegt mir am Namen! . . Unter Tausenden will ich ihn finden. Wachend und
träumend steht seine Teufelsgestalt vor meiner Seele.
Ha, Edwin! Alfred! Ihr sollt sehen, was Rache
vermag!

Edwin. Unglücklicher Freund! diese Fülle Deines Schmerzes drückt Dich zu Boden. Mach Deinem Herzen Luft: schütte Deinen Gram in Edwins
theilnehmenden Busen!

Egbert. Die Geschichte ist kurz; aber sie hat
Stoff zu Qualen für eine Ewigkeit! — Albina, des
edlen Merzia's Tochter, liebte mich. — Eine schö-
nere, reinere Seele wohnte nie in der Hülle eines
sterblichen Engels. Gott, wie so innig hing sie an
mir! wie so einzig lebt' ich für sie! — Sie wollte
mich ins Lager begleiten: ich Unglücklicher wider-
rieth ihr's, wähnte sie behaltner in der väterlichen
Burg, und entwand mich ihren ohnmächtigen Armen. — Bey der allgemeinen Flucht gelang es mir,

F 3                     mit

mit einem Theil meiner Unterhabenden die Burg zu
erreichen. Schon in der Ferne sah ich Rauch auf-
steigen — ich bebte, spornte mein Roß. Entsetzen!
welch ein Anblick! überall Verwüstung und Mord-
brand! — Der alte Herzog im Blute, Albina,
Gott! meine Albina! fühllos in den Klauen eines
viehischen Wollüstlinge. Ich stürzte wüthend auf das
Ungeheuer, aber er entsprang mit Hohngelächter,
durch die eindringende Flamme. Betäubt ergriff ich
die Sterbende, trug sie, meiner selbst unbewußt, eine
weite Strecke, und legte sie endlich von Müdigkeit
übermannt unter einem Baume nieder. Sie schlug
ihr Auge auf: aber, welch ein Blick! er zerschmet-
terte mich. — Egbert! fuhr sie mit wildem Ton
der Verzweiflung empor: Egbert! . . Fluch den Dänen! Tod der Geschändeten! — Ich schloß sie an
mein Herz — Nein, nein! nicht mehr Liebe in
Deinen Armen! schrie sie wüthend, und riß mir den
Dolch von der Seite: Tod gebührt mir! Egbert
bleibe, und räche Deine unglückliche Albina! — Sie
sank durchbort zu meinen Füßen. — Rache! heult' ich
durch den Wald, Rache! durch die ganze Natür,
raffte mich auf, sammelte meine wenigen Getreuen,

brachte

brachte die holde Entseelte zur Ruhe, erneuerte auf ihrem Grabe den Schwur der Rache, und flog zu Euch, unter Euren Fahnen zu kämpfen und zu sterben.

Edwin (ihn umarmend). Gräßlich! gräßlich! Armer Egbert!

Egbert (den Blick zum Himmel). Rache! Rache!

Edwin. Das also bedeutete Dein finstrer, zur Erde gesenkter Blick?

Egbert. Er hängt am Grabe meiner Geliebten!

Edwin. Das Dein Aufruf bey meinen Klagen über Elvida's und Emma's Gefängniß?

Egbert. Verhüte Gott, daß unsre Rettung nicht zu spät komme!

Die Soldaten. Der König! der König!

Edwin. Auf, ihm entgegen!

Egbert. Der einzige Anblick auf der Welt, der mir noch Freude zu gewähren vermag.

## Vierte Scene.

Vorige. Alfred. Odun. Ethelwolf und Knappen.

Edwin (zu seinen Füßen). O Alfred! mein theurer König!

Egbert

Egbert (hinstürzend). Großer, gekränkter Monarch! —

Das Heer. Heil unserm König Alfred!

Alfred (zwischen sie tretend und sie aufrichtend, mit
Ernst und Würde). Ich dank' euch, edle Freunde!
ich dank' euch, meine Kinder! — So freut sich ein
Vater, der nach langer Trennung von seinen Geliebs-
ten, nach mancher Besorgniß und überstandnen Gefahren, in ihre wartenden Arme zurückkehrt, und
seine heißesten Wünsche erfüllt sieht.

Soldaten. Heil Dir, Alfred! — unser Vater!

Alfred. O, daß alle, die ich verließ, um mich
versammlet ständen! daß alle meine Wünsche erfüllt
wären! — Aber ach! viele sah ich fallen an meiner
Seite, den Heldentod fürs Vaterland. — Gott sey
gedankt, keiner von ihnen fluchte mir! Ich war
ihrem Herzen theuer, wie sie dem meinen.

Odun. Mein König, schont Eurer! wozu diese
Erinnerung?

Alfred. Ja, meine Kinder! Euch glücklich zu
wissen, euer Wohl zu vermehren, war mein erster
Gedanke beym Erwachen, mein letzter beym späten
Schlummer. Giebt's eine heiligere Pflicht für Könige?

nige? Ich wähnte mich ihrer Erfüllung nahe, die Vorsicht beschloß es anders. — Mein Heer, des Weichens nie gewohnt, kämpfte mit übermenschlicher Kraft, und erlag erst, da die letzte erschöpft war. Dies Zeugniß giebt euch euer dankbarer König.

Edwin. Unsre Kräfte sollen sich verjüngen, gleich dem Phönix, der glänzender aus seiner Asche hervorsteigt.

Alfred. Viel Scenen des Jammers sah ich im Schlachtfelde, Scenen des Grausens und der unmenschlichsten Barbarey auf meiner einsamen Flucht! Häuser und Hütten, Kirchen, Schlösser und Vesten zerstört, geplündert und verbrannt. Mütter mit zersetzten Gesichtern, blutende Säuglinge, entehrte Jungfrauen, winselten und heulten aus dem Staube um Rache.

Egbert (des Königs Hand fassend). Rache, Rache! O, auch ich hab' es gehört, dies Geheul, gesehen die Scene des Entsetzens!

Alfred (ihn mitleidig anblickend). Ritter Egbert!

Egbert. Aber, König! sie kommt, die ernste Stunde der Widervergeltung. Sie naht sich, ihre blutigen Fittige umschweben mich schon! — Eg-

F 5      bert

bert wird sich furchtbar rächen — rächen und sterben!

Alfred. Junger Held! Dein Blick sagt mir, Du wurdest tief im Innern der Seele verwundet. Begünstigt das Schicksal unsre Waffen, so überlaß mir die Sorge, Balsam in Deine Wunden zu gießen.

Egbert. O, wenn menschliche Kräfte das könnten, so würdest Du allein es vermögen! Aber wisse, Albina ist entehrt, starb durch Selbstmord! und Egbert ist elend! — (Pause) Elvida schmachtet in Fesseln der Barbaren: Gott sey ihr Schutz, sonst, Alfred, heulst Du mit Egbert Rache, Rache!

(Er küßt des Königs Hand und geht ab).

Odun. Gekränkter Egbert! Dein Arm wird Wunder thun, oder ich kenne den Menschen nicht.

Alfred (sehr bewegt). Seine Worte erschütterten mein Herz. — Du, (mit gen Himmel erhabenem Blick) der du die Leiden des Sterblichen, wie seine Freuden wägst, dir überlaß ich mein Schicksal und das ihrige! — (heiter) Und so, mein Edwin! ich hörte mit Entzücken aus Oduns und Deines Freundes Munde, was Ihr für Euren König thatet. Es übertrifft meine glänzendsten Hoffnungen; denn seht (er wirft

den

den Mantel ab, und zeigt das armselige Gewand eines Bauern)
In dieser Verkleidung hofft' ich die Hülfe so nahe
nicht, als der gegenwärtige Anblick mir sie zeigt.

Edwin. O werft sie von Euch, diese armselige
Hülle, mein König! und mit ihr jedes Andenken an
Euren Verlust.     Meine eingezogene Kundschaft ist
sicher, und verspricht einen glänzenden Erfolg.
Schon ist der ganze Plan entworfen, und wartet nur
auf Eure Genehmigung und Ausführung.

Alfred. Welche Wonne, sich so geliebt zu wissen!
— Ich folge Dir, Edwin! aber erst höre meinen
Entschluß. Ehe ich diese Kleidung ablege, eil' ich
zuvor im Abenddämmer mit meinem getreuen Odun
ins Lager der Dänen.     So verstellt, werden wir im
Getümmel ihrer Schwelgereyen unbemerkt den Ein-
gang finden, seine Stärke und Schwäche und den
sichersten Ort des Angriffs ausspähen.

Edwin. O König, setzt Euer gesalbtes Haupt
keiner neuen Gefahr aus! — Ich zittre, . . wenn
man Euch entdeckte!

Ethelwolf. Wir wollen uns mit unsern Schwer-
tern schon Wege bahnen.

Alfred. Bin ich nicht euer Freund, euer Vater?

                                             Edwin.

**Edwin.** Eben das vermehrt unsre Besorgniß.

**Alfred.** Eine innre Stimme ruft mir zu: Beharre in Deinem Vorsatz!

**Edwin.** So laßt mich wenigstens Euch begleiten!

**Alfred.** Nein, Edwin, nein! Dein jugendliches Feuer würde Dich verrathen. Du ordnest Dein Heer zur Schlacht. Längstens eine Stunde vor Mitternacht kehren wir zurück, und fliegen an eurer Spize zum Angriff.

**Edwin.** Was denkt Ihr, Odun?

**Odun.** Meinem Könige zu folgen bis in den Tod.

**Edwin.** Nun so sey's! Der Sohn gehorcht, wo der Vater befiehlt. Alfred, edler Alfred! wenn bald die wankende Krone aufs neue Euer Königliches Haupt schmückt, dann knie ich nieder, und fleh' um Euren Segen!

**Alfred** (mit Wärme, indem er durch die Glieder geht). Empfangt ihn schon jezt; empfangt ihn Alle! Alfred, der König, segnet seine Getreuen! Alfred, der Vater, segnet seine Kinder! (Er geht ab.)

**Edwin.** Auf dann, treue Kriegsgefährten! Ihr kennt eure Losung.

**Alle** (mit Rührung). Mit Gott und Alfred! (ab.)

Fünfte

## Fünfte Scene.

(Haldanens Gezelt.)

### Haldane. Harald.

Haldane. Ein blinder Lärm, wie ich vermuthete. Schwert und Feuer haben wacker aufgeräumt, der Hunger mag das übrige vollenden.

Harald. Aber Ew. Majestät sind immer noch übler Laune, troz dieser heitern Aussichten umher. Nicht wahr, die Tochter hat des Vaters Starrsinn geerbt?

Haldane. Ha, ich werd' ihn zu bändigen wissen!

Harald. Verzeiht der Kühnheit Eures Dieners! Aber mich wundert in der That, daß Ihr nicht längst gewaltsamere Mittel wähltet.

Haldane. Gewalt ist nur halber Genuß. Meine Liebe für dies Weib heischt völligere Befriedigung.

Harald. Die Euch auf diesem Wege schwerlich zu Theil werden dürfte. — Die Weiber dieser Insel sind alle mit so romanhaften Begriffen angesteckt, daß man in Güte nichts von ihnen erlangt. — Gestern

stern noch erfuhr ich das beym Plündern einer Burg.
Ein Geschöpf, schön wie die Sonne, mit zerstreutem
Haar, eilte an der Hand eines Greises über die Trümmer. Den Greis streckt' ich zu Boden, das Mädchen schloß ich in meine Arme: sie vertheidigte sich
wüthend; aber meine nervigte Faust machte ihrem
Widerstande ein plötzliches Ende. Sie ward ohnmächtig — und ich — genoß. Das brennende Ge-
mach war unsre Hochzeitsackel. Auf einmal stürzte
ein rasender Insulaner herein. Die Flamme sengte
schon mein Haar. Ich warf ihm meine Beute hin,
und eilte mit Hohngelächter von dannen.

Haldane. Und das nennst Du Genießen?

Harald. Ich büßte meine Lust, unbekümmert,
ob sie mein Vergnügen theilte, da sie es nicht
gutwillig theilen wollte. — Folgt meinem Rathe,
mein König; all diese Sprödigkeit ist Grimasse. —
Wenn ein stolzer Feind Euch den verlangten Besitz
einer Veste verweigert, nicht wahr, Ihr ersteigt sie
mit Sturm?

Haldauc. Unstreitig.

Harald. Und — was im Kriege Rechtens ist,
sollte es nicht auch bey der Liebe seyn? Ist nur der

erste

erste Widerstand bezwungen, was gilt's, sie wirft sich in der Folge Euren Umarmungen freywillig entgegen. •.a

Haldane. Du hast Recht! Es ist beschlossen. Die heutige Siegesfeyer giebt mir die schönste Veranlassung dazu. — Von Wein und Freude glühend, eil' ich in ihre Arme, löse oder zerreiße ihren Gürtel, und sättige meine Liebe wie meine Rache. — — Ha! der weise Seher aus Norden.

## Sechste Scene.

Vorige. Der Zauberer Molgados, mit weißem Bart und Haupthaar, in eine Bärenhaut gehüllt, einen Gürtel von Schlangen um den Leib und den Zauberstab in der Hand.

Haldane (beugt sich vor ihm). Großer Molgados! Ihr beglückt Euren König mit Eurer persönlichen Gegenwart im siegreichen Lager, — Verzeiht! noch zollt' ich Euch meinen Dank nicht.

Molgados. Laß das für's erste! Ich habe ein Wort der Götter an Dich, Haldane! aber — wir sind nicht allein.

Haldane. Geh, Harald, und sorg' indessen für

die

die Zurüstungen des Festes, für Ordnung und Ueberfluß!  Ich folge Dir bald.

☛ Harald.  Ich eile, mein König. — Weiser Seher der Zukunft! empfehlt auch mich dem Schutze der mächtigen Geister, die Eure Vertrauten sind.

(ab.)

Molgadov (ihm nachrufend). Sucht ihn zu verbieten, und er wird Euch gewährt! — Vergiß meiner Warnung nicht, König! sey behutsam in der Wahl Deiner Günstlinge.  Einer unter ihnen brütet schwarze Anschläge wider Dein Leben.

Haldane.  Nennt mir den Verräther!

Molgadov.  Das kann ich nicht;  nur warnen darf ich Dich. — Unser Rabe hängt den Kopf und senkt die Flügel!  In abgewichner Nacht wollt' ich die fast erloschnen Kreise erneuern, die Dein Leben wider jeden Angriff sicher stellen, Dir überall Sieg und Ehre verschaffen.  Schon war meine erste Beschwörung vollendet, die Geister gehorchten nicht.  Ich begann die zweite, keiner erschien. — Da versucht' ich die letzte, schrecklichste.  Die Elemente wälzten sich im Kreise; der Nordpol zitterte, und ungeheure Eismassen stürzten fürchterlich über meine Höhle

zu-

zusammen! Auf einmal erscholl eine sanfte Melodie,
eine Lichtgestalt glitt bey mir vorüber. — Vernichtet war meine Arbeit, und ich sank ohnmächtig zu
Boden.

Haldane. Sonderbar! auch Euch träumte das?
Mir träumte das nämliche.

Molgados. Es war kein Traum, Haldane! —
Und wisse, auch Träume sind Warnungen; verachte
sie nicht! Das Gesicht des Mannes, der Dich so eben
verließ, so unerschrocken und kühn es scheint, es gefällt mir nicht. Fühllos zerstört' er eine Unschuld
zur Befriedigung seiner Lüste; kalt wird er seinen
König würgen, wenn sein Ehrgeiz Befriedigung
heischt.

Haldane (erstaunt). Ihr hörtet sein Bekenntuiß?

Molgados. Ich las es im Buche des Schicksals.

Haldane. Nein, weiser Vater, nein! Ihr verkennt ihn. Ist ein Verräther in meinem Lager, so
ist's Gothrum.

Molgados. Er bewies das Gegentheil in der
Schlacht.

Haldane. Mag seyn; aber sein nachheriges Benehmen?

Mol-

**Molgados.** Ist minder unedel, als das Deine, König! — Womit lohnteſt Du ſeine Treue?

**Haldane.** Was konnte ich für ihn thun, ehe die Ruhe im neuen Staate hergeſtellt, und die erforder= lichen Einrichtungen getroffen ſind?

**Molgados.** Ihm laſſen, was durch ehrwür= dige Geſetze und ritterliche Uebereinkunft ſein Eigen= thum war.

**Haldane.** Ha! verſteh' ich Dich? Bin ich nicht Monarch? Steht mir nicht die erſte Wahl unter al= lem Erbeuteten frey?

**Molgados.** Ich beantworte keine Frage, die keiner Antwort bedarf. — Haldane! Du warſt glücklich im Arm eines edlen Weibes, warſt ſiegreich in der Schlacht, .. ein unübertreflicher Jäger; ge= liebt von Deinem Heer, gefürchtet von Deinen Nach= barn. Begnüge Dich mit dem, was Du haſt! Wer zu viel begehrt, verliert oft alles. — Mögen Andre ihre Schuld büßen, Du, ehre die Tugend im Feinde, ſonſt zittre!. *(Er will ab.)*

**Haldane.** Molgados! — ſo verlaßt Ihr Euren König?

**Molgados** (ſich umkehrend). Zum letztenmal, Hal= dane!

dane! wie oft wiederholte ich Dir's: — Ich bin ein Mensch wie Du; meine Macht ist groß, aber begränzt. Von Deiner Geburt an lieb' ich Dich, gelobt' es Deinem sterbenden Vater Frode, Dein Schutz zu seyn, Dich in jeder Gefahr zu warnen. Ich habe mein Wort gehalten. Jetzt kehr' ich zurück zu meinen Eisgebirgen, wiederhole dort um Mitternacht meine Beschwörungen zu Deinem Besten. An Dir liegt es, wenn sie fruchtlos sind.           (ab.)

## Siebente Scene.

### Haldane allein.

Du spielst den Sittenprediger, Molgados! Weil ich bisher in allem Dir blindlings Gehorsam zollte, glaubst Du im Namen der Götter mir Gesetze vorschreiben zu dürfen? Aber wisse auch Du, ein König kennt kein Gesetz, als seinen Willen. — Haldane opfert den Göttern, und ist pünktlich in ihrem Dienste, weiter erstrecken sich meine Pflichten und dein Einfluß auf meine Regierungssorgen nicht. — Aber, wenn wirklich auch ihn eine ähnliche Erscheinung betäubte? Wenn Elvida unterm Schutze einer höhern Macht stünde? wenn ein Verräther Anschläge wi-

der

der mein Leben schmiedete? — Weg, weg mit diesen Hirngeburten, sie entnerven die Mannheit! —
(Pause) Ha! da steh' ich und wundre mich über seine
Vorwürfe! Schon ist's der zweite Tag nach der
Schlacht, und er erhielt noch seinen Antheil nicht
von der gemachten Beute. Ich Thor, daß mir das
nicht früher beyfiel! daß ich dies Geschlecht
noch immer nicht kenne! — Darum verunglückten
seine Kreise, darum gab er den bedenklichen Wink,
von Günstlingen, die mir nach dem Leben trachteten;
darum den weisen Rath, jedem zu lassen, was
ihm gebührte. Warum sagt' er nicht gerade heraus, jedem zu geben, so wär's mir sicher aufgefallen. — Nun, noch ist nichts verloren. Ehe die
Mitternacht dich zur neuen Beschwörung ruft, soll
eine lieblichere Harmonie in deiner Höhle erschallen,
ein holderer Glanz sie erfüllen. An mir soll es nicht
liegen, wenn deine Kreise abermals verunglücken.

(Er will ab, ihm begegnet Gothrum.)

## Achte Scene.

### Haldane. Gothrum.

Haldane (ernst). Ha! Du, Gothrum! Es ist
lange,

lange, daß ich Dich nicht bey mir sah. Du weichst mir aus, wie ich merke.

Gothrum. Nichts weniger, mein König! Drey- mal war ich heute schon in Eurem Gezelt, ohn' Euch zu treffen. Zweymal begegnete ich Euch im Lager mit Eurem neuen Günstling Harald! Euer Gespräch schien zu wichtig, Eure Unterhaltung zu ernsthaft, um eine Unterbrechung wagen zu dürfen.

Haldane. Was doch wohl bey Dir keinen Neid, oder gar Vorwürfe wider mich, Deinen König, er- regen könnte?

Gothrum. Behüten mich die Götter! Haldane zählt der treuen Diener so viel, daß er leicht eines einzelnen entrathen kann. Der finstre, schwermüthige Gothrum taugt ohnedies höchstens nur im Gefechte; im geheimen Kabinet oder in frohen Angelegenheiten steht er nicht an seiner Stelle.

Haldane. Sey dies Ernst oder Gespött, wie Dein Ton das nur zu deutlich sagt —

Gothrum (rasch einfallend). Mein Ton ist gut, König! — besser, als die Handlungen man- cher Leute.

Haldane. Gothrum, vergiß nicht, mit wem

G 3                    Du

Du sprichst; mich dünkt', Du überlegtest schon zu
wenig, was Du sprachst. Antworte mir: wär es
zu bewundern, wenn ich Dir mein königliches Vertrauen entzöge?

Gothrum (kalt). Wer den Lauf der Welt kennt,
wundert sich über nichts!

Haldane. Wahr gesprochen! — Ich hätte mich
also nicht wundern dürfen, Dich, statt beym Opfer
Wodans, in ernsten Unterredungen mit meiner Gemahlin zu treffen! Hätte schon damals ihre frostige
Aufnahme, so wie die veranlassende Ursache bemerken müssen; hätte mit noch wenigerm Befremden
Dich diesen Morgen aus ihrem Gezelte kommen, und
sie dann bey meinem Eintritte in eine Furie verwan-
delt sehen sollen.

Gothrum. Mein König!

Haldane. Laß mich ausreden. Gesetzt, Du hättest über einige Vernachlässigung Dich zu beklagen:
war dies der Weg, künftige zu verhüten?

Gothrum. Wenn Ihr selbst meint, daß ich ver-
nachlässigt sey, — ich bin nicht gewohnt, meinem Könige zu widersprechen, — so habt Ihr ja Gründe für
Euren Argwohn, oder glaubt sie wenigstens zu haben.

ben. Was würde also meine Vertheidigung frommen? — Ich bin Euer Gefangener, Haldane! Entledigt Euch des treulosen Gothrums. Harald wird
seinen Platz ehrenvoll ersetzen.

(Er überreicht sein Schwert dem Könige.)

Haldane. Was soll das? Du, mein Gefangner?
Wer verlangt das?

Gothrum. Eure Sicherheit, König! Zwar
führte Gothrum die Oberbefehlshaberstelle in Eurem
Heere mit einigem Glück, vielleicht nicht ganz ohne
Ruhm, und hoffentlich nicht ohne Liebe. Aber eben
das muß Euch desto behutsamer gegen ihn machen.
Was er nicht vermag, könnte leicht sein Anhang
durchsetzen. Und wozu braucht's überall dieser Schonung für ihn? Ein erklärter Feind ist besser,
als verstellte Freunde.

Haldane. Sehr wahr, aber in Deinem Munde
höchst sonderbar. Wenn ich mich wirklich in Dir ge-
irrt, Dir zu viel gethan hätte —

Gothrum. O glaubt das nicht, König! Fragt
nur Euren Harald, er wird Euch besser sagen, wer
Gothrum sey.

Haldane (giebt ihm das Schwert zurück). Nimm

Dein

Dein Schwert zurück, und trag' es mit Ehren im Dienst Deines Königs, wie bisher.

Gothrum. König! ich weiche nie von meiner Pflicht, wenn nicht die Gränzen der Menschheit mich drängen. Ich nehme dies Schwert zurück, weil Ihr selbst mich vom Verdachte frey sprecht. Ich will es in Eurem Dienst gebrauchen, bis Alter oder Tod es mir entreißen; aber gewährt mir e i n e Bitte.

Haldane. Und die wäre?

Gothrum. Entsagt Euren Absichten auf die gefangene Königin!

Haldane. Wie?

Gothrum. Auch ich will ihrer entsagen, obwohl sie meine Beute war, obwohl ich sie nicht minder bewundre, als Ihr.

Haldane. Ein Geständniß und eine Bitte von äußerst seltner Art.

Gothrum. Aber deren Gewährung ehrenvoller für Euch seyn wird, als ein erkämpfter Sieg.

Haldane (mit scheinbarer Kälte). Meinst Du?

Gothrum. Ehrenvoller und heilsamer! Eure edle Gemahlin wird beruhigt, Euer Herz nicht belastet mit Thränen der Verzweiflung, — und

Eures

Eures treuen Dieners Dank wird ohne Gränzen seyn.

Haldane (zurückhaltend). Nun, nun! Geradezu
will ich diese Bitte nicht verwerfen, so neu sie mir
beym ersten Augenblick vorkam. Für jetzt beschäfti-
gen mich ohnedies andre Sorgen, — die Jahresfeyer
des großen Wodans, die ich heute mit doppeltem
Glanze zu begehen beschlossen habe. Auch Du wirst
dahin sehen, daß es dabey an nichts gebreche, was
den innern Glanz, die Pracht und den Ueberfluß des
Festes, wie seine Sicherheit von außen befördern
kann. Morgen dann das Weitere! Morgen wird
König Haldane auf eine würdige Belohnung des hel-
denmüthigen Gothrums denken.

Gothrum (mit festem Blick). Gewährt meine
Bitte, mein König! und ich strebe nach keiner höhern
Belohnung. —

Haldane. Ueberlaß das gänzlich meiner Sorge.
— Ich habe noch einige Verfügungen in Betreff des
weisen Sehers Molgados; sind diese berichtigt, dann
soll der Abend dieses Tages der Freude und dem Genuß geweiht seyn. Lebt wohl bis dahin, edler Gothrum!        (ab.)

Er-

Gothrum (allein). Und das hieße Gewährung meiner Bitte? — O König, Du hast seit gestern Künste gelernt, die Dir bis dahin fremd waren! Künste, um die ich Dich nicht beneide. — Pfuy, daß ich mich mit einer so zweydeutigen Antwort abfertigen ließ, daß ich nicht bestimmtere Erklärung forderte! — Aber, recht gut! so vermied auch ich von meiner Seite festere, unverbrüchliche Zusage der Treue. — Wie dein Schatten werd' ich dich verfolgen; und bestätigt sich mein Argwohn, glaubst du mich, gleich einem Kinde, mit glatten Worten zu täuschen, stellst du nur aus Furcht dich nachgebend, um mich einzuschläfern, und unter dem Schein der Großmuth desto sichrer zu verderben: — dann verdopple deine Wachen, rufe alle deine Günstlinge um dich her, — mitten durch sie hin geht der Weg zu deinem Herzen! O, ich werd' ihn nicht verfehlen! (er will ab)

### Neunte Scene.

#### Gothrum. Gunhilde.

Gunhilde (in heftiger Bewegung). Es ist entschieden, Gothrum, Haldane liebt mich nicht mehr!

Gothrum. Wirklich nicht?

Enn-

Gunhilde. Laßt mich, gleich einer Gefangnen, auf allen Schritten bewachen.

Gothrum. Das wäre!

Gunhilde. Erst vor kurzem sah ich ihn selbst aus dem Gezelte der Sächsischen Königin kommen.

Gothrum. So?

Gunhilde. Und als auch ich ihr einen Besuch abstatten wollte, wieß mich die Wache trotzig zurück.

Gothrum. Nicht möglich!

Gunhilde. Drohte sogar, Gewalt gebrauchen zu müssen, wenn ich auf meinem Verlangen beharrte.

Gothrum. Sehr vermessen!

Gunhilde. Bin ich nicht Königin? Stamm' ich nicht aus fürstlichem Geblüte?

Gothrum. Wer könnte das bezweifeln!

Gunhilde. Und so mir mitzuspielen! So verächtlich mich zu behandeln! — O, nicht so kalt, Gothrum, nicht so einsylbig! Ich bedarf deines Beystandes, deines Raths! Was soll ich, was kann ich thun?

Gothrum. Dulden, was nicht zu ändern ist —

Gunhilde. Memme!

Gothrum. Oder Euch rächen! — (schnell ab)

Zehnte

## Zehnte Scene.

Gunhilde. Hernach die Hexe Thyra, im langen braunen Gewande, ebenfalls oberhalb der Hüften mit Schlangen umgürtet, mit zerstreut herabhangendem Haar.

Gunhilde. Ja, das will ich, ich will's! — O diese Ausrufungen, diese spöttelnden Fragen, dieser kalt hingeworfene Ton, — wie das alles meinen Grimm anfacht, schrecklicher, als die ausgesuchtesten Rednerkünste! — Wie mein Busen schwillt, wie mein Hirn brennt! Und doch zittr' ich, wie im Fieberfrost. Ha, Eifersucht, Eifersucht! hätt' ich je geglaubt, deine Höllenqual so tief empfinden zu müssen! — — Kommst Du, Thyra? Gut, daß Du kommst! (ihr entgegen).

Thyra. Was befiehlt die große Königin der Dänen?

Gunhilde. Hülfe will ich, Ruhe wünsch' ich, Rache fodr' ich! Man rühmte mir die Kraft deiner Beschwörungen, und vor allem die unfehlbaren Wirkungen jenes geheimen Zauberwerks, das mit langsamen Qualen Glied vor Glied an dem verhaßten Gegenstand unsers Hasses absterben, ihn den Tod tausendfach empfinden läßt.

Thy:

Thyra. Der Ruf sagte die Wahrheit! Meine angelegentlichste Beschäftigung war von jeher Menschen zu quälen! Martern für ihre Laster zu ersinnen, Geißeln für ihre Thorheiten, und die Leichtgläubigen ins Netz zu verstricken. Krämpfe, Podagra, Konvulsionen und Wahnsinn sind meine Diener. Unruhe, Bekümmerniß, Gewissensangst, Neid und Blutdurst, meine liebsten Gefährten! —— Trunkenheit, Spielsucht und Wollust, sind meine Kundschafter, und die Verzweiflung mit zerfetztem Gesicht, starrem Blick und zerrauftem Haar, stürzt unaufhaltsam hinter mir drein!

Gunhilde. Ein schreckliches Gefolge; aber für meine Absicht nicht schnell genug. Ich möchte meinen Feind vernichten, und diese Vernichtung durch unerhörte Martern schärfen.

Thyra. Dazu kenn' ich nur ein Zaubermittel, aber seine Bereitung ist gefährlich und kostbar. — Ich und meine Schwestern entwerfen ein Bild von Jungfernwachs, braten es am langsamen Feuer in der Mitternachtsstunde unter Zaubergesängen, und so wie es gelenkweise schmilzt, vergeht das unglückliche Schlachtopfer unter Qualen der Hölle.

Gun.

Gunhilde. Ha! dies Mittel ist gerade so, wie ich es wünsche. Verliere keine Zeit, Thyra! noch diese Nacht muß ich von meiner Feindin befreyet seyn.

Thyra. Ihr dürft mir nur den Namen des verhaßten Geschöpfes nennen, und die That, wodurch sie Eure Rache gereizet. — Wenn dann die Kräfte der Unterwelt sie zu erreichen vermögen, so sind ihre Stunden bald gezählt.

Gunhilde. Wisse, die gefangene Königin der Angelsachsen ist der Gegenstand meines Abscheues. Durch unerhörte Zauberkünste fesselt sie meinen Gatten und vernichtet alle meine Anschläge. Hilf mir sie strafen, und ich theile meine Schätze mit Dir.

Thyra (mit einem schmerzhaften Geschrey). Weh! weh!

Gunhilde. Was ist Dir? was wandelt Dich an?

Thyra. Unter allen Namen, im ganzen Bezirke dieses Lagers, konntet Ihr kaum einen nennen, den meine Macht nicht bezwungen hätte. — Nur sie, sie allein liegt außer den Gränzen meines Gebiets. — Umgeben von seligen Geistern, spottet ihr sanfter, schuldloser Blick und ihre reine, von keinem unedlen Gedanken entweihte Seele, über Verführung und Gewalt.

walt. Wider Willen muß meine Zunge, sonst nur des Lästerns gewohnt, ihrer Tugend huldigen. — Verzeiht mir, Königin! ich leide stärker dabey als Ihr.

Gunhilde. Ich verzeih Dir das Schlimmste, wenn nur meine Absicht erreicht wird.

Thyra. Hofft es nicht, Gunhilde! Verwichne Nacht, als ich im Schleyer der Dunkelheit zu unserm wöchentlichen Gelage auf der benachbarten Haide durchs Lager flog, blendete mich ein ungewohnter Glanz. Ich hielt ihn für ein Nordlicht, und senkte mich, eine in dieser Jahrszeit so seltne Erscheinung zu bemerken, so tief als möglich im Fluge herab. Da sah ich eine Schaar himmlischer Gestalten unter nie gehörten Harmonien ein prächtig Gezelt umlagern. — Es war Elvidens Gezelt. — Ich staunte, bebte, wollte fluchen; aber meine Zunge war gebunden. Ich floh; denn dem ewig Verworfnen ist selbst der Anblick glücklicher Wesen Zuwachs seiner Qual.

Gunhilde. Halt ein! ich beschwöre Dich, halt ein, Unglückliche! oder die Verzweiflung tödtet mich zu Deinen Füßen.

Thyra. Faßt Euch, große Königin!

Gunhilde. Ich mich fassen? Ohne Hoffnung

der

der Rache? — O sag', es ist nicht so, wie Du vor-
gabst! —

Thyra. Wie kann ich? Ich muß Wahrheit sa-
gen, sobald der Gegenstand meine Kreise übersteigt.
Auch darf ich mich jenem Orte nie wieder nahen, aus
Besorgniß, durch höhere Gewalt Jahrtausende in den
Abgrund der ewigen Nacht zurückgeschleudert, schmach-
ten zu müssen.

Gunhilde. Entsetzen! — Also hast Du keinen
Trost für mich armselige Närrin? — keinen?

Thyra. Spotte meiner Ohnmacht nicht, Königin! ich wäre stark genug, Dich meinen Zorn empfinden zu lassen; aber mich jammert Dein Schicksal.
— Hier, nimm diesen Trank, das einzige, was ich
Dir zu geben vermag. (Sie zieht eine Phiole aus dem
Gürtel.) Gelingt es Dir, daß Deine Feindin freywillig ihn nimmt, so bist Du ihrer auf immer entledigt.

Gunhilde (ihr sie schnell entreißend). Gieb, gieb! —
Und da, nimm das zur Belohnung! (wirft ihr einen
Beutel mit Gold zu). — Ist Dein Mittel meinen Wünschen gemäß, so komm wieder, wenn es Dir gefällt,
und was ich habe, steht Dir zu Gebote.

Thyra (ihn nehmend). Ich dank Euch, Königin! —

Eine

Eine hübsche Summe! — Unser Gebieter lohnt so reichlich nicht. — Weh, weh, weh!

(mit Geheul ab.)

## Eilfte Scene.

### Gunhilde allein.

Fort mit weibischem Gewinsel! Männlich will ich denken und handeln: geh zu Grunde, wer da will! — Umschwebt mich, Ihr Geister der Unterwelt! euch ruf' ich zu meinem Beystande, da mich alles hienieden verläßt.

Was dieser Trank nicht bewirkt, soll Liebkosung oder Gewalt vollenden. Ah, schöne bunte Schlange! wenn du dann daliegst zu meinen Füßen, dich windest und krümmst — wie will ich frohlocken, wie will ich!

(Posaunen und kriegerische Musik draußen.)

Ha! was war das? — Beginnt euer Festgetümmel schon so bald? Desto besser! Desto schneller reift mein Vorsatz zur Wirklichkeit. Der Rabe krächzt durch eure Jubellieder, das Leichhuhn winselt durch den schmetternden Trompetenruf. Gunhilde kommt, ihren Schritten folgt Rache, Tod und Verzweiflung!

———

H                Fünf-

# Fünfter Akt.

---

## Erste Scene.

### Gezelt des Königs.

Haldane. Gothrum. Harald. Gunhilde. Ritter und Große des Reichs,
bey einem Gastmahle. Das Mahl geht zu Ende, die Trink-
geschirre werden aus silbernen Kannen gefüllt.

### Chor.

Beym Schmettern der Hörner ertöne Gesang!
Aus feindlichem Schädel schmeckt schöner der
Trank.
Im Donner stürzt Wodan die Feinde zur Gruft,
Ihr rauchendes Blut ist ihm lieblicher Duft.
Durch Sphären, die nimmer das Auge durchdrang,
Wallt jauchzend des Siegers geflügelter Dank!

Haldane (eine aus einem Schädel geformte Trinkschale emporhaltend.) Füllt die Trinkschalen! — Aufs
Wohl

Wohl meiner Getreuen! Auf das Verderben unsrer Feinde!

(Tusch von Trompeten und Pauken.)

Harald (und mehrere Große). Tod und Schande über den Feind! Es lebe König Haldane, der Eroberer, der Unüberwindliche! —

(Neuer Tusch von Trompeten und Pauken.)

Haldane. Ich dank' Euch, Edle meines Reichs! Dieser Wein glüht wie mein Blut, und diese Trinkschale entflammt mich doppelt. Kennst Du sie noch, Gunhilde?

Gunhilde (verbissen). Ich werde ja. Aber daß Ihr sie noch kennt, König, das möcht' ich fast bezweifeln.

Haldane. Heute sind es gerade vier Jahr, seit der Alrik, der berühmte schwedische Eroberer, von meiner Hand fiel, weil er mir Deine Liebe streitig machen wollte.

Gunhilde (mit Heftigkeit). O daß er noch lebte!

Haldane. Wie? noch immer Deine Phantasie in Aufruhr? Trink aus Alriks Schädel Vergessenheit des Vergangenen?

Gunhilde. Nimmermehr!

Haldane. Trink, sag' ich Dir.

H 2                    Gun-

Gunhilde. Du willst's, Haldane!

Haldane. Ich befehle Dir!

Gunhilde (den Schädel leerend). Nun dann, bey diesem Schädel, Tod und Verderben über die Sächsische Königin! (sie stürzt den Sessel um und eilt ab.)

Haldane. Was ist das? Eil' ihr nach, Harald, verhüte jede rasche That, daß kein Frevel die Freuden des Festes unterbreche. (er steht auf)

Harald. Ich eile, mein König; aber verzeiht, Ihr hättet sie nicht reizen sollen! (ab.)

## Zweite Scene.

### Gothrum und alle Anwesende
#### verlassen ihre Sitze.

Gothrum. Hörtet Ihr die weise Lehre? Euer Günstling zeiht Euch der Uebereilung. — Und ich könnte Euch eines Versprechens erinnern, was Euch beliebte vor wenig Stunden mir zu thun.

Haldane. Ist's jetzt Zeit, mich an Versprechungen zu mahnen, deren Erfüllung ich ausdrücklich bis morgen hinausschob? — Trink, Gothrum, und sey gutes Muthes; diese Nacht soll mich nichts im Genusse stören.

Go:

Gothrum. Nun, wie Ihr meint, König! — Ich sah vorhin zwey Harfenspieler, die im Lager für einen Zehrpfennig Euer Heer durch Kriegslieder ergötzten. Ihr Gesang und Spiel war nicht übel, vielleicht gewährt es Euch Zerstreuung. Soll ich befehlen, daß man sie hereinführte?

Haldane. Thut das! — Und Ihr, meine wakkern Kriegsgefährten, trinkt! Laßt Euch die Launen der Königin nicht irren; Ihr wißt ja, wie die Weiber sind. — Ha! dort kommen schon unsre Sänger. Ihr Aufzug ist ärmlich genug, — wenn ihre Kunst nicht reicher ist —

## Dritte Scene.

### Vorige. Alfred und Odun
#### in langen grauen Gewändern.

Alfred. Der Schein ist oft trüglich, König!

Odun. Und — die größte Kunst wird gemeiniglich am schlechtsten belohnt.

Haldane. Wo kommt Ihr her?

Alfred. Von Cambries einsamen Thälern, durch welche der Dee seine schlangigten Ströme wälzt, wo

H 3                                                                  Mo-

Mona's schneebedeckte Hügel sich bis über die Wolken erheben.

Haldane. Eine weite Reise!

Odun. Die Liebe zum Vaterlande hilft alle Beschwerlichkeit überwinden.

Haldane. Hier sind zwey Goldstücke, nehmt sie und laßt mich hören, was Eure Geschicklichkeit vermag. Nur nichts trauriges, hört Ihr? Haldane feyert das Fest der Götter, und erholt sich von den Beschwerden des Krieges. — Wo ist Eure Harfe?

Odun. Ich ließ sie im Vorzelt.

Haldane. Gut, so begebt Euch dorthin, und laßt Euch einige Erfrischungen reichen.

Gothrum. Da seht ihr, wie huldreich der König selbst gegen Ueberwundene ist.

Alfred (ernst). Wir sahn es auf unserm Wege! (ab)

### Vierte Scene.

Vorige, ohne Alfred und Odun.

Haldane. Es ist ein Etwas in den Blicken und Reden dieser Leute, was mir nicht gefällt.

Gothrum. Vielleicht ist ihre Musik einnehmender.

Haldane. Das will ich hoffen.

Alfred

Alfred und Odun (im Vorzelte singend mit Harfen-
begleitung.)

Horch, horch, schon hör' ich Hahnenruf;
Das Streitroß stampft mit wildem Huf.
Ich ging hinaus und sah von fern
Den Ort zum Kampfe meines Herrn.

  Auf, auf! der fürchterliche Morgen
    Dämmert herauf!
  Schon ruft der Drude, es ist Morgen!
    Auf, auf!

Nun bald fließt Blut und Morgenthau,
Der Schlachtgesang durchtönt die Au;
Die Rune ruft, der Barde singt,
Des Drudens rauhe Posaun' erklingt.

  Im Donner sprach der Rächer,
    Es nehme Dich der Tod;
  Trink deinen Abschiedsbecher
    Und iß dein Abendbrod! —

    Morgen, morgen,
      Auf der Wiese dort,
    Geh wähle dir zum Grabe
      Einen blumichten Ort! —

Hal-

Haldane (wird unruhig, setzt die Trinkschale weg und springt wüthend auf). Haltet ein! — Spottet Ihr meiner mit Euren Gesängen? Fort, unbesonnene Thoren, fort, ehe mein Wurfspieß Eure Köpfe begrüßt und Eurer traurigen Kunst wie Eurem Leben ein Ende macht.

Gothrum. Die Gesänge dieser Insulaner sind alle traurigen Inhalts.

Haldane. Wenn Ihr das wußtet, warum führtet Ihr sie her?

Gothrum. Wie konnt' ich vermuthen, daß Schlachtgesänge Euer Ohr beleidigen würden?

Haldane. Es mag seyn; aber laßt diese unberufenen Todesboten sich schleunig aus dem Lager entfernen! Diese Nacht will ich weder Schlachtgesang noch Unkenruf hören. — Die Feyer ist aus! Morgen mit Tages Anbruch will ich das Heer mustern, dann seh' ich Euch wieder.

(Die Ritter und Großen verlassen das Gezelt.)

Gothrum. Ihr seht blaß, mein König.

Haldane. Nicht doch, Dein Auge lügt! Reicht mir noch einen Becher. Auf den Untergang meiner Feinde und glücklichen Erfolg meiner Unternehmungen!

Go:

Gothrum (die Schale bringend). Mein König! — denkt Eurer Zusage.

Haldane (ihn leerend). Schon wieder? — Unbesorgt! Ihr sollt mit mir zufrieden seyn.   (ab.)

### Fünfte Scene.

#### Gothrum allein.

Soll ich? O es ist klar, er täuscht mich! Wie unstät sein Blick umherflog. Es arbeitete eine Glut in seinem Innern; vielleicht in diesem Augenblicke eilt er, seine viehische Lust zu sättigen! — Darum waren ihm diese Bardengesänge so unwillkommen. — Wohl dann, Haldane! ledig bin ich meiner Pflicht, ledig des Schwurs der Treue, den ich dir that. Diese Harfenspieler verkündeten dir dein Schicksal, — ich muß ihnen nach. Zuvor löse ich mein Wort, befreye Elvidens Vater, und dann — dann wehe! wehe über dich und deinen Harald.        (ab)

### Sechste Scene.

#### Elvidens Gezelt.

#### Elvida.   Emma.

Elvida. Ja, Emma, er war es, es war die Stimme meines Alfreds. Wie so lieblich sie meinen

Oh-

Ohren tönte! Wie der Harm meiner Seele bey seinen Melodien leise dahin schwand. O daß ich nicht hinausfliegen, ihn an mein Herz drücken, und mit ihm entfliehen, oder an seiner Seite sterben konnte!

Emma. Auch meines Vaters Stimme erkannt' ich. Hoffnung und Rettung verkündeten sie uns.

Elvida. Wenn sie nur bald erscheint. Emma, ich zittre! Wenn man ihn im Lager erkennte — Gott, großer Gott! — wenn der Wunsch, seiner Elvida zu nahen, ihn auf ewig von ihr entfernte!

Emma. Sollte der, der Dir so wunderbar zu Hülfe kam, nicht auch ihn sicher zu seinen Getreuen zurückleiten?

Elvida. Du hast Recht, Mädchen! Und erinnerst Du Dich noch jenes feindlichen Offiziers, der in der gestrigen Nacht, von Entwürfen der Rache und meiner Befreyung in einem so zuversichtlichen, Zutrauen erweckendem Tone sprach?

Emma. Gewiß ist er mit den Unsrigen im geheimen Einverständnisse. — Ha!

Sie:

## Siebente Scene.

**Vorige. Gothrum** (eilends.)

**Gothrum.** Erschrecken Sie nicht, schöne Unglück-liche! alles im Lager schläft.

**Elvida.** Ha, mein Retter!

**Gothrum.** Ihr Vater ist in Sicherheit. Eine kleine Gedulb, und die Stunde Ihrer Befreyung schlägt gleichfalls. Ihr Gemahl hat ein zahlreiches Heer gesammelt, und Gothrums Schaaren sollen ihm die Mühe erleichtern.

**Elvida.** Befreyer meines Vaters, welch ein Dank!

**Gothrum.** Nichts davon. War der König schon hier?

**Elvida.** Weh mir! er wird kommen. O verlaßt mich nicht, edelmüthiger Mann!

**Gothrum.** Ich muß, wenn unser Vorhaben gelingen soll. Noch muß ich in der Entfernung bleiben. Beruhigen Sie sich! Alles wäre verrathen, wenn er mich hier fände. Leben Sie wohl, Königin. (er eilt ab)

## Achte Scene.

### Elvida, Emma.

**Elvida.** Gott sey Dank! mein Vater ist frey.

Ja,

Ja, ich will mich beruhigen, will der schützenden Hand
vertrauen, die bisher so augenscheinlich über mich
waltete. Zwar ward mir's oft bey dem wilden Ge-
brüll der Trunkenbolde im Lager so angst; — was wären diese Wilden nicht alles zu unternehmen fähig!

Emma. Wohl uns, daß der Schlaf sie ietzt bey
den vollen Bechern übermannte.

Elvida. O daß Alfred diesen Zeitpunkt ersähe!

Emma. Hörtest Du nicht, was er sang?

O Mädchen, auf Flügeln der Liebe
Kehrt schnell dein Geliebter zurück!

Elvida. Ich hört es. Aber immer noch bangt
mir. Er zögert zu lange. Horch, sind das nicht
Fußtritte? — Es kommt näher. Weh! der Tyrann!

### Neunte Scene.

Vorige. Haldane (in heftiger Bewegung.)

Haldane. Endlich, Elvida, komme ich, den
Lohn meiner Beharrlichkeit, die Erfüllung Deiner
Zusage zu fordern, zu erzwingen, wenn es seyn muß.
(Zu Emma) Du noch hier? Fort mit Dir!

Emma. O Gott! ich darf meine Gebieterin nicht
verlassen.

Hal-

**Haldane.** Ohnmächtige! Du sie schützen? — Und trät ein Gott in Eure Mitte, ich fühlte mich stark genug, es mit ihm aufzunehmen!

(Er schleudert sie auf die Seite.)

**Elvida** sinkt mit einem lauten Schrey in Ohnmacht auf einen Sofa.

**Emma** (die Hände ringend). Erbarmen, Hartherziger, sie stirbt!

**Haldane.** Sie wird erwachen! Du zauderst noch? Fort mit Dir, sag' ich. (Er faßt sie ungestüm und schleppt sie ins Seitengemach.) Und nun zu Dir, schönes Opfer meiner glühenden Liebe! Willkommne Betäubung! Sie erleichtert meinen Sieg. — Habt Dank, ihr Götter, daß ihr so sichtbar euren Liebling begünstigt! Wie schön sie da liegt! Wie stolz ihr Busen schwellt, meinen brennenden Küssen entgegen! Erwache nicht, holde Schläferin, bis mein Sieg errungen und deine Niederlage entschieden ist! (Er schließt sie heftig in seine Arme. Großes Getümmel draußen.)

# Zehnte Scene.
## Vorige. Gothrum.

**Gothrum** (knirschend für sich). Ha! was seh' ich?

Hal-

Haldane (wild auffahrend). Was ist das? Was wollt Ihr, Verwegner! Warum diese Zudringlichkeit?

Gothrum. Hört Ihr nicht, den Tumult draußen? Alles ist verloren! Der Feind hat unsre Vorposten überrumpelt. Das ganze Lager ist in Aufruhr. — Schon fließt das Blut der Euren in Strömen; und Ihr pflegt hier weichlicher Ruhe, indeß der wüthende Alfred wie ein ergrimmter Löwe alles niederwirft, was ihm in den Weg kommt. Eilt, Haldane, oder unser Untergang ist unvermeidlich.

Haldane. Was sagst Du, Schrecklicher?

Gothrum. Fragt nicht, kommt und seht! Ihr hieltet nicht Wort, König! Macht gut, was Ihr verdarbt! Stellt Euch an die Spitze Eures Heers, nur Euer Anblick kann es beruhigen.

Haldane. Fluch über Alfred! Fluch über Dich! Fluch über mein Heer und alle, die sich erkühnen, meinem Willen zu widerstreben! Elvida! so nahe meinem Glück, und ich muß Dich verlassen!

Gothrum. Ihr zögert, König? Ich warnte Euch, und that meine Pflicht. Jetzt eil' ich, damit Euer Fall nicht auch mich zertrümmre!   (ab)

Haldane. Bleib, ich folge Dir. (Elviden sehnend

an-

anblickend) Ha, Weib! ein rascher Dolchstoß durch diese Brust wäre der sicherste Weg meiner Rache; aber wäre dann meine Liebe befriedigt? Nein! lebe und zittre für Deinen Alfred! Rauchend von seinem Blut kehr' ich zurück, und vollende, was ich begann.

(Er eilt fort, das Getümmel vermehrt sich.)

### Eilfte Scene.

Elviba (allein, sich allmählig erholend).

Wo bin ich? — Ganz allein! und draußen Getümmel und Aufruhr? Ha, Gothrums Worte sind erfüllt. Allmächtige Gottheit! noch einmal geschützt vor Schande und Entehrung! O gieb meinem Gatten Kräfte sie zu vernichten, die verruchten Schaaren, daß Elviba in dieser Stunde des Jammers letzte Thräne weine! (ab, ins Seitengemach.)

### Zwölfte Scene.

(Blachfeld mit Gesträuchen. Im Hintergrunde ein Theil des Dänischen Lagers.)

Haldane. Harald. Ein Trupp bewaffneter Dänen. (Sie tragen die bezauberte Standarte, auf welcher ein Rabe gestickt ist. Marsch mit Trompeten und Pauken.)

Haldane. Unverzagt, meine Kinder! Der Ueberfall

berfall iſt gräßlich und unerwartet; groß iſt unſre
Niederlage, aber noch iſt nichts verloren! Ihr ſeyd
Dänen, und euer König iſt unverletzlich! Wir ſind
zahlreich genug. — Hängt unſer Rabe gleich den Kopf,
Männer laſſen ſich durch Schreckbilder nicht irren. —
O Verhängniß, ich ſpotte deiner Pfeile! — Dorther
kommt das Getümmel. Auf, folgt mir! Und Du,
Harald, ſammle die Zerſtreuten, und bedecke das La=
ger von dieſer Seite wider jeden Angriff. (ab)

Harald. Ich werde mein möglichſtes thun, und
ſollt' ich im Beſtreben zu Grunde gehen. — Ha, Go=
thrum, gut daß Ihr kommt.

## Dreyzehnte Scene.

Harald. Gothrum (mit dem Kern ſeiner Truppen.)

Gothrum (ſtolz). Was wollt Ihr von mir?

Harald. Euch zwey ſieggewohnte Arme mehr
zum Dienſte des Königs darbieten.

Gothrum. Unſer ſind genug zu unſerm Vor=
haben.

Harald. Ihr verſchmäht mich?

Gothrum. Weil Ihr mich verſchmähet.

Harald. Verräther!

Go=

Gothrum. Verräther Du selbst! — Hier liegt mein Handschuh — heb' ihn auf!

Harald. Jezt? Zur Zeit der Noth? Nimmermehr! — Wenn der Feind besiegt ist, dann wollen wir unsern Privathaß auskämpfen.

Gothrum. Jezt oder nie! Geh, Fürstendiener, und laß die Leibwache Halbane's eine Wagenburg um Dich schlagen. An Gothrums Seite sollst Du nimmer fechten! (er eilt ab)

Harald. Diesen Spott? Bleib! es sey! — Er eilt fort! — Wie erklär' ich mir dies Betragen? — Wenn er wirklich den König verriethe? Ich muß ihm nach. (indem er ihm nachfliegt begegnet ihm:)

## Vierzehnte Scene.
Egbert mit seinen Knappen. Harald.

Egbert (auf ihn einstürzend). Ha! hab' ich Dich, Teufel! Bist Du's? Gott sey gedankt, Du bist's! Rache, Rache! ich habe Dich!

Harald (das Schwert ziehend). Wahnsinniger!

Egbert (fechtend). Mörder der Unschuld, stirb!

Harald (indem er sinkt). Weh, Weh!

Egbert. Ha! daß ich Deine Qualen nicht zu

J       ver-

verlängern im Staube bin! Daß ich Dir nicht tau-
sendfältiges Leben einhauchen kann, um es tausendfach wieder zu vernichten!

Harald. Fluch Dir, Fluch Gothrum, Fluch
euch allen! Meine Entwürfe sind zertrümmert! —
Das brennt, brennt! —

Egbert. Heiß, wie Albina's Thränen. — Ha,
Albina! Rache schwur ich Dir, und habe sie genommen. — Jetzt, gekränktes Vaterland, lös' ich das
zweite Gelübbe: dich zu retten, und — zu sterben!

Harald (sich krümmend). O wie schrecklich ist der
Tod! Weh, weh! (er stirbt)

Egbert (zu den Seinen). Er ist todt. Schleppt
den Leichnam dort unter die Gesträuche, und folgt
mir. Horcht, der König kommt!

## Funfzehnte Scene.

### Kriegerischer Marsch.

König Alfred. Edwin. Odun. Ethelwolf. Ritter. Soldaten. Vorige.

Alfred. Dank Euch, meine Getreuen! Nur noch
eine kurze Arbeit, und das Feld ist unser!

Egbert (herver). O mein König! die Stunde
der

der Rache schlug, seht her! Mögen alle Eure Feinde fallen, wie dieser!

Alfred. Braver Egbert! Alfred hält Wort, wie Du.

Egbert. Noch erfüll' ich erst die Hälfte meiner Zusage. Laßt uns nicht säumen. Wohin geht der Weg zum Gezelte der Königin?

## Sechszehnte Scene.

Gothrum mit seinen Schaaren zu den Vorigen.

Gothrum (eilend). Ich zeig' Euch diesen Weg.

Edwin. Ha! ein Feind! Nieder mit ihm!

Gothrum. Haltet! Ich komm' in keiner feindlichen Absicht. Da, König der Sachsen, nehmt meinen Bürgen! (indem er Ethelred hervortreten läßt) und hier — meine Huldigung! (Er beugt seine Kniee) Der verschmähte Gothrum erklärt sich freywillig zu Alfreds Vasallen.

Alfred. Ist's möglich! Willkommner Antrag! — O Ethelred! o mein Vater!

Ethelred. Mein theurer König!

Odun (Edwin und Alle umarmen ihn). Willkommen unsern Umarmungen!

J 2                    Alfred.

Alfred. Gothrum, das thatet Ihr?

Gothrum. Verwünscht die Hand, die wider Euch streitet, wenn Ihr gleich ihre Dienste verschmäht!

Alfred. Ich verschmähe sie nicht, wiewohl diese Erscheinung mich in Erstaunen setzt.

Gothrum. Zwey Worte machen dies Befremden verstummen. Haldane verrieth die Freundschaft, brach die Gesetze der Ritterschaft und sein gegebnes Wort, und verschmähte redliche Warnung. Ein Verräther kann keine treuen Diener haben. Auf, König! ich nahm Eure Gemahlin gefangen, — an mir ist's, ihre Ketten zu zerbrechen.

Edwin. Nein, edler Ritter, gönnt mir diese Ehre!

Gothrum. Nicht ganz; aber kommt, wir theilen sie. — Ha, was ist das?

## Siebenzehnte Scene.

Vorige. Haldane (mit wildem Blick, zerstreutem Haar, blutigem Schwert und ohne Helm.)

Haldane. Ihr Donner des Himmels! eilt mir zu Hülfe! Zerschmettert diese Elende, und beseelt

den

den Muth der Memmen, die es unwerth sind, unter meiner Fahne zu fechten! — Ha, Gothrum! Du hier? Und so müssig, mitten unter meinen Feinden?

Gothrum. Meine Treue nahm ein Beyspiel an der Euren!

Haldane. Entsetzen! — Bin ich verrathen?

Ethelred. Begrabt Euren Günstling.

Haldane. Auch Du, Graukopf, entfesselt? und Harald ermordet zu meinen Füßen? — Wer that das? — Ha! meinem Schwerte gelüstet's nach Eurem Leben! Wer wagt es, mit dem Unverletzbaren es aufzunehmen?

(Jeder der Ritter tritt aus dem Kreise.)

Alfred (mit Würde). Bleibt, meine Kinder! — Diese Ausforderung gilt mir. Ich nehme sie an. Hier steh' ich, laß sehen, ob der Klang meines Schwertes Dir behaglicher sey, als meiner Harfe.

Haldane. Also Du warst der Sänger mit dem feindseligen Blick? Dich sucht' ich, und spotte Deiner Prahlerey!

Alfred. Ich könnte Dich schimpflicher strafen! Du bist in meiner Gewalt! Ein Wink von mir, und Du lägst in Fesseln. Aber Alfred ehrt auch die

Kö-

Königliche Würde im Feinde. Im ehrlichen Zwey=
kampf will ich Dich besiegen.

Haldane. Desto besser! Großer Molgadps,
verlaß deinen Zögling nicht.

(Sie fechten.)

Alfred (indem er ihn durchstößt). Er verläßt Dich,
wie Deine ohnmächtigen Götter! — Elvidens Ket=
ten sind zerrissen.

Haldane (krampfhaft). Sind sie? .. sind sie? —
Wuth! Raserey! Verzweiflung! — Ha! daß Du
noch diesen Namen nennen mußt! Daß ich sterben
muß — sterben, ohne diesen Wunsch meiner Seele
gestillt, meine Rache gekühlt zu haben! Bleke deine
Zähne, giftiger Wurm! Höhne mich, wiherndes
Gelächter der Hölle, deren Zaubertöne ich zu spät
verfluche! — Verschlinge mich, Erde! Vernichtung
auf ewig über mich, und Schande über die Ver=
räther!

Alle. Lange lebe Alfred, der Sieger Haldane's!
Lange lebe der König!

(Trompeten und Pauken.)

Haldane (sich aufrichtend, heftig.) Verderben über
den König! Verderben über die Verräther! (er stirbt)

Go=

Gothrum. Fahre hin, unedelmüthiger Fürst! Du bereitetest dir selbst dein Schicksal. — Ich eile, Dännemarks Krone dem Ueberwinder zu Füßen zu legen.        (ab)

Alfred. Man hebe die Leichen auf, und sorge für ihre Bestattung. — Nun, meine Freunde! nehmt vom feindlichen Lager Besitz. Das Haupt ist gefallen, die Glieder werden uns wenig Mühe machen.

Odun. Unsre Wünsche sind erfüllt! Die Vorsicht ist gerecht. Auf, tapfre Sachsen! folgt eurem siegreichen Monarchen.

Ethelred. Und lehrt diese Barbaren: der schönste Schmuck des Siegers sey Menschlichkeit gegen den Besiegten.

(Unter kriegerischem Marsch ab.)

## Achtzehnte Scene.

### Elvidens Gezelt.

### Elvida.   Emma.

Elvida. Das Getöse vermehrt sich, und niemand kommt! — O wie die Ungewißheit des Ausgangs die Seele foltert!

Emma. Horch! ein Geschrey im Lager. Das
J 4                    ist

ist kein Freudengetümmel. — Gott sey Dank! Alfreds Waffen sind siegreich.

Elvida. Meinst Du? — Wenn Du Recht
hättest! —

Emma. Unbesorgt, Königin! — Auch fühlt sich
mein Herz so erleichtert —

Elvida. Sieh dort hin! — Besorgt' ich's doch
immer.

### Neunzehnte Scene.

Gunhilde mit einem Giftbecher. Vorige.

Gunhilde (mit wildem Blick). Erschrick nicht,
halbes Weib. Du bist die gepriesene Königin der
Sachsen?

Elvida. Ich war Königin dieses Landes, ehe
Alfred vor seinen Feinden floh.

Gunhilde. Und was bist Du jetzt?

Elvida. Eine unglückliche Gefangne, wie
Ihr seht, die dem Augenblick ihrer Befreyung entgegen schmachtet.

Gunhilde. Wirklich? Man sagte mir, Du seyst
die Geliebte meines Gemahls.

Elvida. Wer ist Euer Gemahl?

Gun-

Gunhilde. Das fragst Du? — Sieh mich an; ist meine Gestalt verächtlicher, wie die Deine? dies Auge weniger feurig, als das Deine?

Elvida. Ihr seyd Haldane's gekränkte Gattin.

Gunhilde. Gekränkt, sagst Du? — Durch wen? Ha, Elende! Will Dein armseliges Mitleid meiner spotten? Ich bin eine Nordische Fürstentochter, und bedarf keines Mitleids, am wenigsten des Deinen. Haldane sendet mich zu Dir. Ein Trupp Wahnsinniger ist bey nächtlicher Weile in sein Lager gedrungen. — Er ist hin, ihnen den Rückweg mit Blute zu bezeichnen. Vor seinem Abschiede gab er mir diesen Becher. Bring' ihn meiner Elvida, sagt' er, daß sie die Schrecken der Trennung vergesse.

Elvida. Seiner? — seiner Elvida, Königin?

Gunhilde. Bin ich nicht eine gutherzige Thörin, daß ich selbst dies Geschäft übernahm? Ich hätt' es einem meiner Weiber übertragen sollen; aber der Wunsch, Deiner bewunderten Schönheit zu huldigen, den Triumph meiner Nebenbuhlerin mit eignen Augen zu sehen, setzte mich über alle die kleinen, albernen Bedenklichkeiten alltäglicher Ehefrauen

J 5                                         hin-

hinweg. — Nimm! was zögerst Du? Nimm den Be=
cher, das Pfand seiner Liebe und meiner Freundschaft.

Elvida. Ich mag die Liebe Eures Gatten nicht,
und war nie Eure Feindin: wozu soll mir also die=
ser Becher? — Sezt ihn nieder; ist Alfred todt,
dann will ich ihn leeren.

Gunhilde. Ha! Du solltest die Götterkraft die=
ses Trankes kennen. Seine Bereitung ist ein Ge=
heimniß der urältesten Zeiten; er verbannt jeden
Kummer, und belebt jeden halbverloschnen Reiz.

Elvida. Mein Kummer ist mein liebster Ge=
fährte, und meine Reize sind mir seit meines Gatten
Abwesenheit eine verächtliche Last.

Gunhilde. Ha, Schlange! Du willst nicht?
Du ahndest die Beschaffenheit dieses Tranks? Nun
dann, fort mit niedriger Verstellung! Wir sind
allein, und Dein Beschützer ist zu weit entfernt, um
uns zu hören, oder Dir zu Hülfe zu kommen.
Wähnst Du, Gunhildens hohe Seele werde sich zur
Magd einer Nebenbuhlerin erniedrigen? Wisse, der
Becher enthält ein tödtliches Gift, das in we=
nig Minuten ein Leben enden wird, was ich verab=
scheue!

El=

Elvida (kalt). Ihr hörtet meinen Entschluß. Kehrt Euer Gemahl siegreich zurück, so leer' ich diesen Becher und dank' Euch meine Rettung.

Gunhilde. Nichtige Ausflüchte! Denkst Du, mich in diese elenden Fallstricke zu verwickeln? (Das Getümmel vermehrt sich.) Hörst Du draußen das Getümmel? Der Lärm kommt näher. — (bey Seite) Wie mir's so angst wird! Fort! die Augenblicke sind kostbar! — Bey den Göttern der Rache! trink, oder dieser Dolch beschleunigt Deinen Untergang!

(Sie zieht einen Dolch hervor.)

Emma (mit aufgehabnen Händen). Retter der Unschuld, sey du ihr Beystand!

Elvida. O Alfred! Alfred!

## Letzte Scene.

Alfred. Edwin. Ethelred. Odun. Egbert. Ethelwolf. Gothrum. Ritter und Knappen zu den Vorigen.

Alfred (hereinstürzend). Wer ruft? O mein Weib! mein geliebtes, theures Weib! (in ihre Arme)

Edwin. Emma, meine Emma!

Elvida. O Alfred! Du? —

Em-

Emma. Mein Geliebter!

Gunhilde (der Dolch entsinkt ihr). Was ist das? Kam meine Rache wirklich zu spät?

Gothrum. Wirklich, Königin!

Gunhilde. Auch Du, Gothrum? — wie? — und ohne Fesseln? Unter Feinden der Feind? — Wo habt Ihr meinen Gemahl, Pflichtvergessener?

Gothrum. Der König wird's Euch sagen.

Gunhilde. Welcher König? Ich kenne keinen König, als Haldane.

Alfred. Der Euch nie wieder begrüßen wird. Seine schwelgenden Cohorten überflügelte der Tod, ihn selbst traf dies Schwert. Athemlos liegt er an seines Haralds Seite.

Gunhilde. Daß Eure Zunge verdorre! — Todt, sagt ihr, todt? Ha! was hat dann Gunhilde noch für Theil am Leben? Daß sie mich fesselten an ihren Triumphwagen, die Ungeheuer? Ich seinen königlichen Leichnam vor meinen Augen zersetzt, in Stücken zerrissen, den Geyern hingeworfen sähe? Nein, nimmermehr! Weg, Eifersucht! Ich lebte Haldanens Liebe, und will dieser Liebe sterben! — (Sie leert den Becher) Jetzt hört mich, hört die letzten Worte einer

Eters

Sterbenden! Ich war glücklich in der Liebe meines Gatten: diese ränkevolle Buhlerin entriß sie mir! Ich beschwor ihren Untergang — sie lebt, aber ewige, unaufhörliche Folter sey ihr Theil! Bezauberte Runzeln müssen ihr Gesicht, Bosheit und Tücke ihre Seele entstellen! -- Verwelkt sey jede Kraft von Haldanens Mörder! Keine seiner Unternehmungen müsse gelingen, und jeder seiner Verräther durch das Schwert eines Freundes fallen! — Fluch über diese Insel! Fluch über ihre Bewohner! — Ha! wie mir's so schwindelnd wird im Gehirne, . . so drehend vor den Augen! — Wälzen sich die Elemente mit mir? Welche Flamme wüthet in meinem Innersten? — Ha, Thyra, dein Mittel wirkt! Du bist eine brave Giftmischerin, aber eine elende Trösterin! — Dämonen der Unterwelt, bedeckt mich mit eurem Rabenfittig, daß diese Unholde an meiner Qual sich nicht weiden! — Ha! kommt ihr? — Ihr kommt! Weh, weh! Nehmt Euer betrognes Opfer!        (Sie stirbt.)

Alfred. Bringt sie weg, die Unglückliche! — Ein schauderndes Beyspiel irre geleiteter Größe! Ihr Anblick vergälle unsre Freude nicht länger!

(Der Leichnam wird fortgetragen)

El,

Elvida. O mein Gemahl! hab' ich Dich wieder? Ist endlich das lange Schrecken in plötzliche Freude aufgelöst?

Alfred. Will's Gott! um nie wieder unterbrochen zu werden.

Elvida. Mein Vater!

Ethelred (in Elvidens Armen). Meine theure Tochter! so kann ein Augenblick die Scene verändern.

Alfred (zum Odun, auf Emma und Edwin zeigend) Wackrer Graf! Euer Auge hängt mit Entzücken an diesem Schauspiel. Edwin liebt Eure Emma. Nicht wahr, sein heutiger Muth ist eines solchen Lohnes nicht unwerth?

Emma (zu seinen Füßen). Ihren Segen, mein Vater!

Edwin (eben so). Mir ertheiltet Ihr ihn schon gestern.

Odun. Und wiederhol' ihn. Lebt glücklich, meine Kinder! (Sie sinken in seine Arme.)

Egbert. Unter so vielen Glücklichen ich der einzige Elende!

Ethelwolf. Das Gefühl, Andrer Glück befördert zu haben, gewährt göttliches Vergnügen. Laßt
uns

uns fröhlichere Tage hoffen, im Schooß des beruhigten Vaterlands! Sey mein Bruder!

Egbert. Wohl, so ersetze die Freundschaft, was
die Liebe mir versagte.

Alfred. Und Deines Königs Huld bringe diese
schöne Blüthe zur Reife! Aber was steht Ihr so in
Euch selbst gekehrt, braver Gothrum? Nehmt Ihr
keinen Theil an dieser Freude? Oder gereut es Euch,
so viel Glückliche gemacht zu haben?

Gothrum. Ihr irrt, mein König! Nur flöß
mir der Gedanke jenes weisen Druiden durch die
Seele: Ein kluger Fürst liebt den Verrath und
haßt den Verräther.

Alfred. Versteh' ich Euch?

Gothrum. Immer diente ich doch meiner persönlichen Rache mehr als Eurem Wohl.

Alfred. Du willst Dich selbst erniedrigen?

Gothrum. Ich mag nicht scheinen, was ich
nicht bin. Vielleicht stünde manches anders als jetzt,
wenn Haldane sein Wort hielt. Das ist vorbey.
Ich weiht' Euch meinen Arm, und werd' ihn gebrauchen, wo es gilt, werd' Euch wider jeden Feind bis
zum letzten Blutstropfen vertheidigen. Aber, großer

Alfred,

Alfred, an Eurem Hofe ist meines Bleibens nicht. Sendet mich in eine entfernte Provinz, und ruft mich, wenn es die Noth heischt.

Alfred. Nicht so! Dännemarks Krone ist mir heute durch das Glück der Waffen zugefallen; der König und seine Gemahlin sind nicht mehr. Ich belehne Dich mit diesem Reiche. Sey König der Dänen; sey mein Bundesgenoß! und gelingt es Dir, Deine Unterthanen gesittet zu machen, so wirst Du sie auch glücklich machen.

Gothrum (knieend). Ihr wißt die Kunst, Herzen zu besiegen, König! Euer dankbarer Lehnsvasall auf ewig!

Alle. Es lebe Alfred, der Weise, der Gerechte, der Gütige, der Vater seines Volks und die Wonne seines Landes!

(Neuer Tusch von Trompeten und Pauken.)


## Der Vorhang fällt.

————————

www.ingramcontent.com/pod-product-compliance
Lightning Source LLC
Chambersburg PA
CBHW060535030726
47498CB00004B/1200